La reine des Immortels

Aimée Carter

La reine des Immortels

DARKISS

Collection : DARKISS

Titre original :
GODDESS INTERRUPTED

Traduction de l'américain par MARYLINE BEURY

DARKISS® est une marque déposée par le groupe Harlequin

Réalisation graphique couverture : M. GOUAZE

83-85 boulevard Vincent-Auriol, 75646 PARIS CEDEX 13.
Service Lectrices — Tél. : 01 45 82 47 47
www.harlequin.fr
ISBN 978-2-2802-8497-4 — ISSN 2109-7631

Loi n° 49-956 du 16 juillet 1949 sur les publications destinées à la jeunesse.

A Melissa Anelli, qui sait combien la route est longue avant de voir le jour se lever.

Dieux et déesses

Zeus : Walter

Héra : Calliope

Poséidon : Phillip

Déméter : Diane

Hadès : Henry

Hestia : Sofia

Arès : Dylan

Aphrodite : Ava

Hermès : James

Athéna : Irène

Apollon : Théo

Artémis : Ella

Héphaïstos : Nicholas

Dionysos : Xander

Prologue

Calliope s'efforça d'ignorer le bavardage de la jeune fille rousse qui la suivait à travers la prairie ensoleillée. Comment pouvait-on être aussi agaçante ? Cette Ingrid était la première mortelle à avoir essayé de passer les épreuves pour devenir la femme d'Henry ; s'il avait passé plus de cinq minutes par jour en sa compagnie, peut-être celui-ci aurait-il compris pourquoi Calliope l'avait tuée.

— Tu vas voir, tu vas adorer, dit Ingrid en prenant un lapin dans les hautes herbes pour le serrer contre sa poitrine. Tout se met à éclore à midi.

— Comme hier, donc ? lança Calliope en traînant des pieds. Et avant-hier, et le jour d'avant ?

Le visage d'Ingrid rayonnait.

— C'est magnifique, n'est-ce pas ? As-tu vu les papillons ?

Quelle sotte !

— Oui, j'ai vu les papillons, répondit Calliope. Et les daims. Tout comme le moindre détail insignifiant de ta vie après la mort.

Cette fois, Ingrid se rembrunit.

— Je suis désolée que tu trouves tout cela

stupide, mais c'est *ma* vie après la mort, et elle me plaît comme ça.

Pour la énième fois, Calliope réprima une envie de lever les yeux au ciel. Ce n'était pas le moment de se fâcher avec Ingrid. Cela ne ferait qu'empirer la situation, et au train où allaient les choses, il faudrait des siècles à Calliope pour sortir d'ici.

— Tu as raison, concéda-t-elle à contrecœur. C'est juste que je viens rarement dans ce royaume, alors tout cela m'est assez peu familier.

Ingrid sembla se détendre et caressa la fourrure du lapin.

— Bien sûr que tu viens rarement ici, dit-elle avec un petit rire qui exaspéra encore plus Calliope. Tu es une déesse. Tu ne peux pas mourir. Pas comme moi, ajouta-t-elle en continuant de marcher dans la prairie. Mais c'est quand même mieux que ce à quoi je m'attendais.

Si cette petite dinde comprenait la moindre chose, elle aurait su que Calliope n'était pas une simple déesse. Elle était l'un des six membres originels du Conseil, avant qu'il ne s'agrandisse avec l'arrivée des enfants. Avant que son mari ne décide de renoncer à la fidélité. Avant qu'ils ne se mettent à distribuer l'immortalité comme une vulgaire friandise. Elle était la fille de Titans, pas une simple déesse. Elle était une reine.

Et quoi qu'aient pu décider le Conseil et cette garce de Kate, elle ne méritait pas de se retrouver ici.

— Tant mieux, dit Calliope. C'est idiot d'avoir peur de la mort.

— Henry fait de son mieux pour que je me sente bien. Il vient me voir de temps en temps, et il passe l'après-midi avec moi, déclara Ingrid. Au fait… tu ne m'as jamais dit qui avait gagné les épreuves, ajouta-t-elle avec un sourire un peu faux.

Calliope ouvrit la bouche pour dire qu'il ne s'agissait pas d'un concours, mais au fond c'était tout de même de cela dont il s'agissait. Chaque étape avait été une véritable compétition, et elle avait lutté plus que toute autre pour la remporter. Elle avait éliminé ses opposantes avec succès. Même Kate serait morte si Henry et Diane n'étaient pas intervenus.

Calliope aurait dû gagner, et le sourire d'Ingrid était comme du sel jeté sur ses plaies à vif, là où son cœur avait été arraché. D'abord, elle avait perdu son mari ; puis, alors même qu'elle pensait avoir trouvé quelqu'un susceptible de la comprendre et de lui donner l'amour dont elle avait tant besoin, cette personne — Henry — ne lui avait laissé aucune chance. A partir de là, elle avait tout perdu. Sa liberté, sa dignité, la moindre parcelle du respect durement gagné au cours des millénaires ; mais surtout, elle avait perdu Henry.

Tous deux faisaient partie des six membres originels, et tous deux s'étaient côtoyés depuis des temps antérieurs aux débuts de l'humanité. Pendant une éternité, elle l'avait observé. Il était toujours enveloppé d'une nappe de mystère et de solitude que nul ne semblait pouvoir percer — du moins jusqu'à l'arrivée de Perséphone. Puis, cette dernière avait trahi Henry…

Si quelqu'un méritait d'être puni, c'était bien Perséphone. Calliope n'avait jamais rien voulu d'autre que le bonheur d'Henry ; un jour, il finirait par comprendre que sa seule chance d'être heureux, c'était de rester auprès d'elle. Peu importe le temps que cela prendrait, elle le lui prouverait. Et au bout du compte, Kate paierait pour leur avoir volé ce temps précieux.

— Calliope ? l'interpella Ingrid.

Calliope essaya de repousser ces sombres pensées. Et en effet, les mots se volatilisèrent dans les tréfonds de son esprit. Mais sa colère et son amertume, il lui était impossible de les oublier, elles demeuraient toujours.

— Kate, annonça Calliope en crachant ce prénom comme s'il était empoisonné. Elle s'appelle Kate. C'est la fille de Diane.

Les yeux d'Ingrid s'écarquillèrent.

— Donc, c'est la sœur de Perséphone ?

Calliope acquiesça. Au loin, derrière Ingrid, un étrange brouillard commença alors à se former. Il semblait lui faire signe de s'approcher, mais Calliope résista à l'envie de quitter Ingrid pour le suivre. Elle était liée par sa promesse. Elle devait passer du temps avec chaque fille qu'elle avait tuée, et ne pouvait donc pas partir sans prévenir Henry. Si elle désobéissait délibérément aux ordres du Conseil, elle serait bannie pour toujours, et sa place au Conseil serait prise par quelqu'un d'autre.

Elle savait exactement qui serait cette personne. Kate… Calliope s'était juré qu'aussi longtemps qu'elle serait une déesse, cette sale petite intrigante ne s'approcherait jamais de son trône.

— Es-tu déjà allée par là ? demanda-t-elle à Ingrid, le regard toujours fixé sur la nappe de brouillard.

— Par où ? Du côté des arbres ? Parfois, mais je préfère les prés. Savais-tu que les pétales de fleurs ont goût de bonbons ? Tu devrais goûter.

— Je ne mange pas de bonbons, répondit Calliope, toujours fascinée par le nuage de brume.

Elle n'avait jamais rien vu de tel depuis qu'elle était arrivée dans la partie de l'Autre Monde où vivent les morts ; cela devait signifier quelque chose. Peut-être était-ce Henry qui cherchait à lui dire qu'elle pouvait passer à la fille suivante ? Peut-être comprenait-il enfin à quel point Ingrid était inintéressante ?

— Comment peut-on ne pas manger de bonbons ? s'exclama Ingrid. Tout le monde aime ça !

— Je ne suis pas tout le monde, répliqua Calliope. Reste ici.

— Pour que tu puisses t'en aller ? demanda Ingrid d'un ton soupçonneux. Je ne crois pas, non. Tu dois recevoir mon pardon avant de pouvoir partir, l'aurais-tu déjà oublié ?

Calliope, réprima un geste d'agacement. Comment aurait-elle pu l'oublier ? Mais en l'occurrence, Ingrid n'allait jamais lui pardonner, c'était évident. Et quand bien même elle le ferait, il faudrait que ce soit aussi le cas de toutes les autres filles que Calliope avait tuées, conformément à la règle édictée par Kate. Ce qui était hautement improbable et ce qui voulait dire qu'elle risquait bien de se retrouver coincée ici pour l'éternité. Et cette simple perspective était particulièrement désespérante et rageante.

— Et moi je te dis que tu vas rester là, à moins que tu ne préfères que je te pétrifie sur place, lança Calliope avec colère.

— Oh ! tu peux faire ça ?

Calliope ne prit pas la peine de répondre. Au lieu de quoi, elle se dirigea vers la nappe de brouillard et s'éloigna d'Ingrid, qui, pour une fois, eut le bon sens de ne pas la suivre. Plus elle avançait, plus la prairie devenait floue, jusqu'à ce qu'elle se retrouve entourée de roches. C'était le véritable aspect de l'Autre Monde, tous les autres paysages n'étaient que le fruit de l'imagination et de la volonté des âmes mortes qui les traversaient.

Maintenant qu'elle s'en approchait, elle vit que le brouillard n'était pas ce qu'il semblait être. Il scintillait dans les airs, et formait des milliers de volutes luminescentes qui paraissaient tendre vers elle. Elle tendit la main, et lorsque ses doigts rencontrèrent l'étrange lueur, elle comprit pourquoi elle s'était sentie appelée de la sorte. Après des décennies d'attente, il s'était enfin réveillé.

Elle sourit, et un afflux d'une énergie si ancienne qu'elle ne pouvait être nommée se répandit à travers elle. Ingrid n'était déjà plus qu'un lointain souvenir. Elle avança, et la colère qu'elle avait nourrie depuis si longtemps trouva enfin sa cible.

— Bonjour, père.

1

Retour à Eden

Quand j'étais enfant, à chaque rentrée des classes, le professeur nous demandait d'écrire et de lire une rédaction stupide sur le thème « Qu'ai-je fait cet été ? », assortie d'images et d'anecdotes censées distraire une classe dévorée par l'ennui.

Tous les ans, j'écoutais donc mes camarades du collège privé de New York raconter leurs vacances dans les Hampton, en Floride ou en Europe en compagnie de leurs riches parents, leurs jeunes filles au pair, ou, plus tard, avec leurs amis. Au lycée, ce furent de nouveau les mêmes récits : escapades à Paris en compagnie de top models, nuits blanches sur les plages des Bahamas avec des rock-stars, etc. — chaque élève essayait de remporter la palme des exploits les plus délirants.

Quant à moi, mon histoire était toujours la même. Ma mère travaillait comme fleuriste, et vu que la plus grande partie de son salaire passait dans les frais de scolarité de ce lycée privé, nous ne quittions jamais New York. Lorsqu'elle était en congés, nous passions nos après-midi à Central Park, pour lézarder au soleil. Puis, quand elle est tombée malade, j'ai passé mes étés à l'hôpital avec elle, à arranger ses cheveux attaqués par la chimiothérapie ou à zapper devant la télévision de sa chambre.

Ce n'était pas les Hampton. Ce n'était pas la Floride. Ce n'était pas l'Europe. Mais tels étaient mes étés.

En revanche, celui que j'ai passé avec James — c'était après mes six premiers mois aux côtés d'Henry — dépassa haut la main toutes les vacances de mes camarades.

— C'est fou que tu n'aies jamais nagé avec des dauphins auparavant, dit James alors que je conduisais sur un chemin de terre peu emprunté.

Nous étions de retour dans la péninsule supérieure du Michigan, et entourés d'arbres plus hauts que bien des immeubles. Mon sourire s'élargissait à mesure que nous nous rapprochions du manoir d'Eden.

— Il n'y en a pas non plus des masses dans l'Hudson River, répondis-je en appuyant sur l'accélérateur.

Nous nous trouvions désormais si loin de la civilisation qu'il n'y avait plus de limitation de vitesse ; la dernière fois que j'avais emprunté cette route, ma mère était trop malade pour que j'ose en profiter. Mais maintenant que le Conseil m'avait accordé l'immortalité, la seule chose que je mettais en péril, c'était ma vieille voiture déglinguée. Jusqu'ici, j'appréciais assez ces petits avantages.

— J'ai été plus impressionnée par l'éruption volcanique.

— Je me demande pourquoi c'est arrivé, s'interrogea James. Ce volcan était en sommeil depuis plus longtemps que certains d'entre nous ne sont en vie. Je poserai peut-être la question à Henry, quand on sera revenus.

— Qu'est-ce qu'il aurait à voir avec un volcan ?

Mon cœur s'accéléra. Nous étions maintenant si près que je pouvais presque le sentir ; mes doigts pianotèrent nerveusement sur le volant.

— Les volcans font partie du domaine d'Henry. Quand un vieux se réveille, comme ça, c'est que quelque chose se prépare.

James mordit dans un morceau de viande séchée et me tendit le reste. Je refusai l'offre en plissant le nez.

— Comme tu veux. Tu as bien conscience que tu vas devoir lui raconter tout ce qu'on a fait, n'est-ce pas ?

Je lui lançai un regard furtif.

— Eh bien, oui. Pourquoi ? Où est le problème ?

James haussa les épaules.

— Non, rien. Je me disais juste qu'il ne serait peut-être pas ravi à l'idée que tu aies passé six mois en Grèce en compagnie d'un bel inconnu blond, c'est tout.

J'éclatai de rire tellement fort que je faillis perdre le contrôle de mon véhicule.

— Et qui est ce bel inconnu blond, je te prie ? Parce que je ne m'en souviens pas.

— Voilà exactement ce que tu devras dire à Henry, et nous serons tous les deux tranquilles, répondit gaiement James.

C'était une plaisanterie, bien entendu. James était mon meilleur ami, et nous avions passé tout l'été ensemble à visiter des ruines antiques, de grandes villes et des îles époustouflantes dans l'un des plus beaux endroits du monde. Peut-être l'un des plus romantiques aussi ; mais James était James, et j'étais mariée avec Henry.

Mariée. Je ne m'y étais pas encore habituée. J'avais gardé mon alliance à diamant noir sur une chaîne passée autour de mon cou, craignant trop de la perdre si je la portais à mon doigt ; maintenant que nous n'étions plus qu'à un ou deux kilomètres d'Eden, il était temps de la remettre. J'avais bataillé pour remporter les sept épreuves que le Conseil des dieux m'avait concocté afin de voir si j'étais digne de l'immortalité et de devenir reine de l'Autre Monde. Et comme j'avais gagné — à un cheveu près —, Henry et moi étions donc théoriquement mari et femme.

Cependant, son silence assourdissant ces six derniers mois ne m'en donnait pas l'impression. Je ne l'avais pas avoué à James, mais j'avais passé l'été à scruter autour de moi dans l'espoir de distinguer Henry dans la foule, même s'il n'était pas censé s'y trouver. Seulement, en dépit de mes efforts, je n'avais jamais entrevu le moindre signe de lui. Certes, six mois n'étaient rien pour quelqu'un qui existait avant la naissance même de l'humanité.

Mais j'aurais apprécié un petit signe signifiant que je lui manquais.

Au cours de l'hiver passé à ses côtés, j'avais dû batailler pour faire avancer notre relation. Chaque regard, chaque contact, chaque baiser avait été conquis de haute lutte. Et si ces quelques mois de séparation nous avaient ramenés à la case départ ? Il avait passé mille ans à faire le deuil de sa première femme, Perséphone, alors que moi, il ne me connaissait que depuis une année. Notre mariage n'était pas le couronnement parfait d'une merveilleuse histoire d'amour. Il avait marqué le commencement de l'éternité, et rien dans notre nouvelle vie ensemble ne s'annonçait facile. Ni pour lui, ni pour moi. Surtout si l'on considérait qu'en plus de m'habituer à mon nouveau statut de femme mariée, j'allais également devoir apprendre à être la reine de l'Autre Monde.

J'avais beau avoir passé de nombreuses années à m'occuper de ma mère mourante, je pressentais que cela ne m'aiderait guère pour savoir régner sur les morts.

J'ai repoussé ces sombres pensées de mon esprit alors que je distinguai les grilles de fer forgé du manoir d'Eden. New York, le lycée, la maladie de ma mère — tout ça, c'était du passé. Ma vie de mortelle. Ici, c'était mon futur. Quoi qu'il se soit passé au cours de l'été, j'allais maintenant avoir la chance de retrouver Henry, et je comptais bien en profiter.

— Ah, c'est bon de rentrer chez soi ! soupirai-je en franchissant les grilles.

Tout allait bien se passer. Henry devait être en train de m'attendre, et il serait fou de joie en me voyant. Ma mère serait là aussi. Plus jamais je ne passerais six mois sans les voir. Ces six mois sans elle, après l'avoir presque perdue, avaient constitué une véritable torture, mais elle avait insisté : ce premier été était le mien, et ni elle ni Henry ne devaient me déranger. J'étais de retour, maintenant ; et tout allait bien se passer.

James pencha la tête pour contempler les arbres aux couleurs vives qui bordaient la longue allée.

— Ça va ? me demanda-t-il.

— C'est plutôt moi qui devrais te poser la question, répondis-je en voyant ses doigts tambouriner nerveusement sur son accoudoir.

Il cessa immédiatement et nous sommes restés un instant silencieux. Au bout de quelques instants cependant, je ne pus m'empêcher d'ajouter :

— Il va être content de me voir, tu ne crois pas ?

James cligna des yeux et répondit avec désinvolture :

— Qui ? Henry ? Je ne sais pas. Je ne suis pas à sa place.

Je m'attendais à tout sauf à cette réponse. Enfin, bien sûr, je devais reconnaître que la situation n'était pas simple pour James non plus. Après tout, c'était lui qui aurait remplacé Henry comme dirigeant de l'Autre Monde si j'avais échoué, et bien que nous n'en ayons pas parlé durant notre voyage, il en était certainement très peiné.

— Pourrais-tu au moins faire semblant d'être heureux pour moi ? lui dis-je. Tu ne vas quand même pas rester en colère toute ta vie.

— Je ne suis pas en colère. Je suis inquiet, rectifia-t-il. Tu n'as pas à faire ça si tu n'en as pas envie, tu sais. Personne ne t'en voudrait.

— Faire quoi ? Ne pas revenir à Eden ?

J'avais réussi les épreuves. J'avais dit à Henry que je reviendrais. Et nous étions mariés !

— Tout le monde ne cesse de te répéter que tu es tout pour Henry, reprit James. Ce n'est pas juste de te mettre une telle pression.

Bon sang, il évoquait sérieusement la possibilité que je ne revienne pas !

— Ecoute, James, je sais que tu as aimé la Grèce — et moi aussi — mais si tu crois que tu vas me convaincre de ne pas revenir…

— Je n'essaie pas de te convaincre de quoi que ce soit, rétorqua James avec une fermeté surprenante. J'essaie juste de m'assurer que personne d'autre ne le fait. C'est *ta* vie. Personne ne va t'enlever ta mère, maintenant, si tu décides de tout abandonner.

— Ce n'est pas… ce n'est du tout pour ça que je reviens, bafouillai-je.

— Alors pourquoi, Kate ? Donne-moi une seule bonne raison, et je ne t'embêterai plus.

— Je peux t'en donner une dizaine.

— Une seule me suffira.

Je poussai un grognement de frustration. Ça ne

le regardait pas. J'avais failli mourir en essayant de sauver Henry de la disparition ; je n'allais pas le laisser tomber simplement parce que l'Autre Monde pourrait ne pas me plaire.

— Je ne sais pas à quoi tu joues, mais j'aime Henry, et je ne vais pas le quitter juste parce que tu ne crois pas qu'il soit la bonne personne pour moi.

— Ça se tient, reconnut James. Mais que feras-tu si Henry ne t'aime pas, lui ?

J'appuyai à fond sur les freins et arrêtai la voiture si brutalement que le pommeau du levier de vitesse se brisa. Cette voiture était vraiment une ruine.

— C'est impossible. Il a dit qu'il m'aimait, et je sais qu'il ne me mentirait pas. Pas comme quelqu'un d'autre de ma connaissance…

Je le fixai, mais son expression ne changea pas d'un iota. Exaspérée, j'ouvris ma portière pour descendre, mais ma ceinture de sécurité s'était accrochée à mon jean. De mieux en mieux ! Avec un juron, j'essayai de me libérer, et ce ne fut qu'après plusieurs tentatives infructueuses que James se pencha et la décrocha pour moi.

— Ne sois pas fâchée, dit-il. S'il te plaît. Après ce qui est arrivé à Perséphone, je veux seulement être sûr que tu ne te sentes pas obligée de vivre la même chose, d'accord ? Rien de plus.

Je n'étais pas idiote. Je savais bien que quelque part, Henry aimerait toujours Perséphone. N'avait-il pas perdu toute volonté de vivre lorsque, renonçant à son immortalité, elle était morte afin de passer l'éternité avec un mortel ? Il n'aurait pas réagi de manière aussi désespérée s'il n'avait pas tenu à elle plus que tout. Mais je pouvais lui donner une chose qu'elle ne lui avait jamais offerte : un amour réciproque.

— Si vous êtes vraiment heureux et que vous vous aimez de façon égale, alors super, dit James. Bonne chance à vous. Mais si ce n'est pas le cas, si tu te réveilles un jour en te rendant compte que tu te forces à l'aimer parce que tu crois que c'est ton devoir, et non parce qu'il te rend plus heureuse que tu ne l'as jamais été… alors, je veux être certain que tu saches que tu as le choix. Et que si jamais tu veux partir, tu n'as qu'un mot à dire, et je partirai avec toi.

Je me ruai vers les portes du manoir et tirai dessus d'un coup sec.

— O.K., je te ferai signe si jamais je décidais de sacrifier la vie d'Henry. Tu veux bien m'aider à les ouvrir, dis ?

Sans un mot de plus, James avança et ouvrit les lourdes portes comme si elles étaient faites de plumes. Je me glissai à l'intérieur, un sourire forcé aux lèvres, m'attendant à voir Henry m'accueillir dans le magnifique hall d'entrée, tout de miroirs et de marbre. Mais il n'y avait personne.

— Où sont-ils ? demandai-je alors que mon sourire retombait.

— Ils t'attendent, je suppose.

James entra après moi et la porte claqua derrière lui, résonnant dans tout le hall.

— Tu ne croyais quand même pas qu'ils allaient rester ici ?

— Je ne savais pas qu'ils pouvaient être ailleurs.

Il posa un bras sur mes épaules, mais je le repoussai, et il enfouit ses mains au fond de ses poches.

— Bien sûr qu'il y a un ailleurs. Suis-moi.

James m'entraîna au centre du hall, où un cercle de cristal scintillait d'un arc-en-ciel de couleurs au beau milieu du sol de marbre blanc. Il me retint alors que je poursuivais mon chemin pour gagner l'autre côté de la pièce.

— On s'arrête là, dit-il en regardant vers le bas.

J'observai le cristal sous mes pieds, et finis par voir quelque chose. Une étrange aura étincelante semblait émaner de l'endroit où nous nous trouvions. Effrayée autant que surprise, je bondis hors du cercle.

— Qu'est-ce que c'est que ça ?

— Henry ne t'a pas dit ? dit James.

Je secouai la tête.

— C'est un portail entre la surface et l'Autre Monde, en dessous. Totalement sécurisé, je te le promets. Ce sont des sortes de raccourcis pour nous éviter de faire un grand détour.

— Un grand détour ?

— Si tu sais où chercher, tu peux trouver une ouverture menant dans l'Autre Monde et passer par différentes grottes, ou ce genre de choses, expliqua-t-il. Mais c'est sombre, sinistre, ça prend beaucoup de temps, et ce n'est pas l'idéal si tu as un peu la trouille de te retrouver coincée entre des milliers de tonnes de roche.

— Il n'y a rien sous la surface, à part de la terre et de la lave en fusion, rétorquai-je en refoulant une horrible vision de moi-même ensevelie vivante. N'importe quel enfant de huit ans sait ça.

— Nous sommes des dieux. Et maîtres dans l'art de dissimuler nos traces, répliqua James avec un sourire facétieux.

Il me tendit la main, et cette fois, je la pris et revins dans le cercle.

— Quels sont vos autres talents ? marmonnai-je. Transformer l'eau en vin ?

— Ça, c'est la spécialité de Xander, dit-il. Je suis surpris qu'il n'ait pas encore transformé la mer Morte en matière première pour une gigantesque soirée de beuverie. Elle est peut-être trop salée à son goût. Moi, je peux trouver ce que tu veux, qui tu veux, à n'importe quel endroit. Tu n'as pas remarqué qu'on ne s'est jamais perdus en Grèce ?

— Sauf une fois.

— On n'était pas vraiment perdus, rétorqua-t-il.

— Quand même.

Je lui coulai un regard dubitatif qui le fit rougir.

— Je croyais que tu connaissais juste bien la région, repris-je.

— C'était le cas, il y a des milliers d'années. Mais ils ont fait quelques petites modifications, depuis. Allez, ferme les yeux.

Une vague de courant électrique s'enroula soudain autour de nous, tandis qu'un vrombissement s'élevait dans les airs. Sans prévenir, le sol céda alors sous nos pieds, et je poussai un hurlement.

Mon cœur bondit dans ma poitrine, et je rouvris les yeux en essayant de m'écarter de James, mais son bras était refermé autour de moi avec une poigne d'acier. Nous étions entourés de roche — non, nous étions *dans* la roche, sauf que nous la traversions comme si nous étions de la même substance que l'air. James arborait une expression de calme total ; visiblement, traverser ainsi la roche, la terre et Dieu sait quoi d'autre était parfaitement normal pour lui.

La descente me parut interminable, mais quelques secondes plus tard, mes pieds se posèrent sur la terre ferme. James relâcha son étreinte. Mes jambes tremblaient tellement que je m'agrippai à lui malgré mon envie de lui donner un grand coup sur la tête.

— Eh bien, ce n'était pas si méchant ? me lança-t-il joyeusement.

— Tu me le paieras, grommelai-je en le foudroyant du regard. Tiens-toi sur tes gardes !

— J'ai hâte de voir ça, dit-il comme je retrouvais assez d'équilibre pour me tenir toute seule.

Je m'apprêtai à répliquer mais à mesure que je regardais autour de moi la surprise prit le pas sur ma colère. Cet endroit était incroyable !

Nous nous trouvions dans une immense caverne, si vaste que je n'en voyais pas le haut. Mis à part le voyage éprouvant que nous venions de faire, la seule chose qui me confirmait que nous étions sous terre était l'absence de soleil.

Génial. Apparemment, Henry vivait dans une grotte.

A la place du ciel, des rivières de cristal parcouraient la roche et émettaient une lumière qui éclairait toute la caverne. Des stalagmites et des stalactites géantes se rejoignaient en constituant des rangées de colonnes qui ne pouvaient être le fruit de la nature ; à mon grand soulagement, je m'aperçus soudain qu'elles formaient une allée menant à un somptueux palais fait d'une roche noire brillante, comme issue de la paroi de la caverne.

— Si je peux me permettre, dit James. De la part du Conseil, je suis honoré d'être le premier à te souhaiter la bienvenue dans l'Autre Monde.

J'ouvris la bouche pour lui répondre ; mais avant qu'un mot ait eu le temps de franchir mes lèvres, la voix d'Henry poussant des cris enragés me déchira les oreilles. Je tombai à genoux et tout devint noir autour de moi.

2

Le don

Le visage d'Henry m'apparut à quelques centimètres de moi, déformé par tant de fureur que j'eus un brusque mouvement de recul. Il était dans l'Autre Monde, entouré de la même roche incrustée de cristal que celle dans laquelle nous nous trouvions James et moi après notre atterrissage, mais la caverne n'était pas tout à fait la même. Elle était si grande que je ne pouvais en voir l'autre bout, et dénuée de tout artifice, excepté une grande grille qui semblait elle-même faire partie de la paroi.

Mâchoires serrées, Henry leva ses mains tremblantes vers un épais brouillard qui se glissait entre les barreaux de pierre de la grille. Ses frères, Walter et Phillip, étaient à ses côtés ; mais il était clair qu'Henry était le principal acteur cette bataille.

— Ça ne marchera pas, dit soudain une voix féminine qui me glaça le sang.

Calliope… Elle se tenait derrière Henry, les yeux brillants d'excitation.

— Il est déjà réveillé.

— Pourquoi ? dit Henry d'une voix étranglée par

l'effort. Comment as-tu pu croire que ceci pouvait être la réponse ?

Quelle qu'ait été la question, je n'eus pas l'occasion de la connaître. Henry et ses frères s'évanouirent subitement, et j'ouvris les yeux pour me retrouver dans l'air frais et humide de la caverne, face au magnifique palais. Je ne sais comment, mais j'étais à quatre pattes. James était agenouillé près de moi et me frottait le dos, l'air soucieux.

— Kate ? Ça va ? s'enquit-il.

— Que s'est-il passé ?

Je me crispai en apercevant soudain deux silhouettes venir vers nous. Ce ne pouvait pas être Henry et Calliope. Il ne la laisserait jamais m'approcher.

— Rien, répondit James avec hésitation. Tu t'es cogné la tête ?

Je ne répondis pas, trop préoccupée par l'approche des deux silhouettes. James ne paraissait pas inquiet : ce ne pouvait donc pas être Calliope. Mais avait-il vu la scène avec la grille ? Savait-il qu'elle s'y trouvait, et qu'elle se battait avec Henry et ses frères ?

Les deux silhouettes apparurent enfin clairement, et je sentis le soulagement m'envahir.

— Maman ! appelai-je en me relevant, les jambes tremblantes.

James me stabilisa, et je parvins à avancer de quelques pas.

Ma mère avait passé des années à combattre un cancer qui avait fini par tuer sa forme mortelle, mais là, elle s'avançait vers moi, l'air radieux. Je n'avais pas encore totalement intégré le fait qu'elle aussi était une déesse, et qu'elle me l'avait dissimulé pendant dix-huit ans ; mais en cet instant, tout ce qui m'importait, c'était de combler le vide qui avait grandi en moi pendant ces six mois d'absence.

— Bonjour, ma chérie, dit-elle en m'enlaçant.

Je humai son parfum de pomme et freesia, et la serrai fort à mon tour. Elle m'avait manqué plus que je n'aurais su l'exprimer, et en ce qui me concernait, personne ne pourrait plus me convaincre de la quitter pendant une aussi longue période.

— Mais qu'est-ce qui s'est passé ? dit alors une deuxième voix.

Ava. Ma meilleure amie, grâce à laquelle j'avais rencontré Henry. Encore une qui m'avait menti sur son état de mortelle.

— On aurait dit que Kate faisait une attaque.

— Rien qui ne puisse être contrôlé avec un peu de pratique, me rassura ma mère avec une caresse sur la joue. Je vois que tu as bien pris le soleil. La Grèce t'a fait du bien ?

Elle s'écarta de moi, et Ava me prit à son tour dans ses bras en piaillant.

— Tu es superbe ! Regarde-moi ce bronzage, je suis jalouse. Tu as décoloré tes cheveux ? Ils sont plus clairs que d'habitude.

Je jetai un coup d'œil par-dessus son épaule, mais le chemin qui menait au palais d'obsidienne était vide. Henry n'était pas venu m'accueillir. Mon cœur se serra, et j'évitai le regard de James. Je ne voulais pas le voir jubiler.

— Que veux-tu dire quand tu parles de quelque chose qui peut être contrôlé avec un peu de pratique ? demandai-je à ma mère.

— Je parle de ton don, bien sûr.

Le sourire de ma mère s'évanouit et elle me regarda d'un air inquiet.

— Rassure-moi, Henry t'en a parlé, l'hiver dernier ?

Je fis la moue.

— Bon, et si tout le monde partait maintenant du principe qu'Henry ne m'a rien dit de tout ce que j'étais censée savoir ? Ça vous va ?

— Probablement a-t-il cru que tu ne survivrais pas assez longtemps pour que ça ait de l'importance, marmonna James.

Ava l'ignora et passa son bras autour du mien.

— Dis donc, tu es grincheuse aujourd'hui.

— Tu le serais aussi si tu tombais dans un trou pour atterrir en enfer, répondis-je.

Ma mère prit mon autre bras et James nous suivit vers le palais en traînant des pieds.

— N'appelle pas cet endroit l'enfer devant Henry, me dit-elle. Il est très susceptible sur ce genre de choses. C'est l'Autre Monde, ici, pas l'enfer. C'est là que…

— Les gens vont après la mort, complétai-je. Je sais. Ça, il me l'a dit. D'ailleurs, où est-il ?

Je posai cette question en dépit du sentiment désagréable d'en connaître déjà la réponse.

— Henry et quelques autres ont eu une affaire de dernière minute à régler, répondit ma mère. Ils seront de retour avant ta cérémonie de couronnement, ce soir.

— Cette affaire aurait-elle quelque chose à voir avec une grille géante et Calliope ?

Ava se figea ; je la pris par le bras pour la forcer à me suivre, mais ses pieds restèrent rivés au sol.

— Comment sais-tu ça ? demanda-t-elle d'un ton étrange.

Je haussai les épaules.

— C'est ce que j'essayais de vous dire : je viens de le voir.

Là-haut, à la surface, on m'aurait internée sur-le-champ si j'avais prétendu avoir des visions. Mais ma mère ne cilla même pas.

— Oui, trésor, cela arrivera de temps en temps. Tu finiras par savoir le contrôler.

— Super, répliquai-je d'un ton acerbe. Vous pouvez au moins m'expliquer de quoi il s'agit ?

— Ce n'est pas la peine de te fâcher, dit ma mère.

Mon exaspération s'évanouit instantanément. Certes, elle n'était plus mourante, mais après quatre années passées à la voir osciller entre la vie et la mort, j'étais totalement incapable de me fâcher après elle. Et ce n'étaient pas six mois d'absence qui allaient changer ça.

— Je suis désolée, m'excusai-je, assaillie par la culpabilité.

Je regardai James, qui traînait derrière nous, les mains enfouies dans les poches, une mèche de cheveux blonds sur les yeux. Mais je voulais des réponses, et non des leçons de morale sur mes choix et mes obligations.

— Que se passe-t-il ? Pourquoi ai-je eu une vision d'Henry ?

Ma mère passa ses bras autour de mes épaules, et je me laissai aller contre elle.

— Et si on allait se poser confortablement à l'intérieur pour discuter de tout ça ?

Je doutais de connaître un jour réellement tout ce qui avait trait à ma nouvelle famille et à mon nouveau statut ; mais mon jean était trempé, et plus vite nous serions au palais, plus vite je verrais Henry. Et ensuite…

Ensuite, quoi ?

La proposition de James me revint à l'esprit malgré moi. Mais il avait tort. Forcément tort. J'avais survécu ; j'avais réussi les épreuves, et Henry m'aimait. Dès que nous nous reverrions, tout rentrerait dans l'ordre, et les choses reprendraient leur cours normal. Et je me sentirais idiote d'avoir douté de lui.

Moins long que je ne le pensais, le chemin menant à la cour devant le palais descendait en pente douce. Au lieu d'arbres et de lits de fleurs, le sol y était recouvert de splendides joyaux qui scintillaient dans la lumière, formant un véritable arc-en-ciel. C'était un chef-d'œuvre comparable aux magnifiques jardins que ma mère créait autrefois, et je ne parvenais pas à en détacher mon regard.

— C'est Perséphone qui l'a conçu, me dit Ava

comme nous approchions des portes impressionnantes.

Je dus me mordre la joue pour contenir une réplique cinglante. Je n'avais jamais vraiment songé au fait que l'Autre Monde serait inévitablement marqué par la présence de Perséphone ; après des millénaires passés ensemble, il aurait été vain de vouloir lutter contre toutes les traces qu'elle avait laissées dans la vie d'Henry. Seulement, je ne m'attendais pas à y être confrontée si rapidement.

Je pris une grande respiration. Tout allait bien se passer. J'étais fatiguée par le décalage horaire, rien de plus, et dès que j'aurais fait une bonne sieste et revu Henry, tout reviendrait à la normale. Me mettre en colère pour des détails ne me servirait à rien.

Je fus très surprise lorsque je pénétrai dans le hall. Cela ne ressemblait à rien de ce que je m'étais imaginé. Contrairement aux fastes impressionnants de la cour et des alentours du palais, l'intérieur était tout simplement… gai. Oui, gai, avec des murs rouges et des miroirs semblables à ceux du manoir d'Eden. Cette pièce était cependant plus petite que là-bas, et plus accueillante. Des reflets dorés autour des miroirs jusqu'aux meubles de cuir brun, tout y était chaleureux. Le palais était immense, mais à l'intérieur, l'atmosphère était simple et sans ostentation.

Cela me plut beaucoup.

— C'est là que je vais vivre pendant l'hiver ? demandai-je.

Ma mère acquiesça d'un signe de tête.

— C'est ton aile privée du palais, rien que pour toi, Henry et vos invités.

— Il y a des invités ?

Ava me tira le bras, le déboîtant presque de mon épaule.

— Comme nous, andouille ! Le Conseil au complet est là pour assister à ton couronnement.

— Ah bon ?

Je sentis la panique me gagner.

— Je croyais qu'il n'y aurait qu'Henry, moi… et vous, dis-je la bouche sèche.

— Mais voyons, il est normal que tout le Conseil soit présent. Henry va couronner la nouvelle reine de l'Autre Monde ce soir, dit ma mère en me passant une main dans le dos pour me faire avancer dans un autre vestibule. Cela n'arrive pas tous les jours.

Elle semblait savoir exactement où elle allait, et je me sentis soudain encore plus anxieuse. Probablement avait-elle passé beaucoup de temps ici avec sa fille Perséphone — donc ma sœur. Sa familiarité avec le palais me rappelait une fois encore à quel point Perséphone avait été profondément liée à la vie d'Henry. A quel point son souvenir l'était encore.

— Ta chambre, claironna Ava en désignant une porte richement ornementée au bout du couloir.

Je voulais lui demander comment elle le savait, mais en nous rapprochant, je reconnus les sculptures délicates qui l'ornaient, et soudain l'air me manqua.

C'était exactement la même porte que celle qui menait à la chambre de Perséphone à Eden. Sur la moitié supérieure se trouvait gravée une belle prairie, où, par on ne sait quel miracle, l'artiste était parvenu à créer une impression de soleil dans le travail du bois. Plus bas étaient représentés l'Autre Monde, ses piliers de pierre et ses jardins de joyaux, avec une précision indescriptible.

— Vous croyez qu'Henry serait d'accord pour que je revoie un peu la décoration ?

Ava et ma mère échangèrent un regard perplexe, mais James, qui jusqu'ici était resté silencieux, fit un pas vers moi. Je ne voulais pas de sa compassion. Ni de sa compréhension. Henry était occupé, il ne m'ignorait pas, et il ne pouvait pas se douter qu'une simple porte me ferait l'effet d'un coup de poing dans le ventre. Je ne voulais pas lui imposer de choisir entre moi et sa défunte épouse ; je voulais seulement avoir davantage de place dans sa vie maintenant. Peut-être cela serait-il long, mais j'étais prête à y consacrer le temps qu'il faudrait, si Henry le souhaitait aussi.

Je secouai la tête comme pour refouler mes doutes. Bien sûr qu'Henry le souhaiterait. C'est lui qui m'avait approchée au bord de la rivière, au tout début. C'est lui qui m'avait protégée pendant mon séjour à Eden. C'est lui qui m'avait aidée à revenir d'entre les morts. Et c'est encore lui qui avait veillé à mon chevet jusqu'à mon rétablissement. Je comptais beaucoup pour lui. C'était évident.

Toutefois, tout cela avait eu lieu avant que le

Conseil ne m'accorde l'immortalité, murmura une petite voix étrangement proche de celle de James, dans un coin de ma tête. Ma mère était la sœur préférée d'Henry. Peut-être ne me protégeait-il que par égard pour elle ?

Je décidai d'ignorer la voix. J'étais en train de paniquer pour rien. Henry allait bientôt apparaître, et il ne pourrait m'éviter tout l'hiver. Même si la situation le déstabilisait, nous pourrions en discuter. J'en aurais besoin, car je n'étais guère plus à l'aise que lui.

— C'est chez toi aussi maintenant, fais ce qui te convient, dit James. Si Henry t'aime vraiment, il comprendra.

— Comment oses-tu dire un truc pareil ? s'indigna Ava. Bien sûr qu'il l'aime !

— Bien sûr, répondit James d'un ton cassant. Bon, si vous voulez bien m'excuser, j'ai des choses à faire avant la cérémonie.

Il m'embrassa sur la joue avant de passer rapidement devant Ava et ma mère. Nous le regardâmes s'éloigner en silence. J'essayai de garder la tête froide, mais l'idée de ne pas revoir James pendant six mois après avoir passé tout l'été avec lui me rendait triste. Quelle que soit la nature présente ou passée de ses sentiments pour moi, il était toujours mon ami.

— Je vais aller voir ce qu'il a, déclara ma mère une fois que James eut disparu de notre vue.

— Merci, lui dis-je. Il n'était pas comme ça quand nous étions en Grèce.

— Non, j'imagine que non, en effet, répliqua-t-elle en soupirant.

Elle me serra brièvement dans ses bras avant d'ajouter :

— Je reviendrai te voir avant la cérémonie. Ava, reste avec elle jusqu'à ce qu'Henry revienne.

— C'était prévu, répondit Ava.

Dès que ma mère eut tourné les talons, Ava se tourna vers moi avec un sourire narquois.

— Alors, tu veux voir l'endroit où l'on fait de la magie ?

Mon expression la fit éclater de rire et je dus la menacer de la planter là et de suivre ma mère pour qu'elle se calme enfin.

— Oh ! pardon ! Tu es tellement… prude.

Je ne pris pas la peine de répondre à cela. L'unique fois où j'avais couché avec Henry, nous étions sous l'emprise d'un aphrodisiaque concocté par Calliope. Ce jour-là, Henry était furieux parce que j'avais échoué à une épreuve, pourtant j'espérais tout de même qu'il avait apprécié ce moment autant que moi. Nous n'avions pas couché ensemble depuis ; mais maintenant que nous étions mariés, il nourrissait peut-être cette attente.

Et à vrai dire, je ne savais pas trop ce qui était le pire : l'idée qu'Henry s'attende à coucher avec moi, ou l'idée qu'il ne le veuille pas du tout.

Ava poussa alors une porte, qui s'ouvrit sur une grande suite nuptiale. La moquette était moelleuse, couleur crème, et les murs étaient peints du même rouge profond que le hall d'entrée. Au centre, sur une plate-forme surélevée, se dressait un grand lit aux draps d'or. C'était tout simplement magnifique, et, malgré moi, je ne pus m'empêcher d'être impressionnée.

— Je t'en prie, dis-moi que quelqu'un a changé les draps depuis l'époque où Perséphone vivait ici, marmonnai-je.

Ava éclata de rire.

— Bien sûr ! J'ai même convaincu Henry de me laisser la redécorer pour toi. Je ne pensais pas que la porte t'embêterait, sinon je l'aurais aussi changée.

Je sentis le poids qui me pesait sur l'estomac s'alléger un peu.

— La prochaine fois, commence par là, dis-je en avançant dans la chambre pour mieux l'observer.

En plus du lit impressionnant, il y avait également deux petits canapés, un bureau et une coiffeuse. Une grande baie vitrée donnait sur la cour et le jardin de joyaux.

Je tirai les rideaux dorés lorsqu'un jappement aigu me fit tourner la tête. Pogo, le chiot qu'Henry m'avait offert l'hiver dernier, se précipitait vers moi. Il était tellement excité que ses petites pattes le retenaient à peine, et sa queue battait si fort que j'avais peur qu'il ne se la casse en fouettant quelque chose.

— Pogo ! m'exclamai-je en me penchant pour le prendre contre moi. Tu n'as pas beaucoup grandi, dis-moi ? Où est Cerbère ?

Il me lécha la joue, m'arrachant un sourire.

Enfin, un peu de tendresse ! Enfin quelque chose de familier et rassurant !

— Cerbère a sa propre mission, ici, me lança Ava depuis l'autre côté de la pièce. Je me suis occupée de Pogo pour toi ; je lui ai même appris quelques nouveaux tours.

Mon sourire s'effaça.

— Je croyais qu'Henry allait s'en occuper.

Il m'avait donné Pogo pour me montrer qu'il voulait que notre relation dure ; et au lieu de prendre soin de lui, comme il l'avait promis, il l'avait refilé à Ava pour l'été ? Je serrai Pogo un peu plus fort contre moi.

— Tu sais, il est parfois assez occupé, dit Ava.

Je ne répondis rien et traversai la pièce pour la rejoindre.

— Voilà, c'est ta penderie. J'ai même réussi à convaincre Henry de me laisser choisir tes tenues cette fois, à la place d'Ella.

Ella, qui s'était occupée de moi avec Calliope pendant mon séjour à Eden, avait passé les premiers mois à m'habiller des vêtements les plus inconfortables des derniers siècles. J'aurais préféré vivre enroulée dans un drap plutôt que de remettre les corsets et robes à crinoline qu'Ella n'aurait pas manqué de m'imposer.

Ava ouvrit une porte et là, je restai un instant sans voix. Jamais je n'avais vu un dressing pareil. Des rangées de jeans, de chemises et de pulls, et tout un pan de mur couvert de chaussures ! Il y avait aussi un portant de robes de soirée, mais

Ava avait eu la délicatesse de ne pas surcharger cette partie.

— Je me suis dit que tu n'en voudrais pas, alors je les ai prises surtout pour moi, avoua-t-elle tandis que j'effleurais une longue robe couleur argent que j'aurais presque pu envisager de mettre pour un événement. Ne le dis pas à Henry.

— Pas de souci.

Je m'assis près du mur de chaussures et examinai la paire la plus proche. Pointure 38, la mienne.

— Si je te dis quelque chose, tu promets de ne le répéter à personne ? demandai-je à Ava tout en reposant la chaussure.

Elle fut près de moi en un instant, et la curiosité que je vis briller dans ses yeux manqua me faire changer d'avis. Mais je n'avais personne d'autre que ma mère et James à qui parler, et j'étais trop gênée d'aborder ce sujet avec ma mère ; quant à James… eh bien, il faisait un peu partie du problème.

— Bien sûr, dit-elle dans un chuchotement complice. Tu sais bien que tu peux tout me dire, et que je serai une vraie tombe.

J'aurais aimé la croire, mais je me souvenais encore de sa machination pour me faire pénétrer sur le domaine d'Henry et essayer de m'y abandonner. Sa ruse s'était retournée contre elle. Elle en était morte et Henry ne l'avait sauvée qu'à la condition que je passe six mois en sa compagnie. Depuis, toutefois, je devais bien reconnaître qu'elle était devenue l'une de mes meilleures amies.

— C'est à propos de James, dis-je en contemplant

un escarpin qui irait parfaitement avec la robe argentée. Il a dit que j'avais le choix. Que je n'étais pas obligée de revenir ici si je ne le voulais pas.

Je m'arrêtai avant de mentionner sa proposition de partir avec lui.

— Je crois qu'il est jaloux d'Henry, ajoutai-je.

Au lieu de me rire au nez, Ava s'assit sur le sol à côté de moi.

— C'est possible. Aucun d'entre nous ne se réjouissait à l'idée qu'Henry disparaisse, mais il est vrai que James en aurait tiré profit.

Je secouai la tête.

— Je ne veux pas dire qu'il soit jaloux du fait qu'il règne sur l'Autre Monde. Non… jaloux qu'Henry soit avec moi.

— Oh.

Les yeux d'Ava devinrent ronds comme des billes.

— Tu crois que James… ?

Je haussai les épaules.

— Ça m'en a tout l'air. Nous avons passé tout l'été ensemble. Il était si heureux, si détendu, si… *James* quand nous étions en Grèce. Mais depuis que nous sommes revenus, il est maussade, coincé, et j'ai l'impression qu'il me fuit. Et je pense que c'est à cause d'Henry.

— Parce que tu es avec Henry, et pas avec lui.

Ava tapota un doigt contre sa joue blanche comme de la porcelaine.

— Tu sais qui je suis, n'est-ce pas ?

Je la dévisageai. Etait-ce une question piège ?

— Oui. Tu es Ava.

— Et de quoi suis-je la déesse ? dit-elle en rejetant ses cheveux blonds sur ses épaules.

Personne ne me l'avait jamais dit, mais, des quatorze membres du Conseil, Ava était de loin la plus facile à identifier parmi ses homologues olympiens. Après Henry, bien sûr.

— La déesse de l'amour.

Son visage s'illumina.

— Bravo ! Même si tu as oublié la beauté et le sexe.

Oui, elle était Aphrodite, incontestablement.

— Et alors ? Où veux-tu en venir ?

La plupart du temps, je parvenais à oublier l'incroyable beauté d'Ava ; mais lorsque je m'en souvenais, il était difficile de ne pas se sentir autre chose qu'un misérable laideron à son côté.

— Là où je veux en venir, c'est que je possède certains dons, et je peux te dire que James t'aime. Mais nous t'aimons tous, Kate. Tu fais partie de la famille, maintenant.

— De quel genre d'amour s'agit-il, pour James ?

Elle poussa un grand soupir et me donna une petite tape amicale sur le genou.

— Je m'immiscerais affreusement dans l'intimité de James si je te le disais, et il se trouve que je dois encore le côtoyer pendant une éternité.

Je levai les yeux au ciel.

— Depuis quand te soucies-tu de l'intimité des gens ?

— Depuis qu'Henry est arrivé, il y a dix secondes.

En un clin d'œil, j'étais debout. Je sentis des

papillons m'envahir le ventre tandis que je sortais du dressing. Mais je fus très vite stoppée dans mon élan. Henry se tenait assis au bord du lit, les mains jointes, le visage de marbre. Il était pâle et paraissait épuisé, et il me sembla que ses mains tremblaient légèrement. Ce n'est pourtant pas ce qui retint le plus mon attention.

Une profonde entaille descendait de son cou pour disparaître sous sa chemise en une trace écarlate.

Il saignait.

3

Le couronnement

Si je ne connaissais pas grand-chose au statut de dieu, je savais tout de même qu'ils n'étaient pas censés saigner.

Ils pouvaient tomber malades ou se faire blesser lorsqu'ils adoptaient un corps mortel pendant de brèves périodes. C'était le cas d'Ava lorsque je l'avais rencontrée, et de ma mère pendant les dix-huit premières années de ma vie. Mais l'un des principaux avantages du statut d'Immortel était de ne pas s'inquiéter de choses dérisoires comme le sang ou la mort.

— Henry !

Je me précipitai vers lui et effleurai sa blessure du bout des doigts. Il avait cruellement besoin de points de suture… mais comment diable s'y prenait-on pour soigner un dieu ?

— Que s'est-il passé ?

Il grimaça tandis que je repoussais précautionneusement son encolure pour découvrir le reste de la blessure. Sa chemise noire était imbibée de sang ; sans lui demander son autorisation, je commençai à la déboutonner.

— Je… je vais chercher Théo, balbutia Ava.

Elle se rua hors de la chambre, Pogo sur ses talons, me laissant seule avec Henry.

— Ce n'est rien, dit-il.

Mais la manière dont il serrait les mâchoires disait à peu près le contraire. Lorsque j'eus fini de déboutonner sa chemise, je découvris une coupure qui traversait sa poitrine et descendait jusqu'au nombril.

— Ce n'est pas vraiment ce que j'appellerais rien, dis-je d'un ton inquiet. Allonge-toi.

Henry commença à protester, mais je lui décochai un regard sévère, et il obtempéra. Une fois qu'il fut sur le dos, je me penchai au-dessus de lui, sans trop savoir quoi faire ensuite. Comment l'aider ? Je voyais bien qu'il ne saignait pas au point qu'il faille effectuer des points de compression, et je ne voulais pas risquer de le blesser davantage.

— Comment est-ce arrivé ? Je croyais que les dieux ne pouvaient pas se faire blesser de la sorte.

— Normalement, non.

Les coins de ses lèvres se relevèrent pour esquisser un faible sourire.

— Tu as l'air d'aller bien, Kate. Comment s'est passé ton été ?

Il saignait de partout, et il voulait savoir comment s'était passé mon été !

— Fantastique, comparé à la façon dont commence mon automne. Est-ce que je peux faire quelque chose ? Tu mets du sang partout sur les draps.

Le lit était le cadet de mes soucis, mais cela suffit à dissuader Henry de me poser d'autres questions.

— Désolé. Je ferai en sorte que tout soit de nouveau bien propre pour ce soir. Théo ne va pas tarder à arriver, et… ah, te voilà.

Je me retournai et vis Théo entrer. La plupart des membres du Conseil avaient un rôle à jouer dans l'intendance au manoir d'Eden, et Théo était le maître de la Garde. Le chef de la sécurité, en quelque sorte. Pourtant, en le voyant franchir la porte, suivi de près par Ava, je compris que son rôle ne se limitait pas à cet aspect. Henry avait la capacité de me guérir, il l'avait prouvé, mais visiblement, il ne pouvait se guérir lui-même. En même temps, il n'était pas non plus censé pouvoir être blessé.

— Où sont les autres ? demanda Théo.

Je lui laissais la place auprès d'Henry et m'apprêtais à demander qui étaient ces autres, mais je me ravisai aussitôt. Il s'agissait sûrement de Walter et de Phillip, les frères d'Henry. Ils étaient présents dans ma vision.

— Ils arrivent, répondit Henry.

Théo posa ses mains au-dessus de la blessure, et l'expression de souffrance d'Henry s'apaisa.

— Ils ont insisté pour que je parte devant.

— Sont-ils blessés ? demanda Théo.

Henry secoua la tête.

— L'attaque s'est principalement concentrée sur moi.

Je regardai Théo avec anxiété et guettai le moindre

signe indiquant que son action fonctionnait. Tout d'abord, je ne vis rien. Mais au bout de quelques secondes, une étrange lueur se forma au point de contact entre ses mains et la peau d'Henry. Comme il passait ses paumes au-dessus de la plaie, celle-ci se referma, jusqu'à ne plus laisser qu'une fine ligne blanche. Cette fois, je fus certaine que la situation était exceptionnelle ; Henry ne possédait aucune autre cicatrice.

— Voilà, dit Théo quand il eut terminé.

Il prit un mouchoir dans sa poche et s'essuya les mains.

— Je te conseille d'y aller doucement cet après-midi, au cas où il y aurait d'autres problèmes que je n'ai pas vus.

— Il n'y en a pas, dit Henry en se mettant assis.

Il voulut remettre sa chemise, mais il dut en percevoir l'humidité car il la reposa de côté.

— Merci, Théo. Et toi aussi, Ava.

Théo partit presque tout de suite, mais Ava resta, le front plissé par l'inquiétude. Elle me fit un petit signe de tête en direction d'Henry, et je lui répondis par un signe négatif. J'adorais sa compagnie, mais maintenant qu'Henry était là, elle n'avait pas de raison de rester.

Je pris place au bord du lit et caressai Pogo pendant qu'Henry pliait sa chemise trempée de sang. Les questions se bousculaient dans ma tête, mais je ne savais pas par où commencer. Je décidai de lui laisser l'avantage. Il allait bien finir par me parler, même s'il ne souhaitait pas me dire ce qui s'était réellement passé.

Presque une minute s'écoula avant qu'il ne parle. Entre-temps, j'avais enfoui nerveusement mes mains entre mes genoux. Il aurait été inutile d'essayer d'avoir l'air détendue, c'était loin d'être le cas.

— Te réjouis-tu de la cérémonie, ce soir ? demanda-t-il enfin.

Je le considérai, bouche bée.

— Nous ne nous sommes pas vus depuis six mois, tu es couvert de sang, et c'est tout ce que tu trouves à me dire ?

Il eut un haussement d'épaules.

— C'est un sujet comme un autre.

— Non, répliquai-je en enfonçant mes ongles dans mon jean. Absolument pas. Pourquoi ne pas commencer par me dire comment tu as pu être si gravement blessé alors que tu es censé être immortel ?

Il se leva et se dirigea vers la porte qui se trouvait à côté de celle de mon dressing. Lorsqu'il l'ouvrit, je vis qu'il avait là sa propre penderie, en un peu plus petite et monochrome que la mienne. Il en sortit une chemise noire identique à la précédente et se dirigea vers une autre porte. La salle de bains.

— Je vais t'aider, dis-je en sautant du lit pour le rejoindre.

Il n'émit pas d'objection, et je le suivis dans la salle de bains. Elle était grande, décorée en noir et or. Prenant le contrôle des opérations, je pris une serviette et ouvris le robinet.

— Je ne m'attendais pas à trouver toute cette plomberie dans l'Autre Monde.

Cette remarque lui arracha enfin un sourire.

— Ava peut parfois se montrer extrêmement convaincante.

J'essuyai le sang séché qui maculait encore sa peau en prenant soin d'éviter la fine cicatrice qui traversait sa poitrine. Henry se laissa faire sans bouger ; lorsque je relevai les yeux, je vis qu'il me fixait d'un regard étonnamment tendre.

— Quoi ? fis-je en rougissant. J'ai quelque chose sur la figure ?

— Non, non, dit-il.

Aussi vite que je l'avais remarqué, son étrange regard avait disparu.

— Tu as demandé comment je m'étais fait ça. J'avais un problème à régler, et si peu de choses peuvent blesser ma famille, eh bien, c'était celles auxquelles j'étais confronté.

— Comme quoi ? m'enquis-je en rinçant la serviette.

L'eau qui tournoyait dans le lavabo était toute rose.

— Rien dont tu aies à te préoccuper.

Génial. Apparemment, pendant que je me faisais bronzer en Grèce, il en avait profité pour redevenir le Henry que j'avais connu un an auparavant, blessé et mystérieux. Je cherchai son regard.

— Vraiment ? Et c'est tout ce que tu comptes me dire ? Tu as promis de ne jamais me mentir.

— Je ne mens pas…

— Tu as dit que tu ne me ferais plus de cachotteries, persistai-je. Alors, quoi ? Vas-tu me traiter comme une petite fille fragile que tu dois à tout prix protéger, ou bien comme ta partenaire ? Parce que dans quelques heures, je serai la reine de cet endroit, et je ne vais jamais pouvoir t'aider à gouverner correctement si tu gardes tout pour toi. J'ai le droit de savoir.

Silence. Je laissai échapper un soupir d'agacement.

— Est-ce que ça a quelque chose à voir avec Calliope ?

Henry se crispa.

— Que t'a dit ta mère ?

Ah bon, parce que ma mère était au courant ?

— Rien du tout.

Je grimaçai. Tôt ou tard, il allait bien falloir que je lui dise ce qui m'était arrivé.

— En fait, je crois que j'ai eu une vision — je ne sais pas comment appeler ça autrement. Quand James m'a amenée ici, je vous ai subitement vus, toi, Walter et Phillip, en train de combattre quelque chose. Je ne sais pas ce que c'était, mais tu étais devant une grille, et Calliope est apparue derrière toi et t'a dit que ça ne servait à rien, parce qu'il était déjà réveillé.

Le silence sembla s'éterniser. Ce n'est que lorsque je repris la serviette qu'il répondit. Avec un calme déconcertant.

— Alors, c'est donc ça, ton don. Je me demandais…

— Mon don ?

Ma mère avait mentionné la même chose, mais elle n'avait pas été plus loin dans son explication.

— Certaines capacités apparaissent avec l'immortalité, expliqua Henry. Cela varie d'un individu à un autre, et coïncide souvent avec ce que nous représentons. Par exemple, Théo ne possède pas uniquement des talents de guérisseur. En tant que dieu de la musique et de la poésie, il a également l'oreille absolue.

Il essayait de me faire rire, ce qui était bon signe. Je lui accordai un petit sourire en sentant l'étau qui m'enserrait la poitrine se desserrer légèrement.

— Je suis sûre que c'est d'une utilité cruciale.

— Au moins, ça rend les réunions de famille un peu plus supportables.

Il y eut un nouveau moment de silence. Ces dons, ce devait être ce dont James parlait quand il avait évoqué son sens de l'orientation. La capacité de ma mère à faire naître la vie de la moindre parcelle de terre desséchée, la capacité d'Henry à franchir de grandes distances en un clin d'œil — sinon, comment aurait-il pu se déplacer dans tout l'Autre Monde ?

— Pourquoi puis-je voir des choses qui se passent dans d'autres endroits ? demandai-je. A quoi ça sert ? Est-ce censé m'aider à décider du destin des autres ?

— Oui, et ça aura aussi d'autres utilités. Lorsque tu seras couronnée, tu commenceras à développer d'autres pouvoirs, répondit Henry. Je t'aiderai de mon mieux, et avec le temps, tu apprendras à les contrôler.

Donc, en plus d'apprendre tout ce qui concerne l'Autre Monde, j'allais également devoir m'habituer à des capacités incontrôlables. Non que l'idée de pouvoir faire des trucs de dieux ne soit pas excitante ; seulement, je n'aimais pas me dire que des visions pouvaient me tomber dessus comme ça, sans prévenir.

— Quelles seront mes capacités ?

— Je n'en suis pas sûr. Les choses que Perséphone savait faire ne te seront pas forcément transmises.

Je me rembrunis. Allais-je un jour échapper à l'ombre de Perséphone ? Au rythme où allaient les choses, je commençais à en douter.

— Que savait-elle faire ? demandai-je, même si c'était la dernière chose dont j'avais envie de parler. Est-ce qu'elle voyait des choses ?

— Oui. Ses autres talents étaient très proches des miens.

Un petit sourire se dessina sur ses lèvres, et j'essayai de me convaincre que c'était parce que le sang était maintenant presque entièrement nettoyé. Et non parce qu'il pensait à elle.

— Elle pouvait se déplacer à sa guise. Elle avait aussi le don de débusquer la vérité dans un mensonge, et elle pouvait créer, comme nous tous.

— Créer ?

Il tendit la main, et, une seconde plus tard, un bijou en forme de fleur apparut au creux de sa paume. Une réplique exacte de celles présentes dans le jardin.

— Pour toi.

Je la pris et examinai les délicats pétales de quartz rose. De minuscules perles beiges étaient incrustées entre eux, et la tige était faite d'un métal aussi léger que l'air. J'approchai la fleur de mon nez, mais elle ne sentait rien. Aussi époustouflant qu'il soit, ce n'était qu'un objet.

— Mes frères, mes sœurs et moi sommes beaucoup plus puissants que nos descendants, reprit-il. A chaque nouvelle génération, les pouvoirs s'amenuisent.

Mon ventre se noua. Il avait dit *nos* descendants, pas *leurs* descendants. Une fois encore, Henry parlait des membres du Conseil comme s'ils formaient une seule entité, et non six individus distincts.

— As-tu… des enfants ? demandai-je timidement.

Il était un peu humiliant de constater que j'en savais si peu sur lui. Je ne savais que ce qu'Henry avait bien voulu me dire, et ce que les mythes m'avaient appris ; mais les mythes n'étaient pas toujours précis, et Henry s'était montré plus que discret sur sa propre histoire. Un jour, Calliope m'avait dit que beaucoup de gens pensaient qu'Henry n'avait jamais couché avec personne avant moi, pas même avec Perséphone ; cependant, Calliope s'était révélée ensuite la personne la moins fiable qui soit.

— Non, je n'en ai pas, répondit-il.

Je suffoquai presque en réprimant un soupir de soulagement.

— Est-ce que…

Je m'interrompis, mais Henry hocha la tête en signe d'encouragement.

— Est-ce que tu souhaites en avoir un jour ? Dans quelques décennies, ou dans quelques siècles ?

Il m'adressa un faible sourire, mais ses yeux restaient sombres.

— Nous verrons comment tu te sentiras à ce moment-là. Je ne veux pas te charger d'une autre responsabilité que tu n'as pas demandée. Maintenant, viens, il faut que tu te prépares.

Je fronçai les sourcils. Qu'est-ce que cela signifiait ? Croyait-il que je ne le voulais pas vraiment, ce mariage, et tout ce qui allait avec ?

Les paroles de James me revinrent à l'esprit. C'était le fameux choix dont il m'avait parlé, très probablement. Il savait qu'Henry avait des doutes. Il savait qu'Henry pensait être un fardeau pour moi, ou que j'allais faire comme Perséphone et le quitter. Pis encore, James avait essayé de m'en convaincre.

— Tu sais que c'est ce que je veux, n'est-ce pas ? Quoi qu'aient pu dire les autres…

— Personne ne m'a dit un traître mot sur quoi que ce soit, coupa Henry. Même ta mère a respecté mes limites. Pour une fois, ajouta-t-il à demi-voix. Mais nous ne sommes qu'au début de notre règne commun. Nous n'avons pas à prendre ce genre de décisions maintenant.

Notre règne commun ; pas notre vie commune. Une nouvelle nuance, qui ne devait cette fois rien au hasard. Je sentis ma gorge se serrer.

— Encore moins si tu crois que je risque de m'en aller, n'est-ce pas ?

Il hésita.

— Je ne suis pas ton ravisseur. Si tu souhaites partir, tu le peux.

— Non, en effet, tu n'es pas mon ravisseur. Tu es censé être mon mari, lui lançai-je. Veux-tu que je parte ? Veux-tu régner seul ou... ou disparaître ?

Je voulais qu'il me crie dessus. Je voulais le voir blêmir. Je voulais qu'il ressente lui aussi le déferlement d'émotions que provoquait en moi son attitude. Pourquoi refusait-il de me donner ce que j'attendais si désespérément ? Pourquoi refusait-il d'admettre qu'entre nous deux cela pouvait fonctionner ?

Au lieu de quoi, il me considéra d'un regard insupportablement calme et dit d'une voix plate :

— J'aimerais que tu nous donnes le temps de nous ajuster à cette situation. C'est une nouvelle vie pour nous deux, et j'espère avoir l'occasion de m'y épanouir plutôt que de batailler. Il ne sert à rien de se précipiter. Nous avons l'éternité devant nous.

L'argument était rationnel. C'était bien ça le pire ; je n'avais rien à opposer à cela. Il agissait avec maturité, nous donnant à tous deux l'espace pour nous habituer ; de mon côté, je m'accrochais exagérément à lui parce que la confiance que je lui accordais ne suffisait pas. Je n'arrivais pas à me persuader qu'il allait m'aimer comme je le désirais. Et à cet instant, une partie de moi le détesta pour cela.

— Dis-moi seulement si tu veux que je sois là ou non, murmurai-je. Je t'en prie.

Il baissa la tête comme pour m'embrasser, mais s'écarta à la dernière seconde.

— Tu ne dois jamais calquer ta conduite sur mes désirs. Je veux que tu sois heureuse, et tant que tu le seras, je le serai aussi.

Ce n'était pas une vraie réponse, et il le savait bien. Mais j'abandonnai la partie et suivis Henry dans la chambre. Je n'avais pas envie de me battre, moi non plus, songeai-je tout en le regardant enfiler sa chemise. J'étais consciente que tout n'allait pas être parfait — peut-être était-ce la faute de James, qui avait commencé à me faire douter d'Henry, ou peut-être étaient-ce les traces de la présence de Perséphone, partout autour de moi —, mais tout ce que je voulais, c'était un peu de réconfort. Une caresse. Un baiser. Un mot. N'importe quoi.

Mes doigts effleurèrent le bijou en fleur au fond de ma poche. Je devrais m'en contenter pour le moment.

— Je suppose qu'Ava t'a montré ton dressing ? dit Henry. Tu peux y choisir ce que tu veux. La cérémonie de ce soir est du genre plutôt formelle, je sais bien que tu n'aimes pas trop cela, mais ce serait bien que tu choisisses quelque chose d'un peu habillé.

— D'accord, dis-je doucement. Je peux te poser une question ?

— Bien sûr.

J'hésitai. Des questions, j'en avais tant. M'aimait-il ? Etait-il encore amoureux de Perséphone ? Voulait-il vraiment que je sois sa reine, ou n'étais-je qu'une pâle remplaçante de ma sœur ? Pourquoi n'était-il pas venu me voir lorsque j'étais en Grèce avec James ?

Mais je n'avais plus le courage de les poser. Je puisai au plus profond de moi pour tenter d'en rassembler les dernières bribes, pour trouver la force de me battre, mais même la perspective des six mois de tension et de solitude qui m'attendaient inéluctablement si je ne les posais pas ne me fut d'aucun secours et, une fois encore, j'abandonnai. J'étais paralysée par la crainte qu'Henry ne souhaite pas réellement m'avoir à ses côtés, qu'il ait fait tout cela uniquement parce que ma mère et le reste du Conseil l'y avaient forcé. Par la peur que je sois pour Henry ce qu'il avait été pour Perséphone : rien qu'une obligation. Je changeai donc de sujet.

— Quelle robe préfères-tu ?

Alors qu'Henry m'accompagnait dans le dressing pour jeter un coup d'œil sur les robes de soirée, je tentai de lui prendre la main ; mais à l'instant où je le touchai, il se retira promptement et se concentra sur la robe argentée que j'avais admirée peu de temps auparavant.

— Pourquoi pas celle-ci ?

Une vague de nausée m'envahit. Peut-être avait-il juste tendu la main pour prendre la robe sans se rendre compte que je cherchais la sienne ?

Pourtant, la moitié du temps, il semblait deviner quel geste j'allais faire avant même que je le sache moi-même. En dépit de mes tentatives de justification, je ne pouvais m'empêcher de penser qu'il l'avait fait exprès.

Mais lui en faire la réflexion ne ferait que lui donner une excuse supplémentaire pour me repousser, et j'en avais déjà eu assez pour aujourd'hui. Ce soir, après la cérémonie, quand tout serait fait, nous pourrions discuter ; et cette fois, je ne le laisserais pas se dérober.

— Elle est jolie, dis-je avec un sourire forcé.

Je pris la robe, mais avant que je puisse avancer jusqu'au paravent pour l'essayer, un grand bruit résonna dans la chambre, me faisant sursauter si fort que j'en laissai tomber le cintre que je tenais à la main.

James fit irruption dans la pièce et s'arrêta net en me voyant au côté d'Henry. Ses épaules s'affaissèrent, l'air sembla quitter ses poumons, et j'aurais pu jurer voir un éclair de ressentiment traverser son visage. Ce dernier disparut cependant en un instant, pour céder la place à la même expression neutre qu'il arborait précédemment.

— Il y a eu une autre attaque.

Henry se figea, et tous mes espoirs de passer l'après-midi en sa compagnie s'évanouirent d'un coup. Il ramassa la robe et me la tendit avant de rejoindre prestement la chambre.

— Dis-leur de continuer les préparatifs pour la cérémonie, me dit Henry en finissant de boutonner sa chemise. James et moi serons de retour avant qu'elle ne commence.

Je le regardai fixement.

— Tu repars ? Après avoir été blessé presque mortellement ?

Ses lèvres se pincèrent, formant une fine ligne.

— C'est mon devoir. Il n'y en aura pas pour longtemps.

— Et si la chose qui t'a blessé remet ça ?

— Ce ne sera pas le cas, répondit froidement Henry. Fais ce que je te dis, et ne t'inquiète pas pour ça. Nous serons bientôt revenus.

Je restai bouché bée d'indignation. *Fais ce que je te dis ?* Pendant mon séjour à Eden, il m'avait donné des ordres relatifs à ma sécurité, mais nous étions censés être partenaires, maintenant. Je n'avais pas l'intention de me laisser dicter ma conduite. S'il comptait se comporter de cette manière, les choses allaient devoir changer. Je n'étais plus une petite mortelle démunie. Et il était temps que nous commencions tous deux à nous conduire en conséquence.

Je n'eus même pas le temps d'exprimer mon mécontentement. James eut la politesse de m'adresser un regard désolé, mais l'expression d'Henry demeura impassible lorsqu'ils quittèrent la pièce, me laissant seule dans la chambre. Je ressentis une sorte de pincement dans le ventre à l'idée que c'était peut-être les derniers mots que j'entendrais de la bouche d'Henry, et j'agrippai la robe avec tant de force que je faillis la déchirer.

— Je jure, murmurai-je à Pogo, que si l'un d'entre eux meurt pour toujours, je ne leur adresserai plus jamais la parole.

Je n'étais peut-être plus à Eden, mais certaines choses ne changeaient pas.

Ava m'aida à me préparer. Elle me fit prendre place devant ma coiffeuse et passa presque une heure à s'occuper de mes cheveux. Je la laissai me mettre du fond de teint et du rouge à lèvres, mais mis le holà lorsqu'elle essaya d'attaquer l'eye-liner et le mascara.

— Allez, Kate, insista-t-elle en faisant la moue. Ce n'est qu'une fois dans ta vie ! Tu dois être à tomber par terre ce soir, sinon, je ne me le pardonnerai jamais.

— Es-tu en train de dire que j'ai besoin d'eye-liner et de mascara pour être belle ?

Ses yeux parfaitement maquillés s'écarquillèrent.

— Non, bien sûr que non ! Mon but n'est pas de te faire ressembler à quelqu'un d'autre. Je veux seulement que tu sois la plus belle version de toi-même.

— Cela changera-t-il quelque chose à la cérémonie ?

— Non, concéda-t-elle avec dépit.

Fin de la discussion.

Je parvins à dompter mon angoisse pendant encore une bonne demi-heure, mais en voyant l'heure de la cérémonie approcher sans qu'Henry et

James ne soient rentrés, elle finit par me submerger totalement. Et s'il leur était arrivé quelque chose ? Comment ferions-nous pour les aider ?

— Tout cela t'est déjà un peu plus familier, pas vrai ? dit joyeusement Ava en me guidant dans les couloirs.

Nous avions traversé l'aile privée pour rejoindre ce que je présumais être la section publique du palais. Les murs passèrent du rouge au beige et or, et l'espace d'un instant, j'oubliai que nous nous trouvions dans l'Autre Monde — du moins jusqu'à ce que nous passions devant une fenêtre, et que je fasse l'erreur de regarder dehors.

Cela aurait été supportable si Henry avait été avec moi, mais lorsque Ava fit halte devant une porte à double battant qui me rappelait furieusement celle de la salle de bal du manoir d'Eden, nous n'avions toujours aucune nouvelle d'Henry ou de James. En même temps, je comprenais enfin ce qu'elle voulait dire par « familier ».

— Est-ce qu'Henry a fait construire cet endroit en s'inspirant d'Eden ? demandai-je en regardant autour de nous, alors que nous attendions.

Tout ici, de la couleur des tapis à celle des murs, me rappelait Eden. Ce n'était pas strictement identique, mais suffisamment proche pour que je ne puisse m'empêcher de me rappeler la nuit où j'avais été présentée au Conseil, il y avait un an de cela.

— En partie, répondit Ava. Le palais est plus grand, naturellement, mais il en a conservé les éléments importants.

Au moins Henry était-il assuré de ne pas se perdre chez lui, quel que soit le nombre de ses domiciles.

— Tu crois qu'il sera revenu à temps ?

— Bien sûr, dit-elle avec un air décontracté que j'aurais volontiers troqué contre le nœud qui me tordait le ventre. Il ne peut pas louper ça.

— James serait sûrement content de se faire tuer juste pour ne pas voir ça, marmonnai-je. Pourquoi crois-tu qu'ils ont détalé comme ça, juste avant la cérémonie ?

Ava se crispa quelque peu, et lorsqu'elle me répondit, je notais qu'elle fuyait mon regard.

— Parce que c'est le boulot d'Henry.

— Ça ne pouvait pas attendre ?

Ses lèvres soigneusement maquillées esquissèrent une moue de réprobation.

— Tu ne peux pas demander à Henry d'être ce qu'il n'est pas. Ça fait mille ans qu'il n'a pas été marié. Il va lui falloir un peu de temps pour s'y habituer, mais quand ce sera fait, ça en vaudra le coup. Il a l'habitude de faire passer son devoir avant le reste, c'est tout.

Sa réponse me donna l'impression de n'être qu'une idiote, et je sentis mes joues rosir sous le fond de teint.

— Il m'a à peine touchée, avouai-je en luttant pour garder une voix normale. On ne s'est pas vus pendant six mois, et il ne m'a même pas embrassée pour me dire bonjour. Je ne veux pas qu'il change pour moi, mais ça aurait quand même été sympa qu'il me fasse au moins comprendre qu'il était heureux de me revoir. Je ne peux pas…

Les mots restèrent coincés dans ma gorge, et il me fallut une seconde pour retrouver un minimum de calme.

— Je ne peux pas passer la moitié de mon existence avec quelqu'un qui ne m'aime pas.

— Oh ! Kate.

Ava me serra dans ses bras en prenant soin de ne pas défaire ma coiffure ou mon maquillage.

— Bien sûr, qu'il t'aime ! Il n'a jamais été très doué pour les démonstrations physiques, c'est tout, et puis c'est un homme. Ils ne sont pas très forts quand il s'agit de comprendre ce que nous voulons et d'y répondre, surtout quand ils ont été seuls pendant aussi longtemps qu'Henry l'a été. Est-ce que je vais devoir passer les six prochains mois à te convaincre qu'il t'aime ?

Je reniflai, essayant de refouler les larmes qui me montaient aux yeux

— Non, mais ce serait bien qu'il le fasse lui-même.

— Laisse-lui le temps, dit-elle. A mon avis, il est juste stressé par tout ce qui se passe en ce moment.

— Justement, que se passe-t-il ? demandai-je en essayant de m'écarter assez pour la regarder.

Mais elle avait beau se montrer douce avec moi, sa prise était incroyablement ferme.

— Que se passe-t-il avec Calliope ?

Je sentis une tension dans le corps d'Ava.

— Henry ne t'a pas dit ? dit-elle d'une petite voix timide.

— Non, et si tu ne me le dis pas non plus, je vais étaler ce rouge à lèvres partout sur ma figure. Et sur la tienne.

— J'aimerais bien voir ça ! Je repousserai la cérémonie s'il le faut.

— Je crois qu'Henry et James s'en sont déjà chargés pour toi.

Je croisai les bras, déterminée à aller au bout de cette discussion.

— Dis-moi ce qui se passe. J'ai le droit de savoir.

Elle poussa un soupir.

— C'est vrai, mais Henry me tuera s'il apprend que je te l'ai dit.

— Alors je ne lui dirai pas que c'est toi qui me l'as appris.

Ava scruta les alentours avec nervosité et fit tourner une mèche de cheveux blonds entre ses doigts.

— Bon, d'accord, mais je te le dis uniquement parce qu'Henry n'est pas là pour le faire, et qu'il est important que tu saches, dit-elle à voix basse.

Je restai persuadée qu'elle allait me le confier parce qu'elle savait qu'Henry ne l'aurait jamais fait et non parce qu'il avait été momentanément empêché de le faire.

— Calliope s'est enfuie. Henry, papa et Phillip ne parlent pas trop de ce qui s'est produit, mais bon, tu as vu dans quel état Henry est revenu. De toute évidence, il se passe des choses graves.

Des choses suffisamment graves pour blesser un dieu.

— Comment Henry a-t-il pu être blessé ? Est-ce qu'ils t'en ont parlé ?

— Parlé de quoi ?

Je me retournai vivement. James avançait vers nous, les cheveux en bataille et sa veste déchirée à l'épaule. Mais au moins n'y avait-il pas de sang en vue, cette fois.

— James !

Je courus jusqu'à lui, oubliant ma coiffure et mon maquillage. Il m'ouvrit les bras et me serra contre lui, pendant qu'Ava poussait des cris de protestation. De peur de me faire réprimander, je n'embrassai pas James sur les joues.

— Tu vas bien ? Que s'est-il passé ?

— Ce n'était rien, dit-il. Un contretemps sans conséquence. Tout va bien.

— Tu veux dire que ça n'avait rien à voir avec Calliope ? demandai-je.

James ouvrit la bouche pour répondre quand une deuxième voix l'interrompit.

— Si, ça avait quelque chose à voir avec elle.

James grimaça et me relâcha brusquement avant de s'écarter. Henry traversait le hall dans notre direction. A la différence de James, son allure était impeccable.

— Es-tu encore en train de te vider de ton sang ? demandai-je d'un ton plus glacial que je ne l'aurais voulu.

Henry fit semblant de ne pas le remarquer, ou alors il avait d'autres choses en tête pour s'en formaliser.

— Je vais bien.

Il hocha la tête en direction des doubles portes derrière moi.

— Je vais t'accompagner à l'intérieur. Ne faisons pas attendre le Conseil davantage.

C'était bien la dernière chose qui m'inquiétait ; mais quand Henry m'offrit son bras, je le pris sans hésiter. A ce stade, c'était le contact le plus important que j'avais eu avec lui depuis mon retour.

Ava et James se faufilèrent par les portes, et Henry braqua les yeux droit devant lui tandis que nous patientions. Je lui jetai un coup d'œil, guettant tout signe qui pourrait révéler qu'il avait subi une agression, mais il était aussi posé qu'à l'accoutumée. Comme si le fait que sa nouvelle épouse s'apprêtait à lui consacrer sa vie afin de l'aider à régner sur l'Autre Monde était d'une totale banalité.

Ma poitrine se serra d'angoisse et de tristesse. Je ne pouvais conclure un tel engagement si les choses ne changeaient pas. S'il ne m'accordait pas toute sa confiance, s'il ne me voulait pas comme reine, alors je ne pouvais m'engager.

— Quoi qu'il se passe avec Calliope, j'ai le droit de le savoir.

— En effet, dit-il. Je t'assure que dès que nous aurons un moment, je te dirai tout.

— Nous avons un moment, maintenant.

Je ne voulais pas me disputer, pas à quelques minutes du moment le plus crucial de toute ma vie, au moment où celle-ci allait changer pour toujours. Mais c'était exactement pour cette raison que je devais pourtant le faire.

— J'ai l'impression que tu ne me fais pas confiance, ou que tu ne veux pas de moi ici, et j'ai besoin de savoir si c'est vrai ou non. Si c'est le cas, alors mieux vaut arrêter là.

Henry hésita. Je cherchai à lire ses pensées sur son visage, mais son expression ne trahissait rien.

— Si tu ne le veux pas…

— Je le veux, l'interrompis-je dans un élan désespéré. Je veux rester. Je veux le faire. Je veux être avec toi. Je ne sais pas comment te le dire plus clairement. Mais j'ai besoin que tu le veuilles aussi, tu comprends ? S'il te plaît, dis-moi juste que tu as envie que je sois là, pour que je puisse le faire.

Il ne répondit pas. Terrassée par son silence, je commençais à me détourner.

Alors que je m'apprêtais à tourner les talons, Henry me retint par le bras.

— Kate, dit-il tout bas. J'ai passé une journée difficile, et je suis désolé pour l'inquiétude que je t'ai occasionnée cet après-midi. Mais sache que quelles que soient les difficultés à venir, quel que soit le temps qu'il nous faudra pour nous adapter à cette nouvelle vie, tu ne dois pas douter de ma volonté de t'avoir à mes côtés. Tu es courageuse et perspicace, et de loin la personne la plus apte à être ma reine de toutes les mortelles que j'aie jamais connues.

La déception me frappa comme un coup de poing dans le ventre. Ses raisons étaient rationnelles, mais dénuées de sentiment. A en croire ses paroles, je ne serais jamais autre chose qu'une reine à ses yeux, mais il était inutile de creuser la question pour le moment. Il m'avait répondu.

— Merci, dis-je d'une voix tremblante.

Ce n'était pas assez, mais il avait besoin de temps, et je lui en donnerais. Cependant, la cérémonie était imminente. Que se passerait-il s'il se rendait compte qu'il ne pourrait jamais m'aimer plus qu'en amie, au bout du compte ?

« Tu n'es pas obligée de le faire si tu n'en as pas envie, tu sais. »

Je repoussai la voix de James de mon esprit. Pas maintenant. Pas alors que je m'apprêtais à faire l'acte le plus important de toute ma vie.

Je n'eus pas à faire beaucoup d'effort pour refouler mes doutes, car alors que nous pénétrions dans la pièce, j'éprouvai un véritable choc. C'était l'endroit le plus époustouflant que j'aie jamais vu.

A côté d'elle, la salle de bal du manoir d'Eden faisait pâle figure. Des colonnes de pierre sculptées soutenaient le haut plafond, lequel était fait du même quartz qui parcourait la caverne et illuminait chaque partie du grand hall. Des fenêtres ornées de lourds rideaux noir et or s'élevaient bien au-dessus de ma tête, et un magnifique lustre trônait au centre de la pièce. Je savais maintenant pourquoi le palais était si grand : il fallait qu'il puisse accueillir une salle de cette envergure.

Le bruit de mes talons résonna à chacun de mes pas sur le sol de marbre blanc. D'innombrables rangées de bancs se succédaient, comme si Henry avait l'habitude de recevoir une foule de gens. Au bout de l'allée de piliers se dressaient deux trônes. L'un était fait de diamant noir, l'autre était blanc.

Nous étions dans la salle du trône de l'Autre Monde.

Les autres membres du Conseil étaient assis sur les premières rangées de bancs. Je fus heureuse de constater qu'à l'exception de James, tous avaient revêtu des tenues aussi sophistiquées que la robe qu'Henry m'avait choisie. Au moins n'aurais-je pas à me sentir mal à l'aise d'être trop habillée pour la circonstance, en plus de tout le reste.

— Pense à expirer, me dit Henry d'un souffle chaud contre mon oreille, qui me fit frémir.

Il avait raison ; quelque part entre l'entrée de la salle du trône et le bout de l'allée, j'avais oublié de respirer.

Henry pivota pour que nous fassions face au Conseil, et les salua d'un hochement de tête. Je fis de même et essayai de regarder droit devant moi, craignant de craquer si quelqu'un captait mon regard. Seulement, il fallait bien garder les yeux ouverts.

Ma mère était assise au centre, droite comme un piquet, et ses yeux brillèrent alors qu'elle regardait James s'asseoir à l'autre bout. A la façon dont il s'avachit dans son fauteuil, je compris qu'il n'avait aucune envie de se trouver ici. Et je ne pouvais l'en blâmer.

Tous les autres paraissaient moyennement intéressés, mais avant que je puisse m'en formaliser, Henry se tourna vers moi et tendit ses mains, paumes vers le ciel. J'hésitai un instant, mais il me fit un signe de tête d'encouragement, et je posai alors mes mains tremblantes sur les siennes.

— Kate.

Il parlait d'une voix normale, mais elle résonna dans la salle, amplifiée par les pouvoirs d'Henry, par l'acoustique de la pièce, ou peut-être les deux.

— En devenant ma femme, tu as consenti à endosser les responsabilités de reine de l'Autre Monde. Tu devras régner dans la justice et sans parti pris sur les âmes de ceux qui ont quitté le monde d'en haut, et de l'équinoxe d'automne jusqu'au printemps de chaque année à partir de ce jour, tu devras te consacrer à la tâche de guider celles qui sont égarées et de toutes les protéger du mal pendant leur vie éternelle.

Je n'étais même pas capable de convaincre Henry de ne pas partir se mettre en danger. Comment diable étais-je censée pouvoir aider toutes les âmes de ce lieu ?

Les mains d'Henry devinrent étrangement chaudes. Une lumière jaune se mit alors à luire entre nos paumes, et je dus faire un immense effort sur moi-même pour m'empêcher de retirer mes mains. Il me faudrait un peu plus que quelques heures pour m'habituer à ce type de démonstration.

— Acceptes-tu le rôle de reine de l'Autre Monde, et d'endosser les responsabilités et attentes inhérentes à ce rôle ? demanda Henry.

Le doute m'assaillit. Il ne s'agissait pas d'un an, de cinq ou même de dix ; c'était pour l'éternité. Je n'avais même pas décidé quelles études je souhaitais entreprendre après le lycée, sans parler de ce que je souhaitais faire du reste de mon existence. Et Henry me demandait maintenant de choisir.

Pendant une fraction de seconde, son regard croisa le mien, et je vis alors *mon* Henry derrière le visage distant du dieu qui se tenait devant moi. Ses yeux de lune pétillèrent, les coins de sa bouche se relevèrent légèrement, et il semblait rayonner de chaleur depuis l'intérieur. Il me regardait comme il l'avait fait auparavant, à Eden, comme s'il n'y avait que moi au monde. Et à ce moment-là, j'aurais pu faire n'importe quoi pour être sûre de ne jamais le perdre.

Mais cet instant ne dura pas, et de nouveau Henry se fondit derrière le masque qu'il portait pour se protéger depuis que Perséphone lui avait arraché le cœur, et la réalité me retomba dessus. Je n'avais pas vraiment le choix, me semblait-il. Tout ce que j'avais fait depuis mon arrivée à Eden devait aboutir à ce moment. Henry ne m'avait pas épousée par amour, je le savais depuis le début. Il m'avait épousée parce que j'avais réussi les tests où toutes les autres avaient échoué, et parce que le Conseil m'avait accordé l'immortalité. J'étais la seule fille à avoir vécu assez longtemps pour devenir sa reine. Et s'il restait ainsi pour le reste de l'éternité ? S'il me considérait toujours uniquement comme une amie, une associée ? La façon dont il s'était comporté à Eden, nos longues discussions jusqu'au petit jour, sa manière de me considérer comme personne d'autre ne l'avait fait, de mettre en péril sa propre existence pour sauver la mienne… et si je ne revoyais plus jamais cet aspect de lui ?

En même temps, n'était-ce pas la preuve dont il avait besoin pour se convaincre que je ne le quitterais pas ? Quelle femme en effet prendrait le risque d'une éternité sans amour si elle n'était pas elle-même folle amoureuse et digne de confiance ? N'était-ce pas le sacrifice ultime pour lui montrer qu'il pouvait se laisser aller à m'aimer complètement, en toute sécurité ?

Envahie par une étrange émotion, je déglutis avec peine. J'avais déjà pris ma décision en l'épousant. Je l'aimais, et il n'était pas envisageable de le quitter et de le laisser s'éteindre, quoi qu'il m'en coûte.

Je pouvais le faire. Je devais le faire. Pour Henry, et pour ma mère. Pour moi également. Parce qu'en fin de compte, sans Henry, je ne savais plus qui j'étais. Chaque nuit de mon voyage en Grèce, je m'étais endormie en rêvant à ce que cela pourrait être de passer le reste de ma vie à l'aimer, et à être aimée de lui en retour. Tant que je lui donnerais une chance, ce rêve pouvait encore devenir réalité. Henry valait bien la peine que je prenne ce risque.

Mais au moment où j'ouvris la bouche pour dire oui, un fracas épouvantable brisa le silence, et les fenêtres explosèrent, projetant des éclats de verre tranchants droit sur nous.

4

Les Titans

Je me couvris instinctivement la tête pour me protéger de cette pluie de verre, mais les éclats acérés ricochèrent sur ma peau sans m'occasionner la moindre entaille.

Ah oui. J'étais immortelle. Je l'avais oublié.

— Qu'est-ce que… ?

Je fis volte-face pour évaluer les dommages, mais Henry me poussa derrière lui avant que je puisse discerner quoi que ce soit, me faisant tomber parmi les éclats de verre. Alors que je me relevais, Henry et ses frères se précipitaient vers les fenêtres brisées.

Ava apparut près de moi et me prit par le bras.

— Viens, dit-elle d'une voix tremblante, le visage blême. On doit sortir de là.

— Pourquoi ?

Un sentiment d'épouvante m'envahit tandis que je trébuchais à son côté. Les autres s'écartèrent pour nous laisser passer, en arborant une posture de combat, prêts à se battre. Malgré leur silence, je savais que cela avait quelque chose à voir avec Calliope et la récente cicatrice sur le torse d'Henry.

Ava ne me répondit pas, et se contenta de me traîner dans l'allée. Mes talons dérapaient sur le sol dans mes efforts pour retrouver mon équilibre, mais je n'y parvenais pas.

Je chutai une seconde fois, entraînant Ava avec moi. Nous atterrîmes l'une sur l'autre, mais elle se releva aussitôt pour me remettre sur mes pieds. Alors que nous reprenions notre pénible progression, un nouveau fracas se fit entendre dans le hall, et un brouillard scintillant se glissa dans le palais. Le même brouillard que celui de ma vision.

Il semblait s'être renforcé en quelques heures, et crépitait maintenant en d'étranges volutes lumineuses. Pendant un instant, le brouillard plana devant Henry, comme s'il le reconnaissait. Henry leva alors ses mains, exactement comme il l'avait fait au cours de ma vision, et les autres membres du Conseil formèrent un demi-cercle autour de lui et de ses frères.

Mon cœur se mit à tambouriner dans ma poitrine, et Ava se figea près de moi. C'était la chose qui avait failli tuer Henry, et maintenant, elle nous attaquait tous. Mon instinct protecteur se réveilla en voyant le brouillard s'approcher d'Henry, de ma mère, et de tous ceux que j'aimais ; mais que pouvais-je faire pour les aider ?

Sans prévenir, il fendit soudain l'air, si vite que les membres du Conseil ne purent le contenir. Il ne visait pas Henry, Walter ou Phillip.

Il se ruait vers Ava et moi.

Je n'eus pas le temps de réfléchir. Je poussai

Ava derrière la colonne la plus proche et plongeai derrière elle, mais je ne fus pas assez rapide.

Une douleur incroyable me fouetta le genou en un éclair, avant de se répandre dans tout mon corps pour palpiter affreusement à chaque battement de mon cœur. Je poussai un hurlement en luttant pour ne pas m'écrouler.

— Ava, haletai-je, appuyée contre le pilier pendant que les cris du Conseil résonnaient dans le hall. Sors d'ici !

Elle me dévisagea, l'air de ne pas comprendre. Les dents serrées, je lui pris le bras et me forçai à avancer vers la sortie en claudiquant. Une trace de sang maculait le sol derrière moi, mais le brouillard n'essaya pas de frapper de nouveau.

Quelqu'un cria derrière moi ; il me sembla entendre la voix d'Henry, mais tous les sons me paraissaient de plus en plus distants, noyés sous les battements assourdissants de mon cœur. J'allais mourir. Nous allions tous mourir. Cette chose avait le pouvoir de tuer les dieux, et cette fois, il n'y aurait pas de vie après la mort. Pas pour les immortels.

Seulement, je n'étais pas prête à partir. Pas encore. Jamais.

Au bout de ce qui sembla une éternité, nous atteignîmes enfin les portes. Etourdie de terreur et de souffrance, je m'agrippai à la poignée pour me maintenir debout et me tournai pour observer la bataille qui faisait rage de l'autre côté de la salle.

Douze membres de ma nouvelle famille affrontaient la menace, Henry et James bloquaient l'allée à une force ennemie que je ne pouvais distinguer. Cependant, je pouvais sentir sa présence, jusque dans mes os, le moindre nerf de mon corps. Quoi que fût cette chose, elle semblait ébranler les fondations même de l'Autre Monde.

Le sang coulait sur un bras de James, qui luttait pour repousser le monstre de son seul bras valide. A ses côtés, Henry dégageait une force impressionnante. Fascinée, j'étais incapable de le quitter des yeux.

— Mes frères, avec moi ! cria-t-il.

Les trois frères avancèrent vers le brouillard, et les autres se déplacèrent derrière eux pour adopter une formation triangulaire, tous rayonnant d'un pouvoir incommensurable. Dylan et la rousse Irène voulurent se lancer en premier, mais ils n'eurent pas le temps d'attaquer.

Car soudain, en un clin d'œil, Henry et ses frères s'envolèrent dans les airs, et passèrent par la fenêtre en emportant le brouillard avec eux.

Après l'explosion de la bataille, le silence siffla à mes oreilles, et je me laissai enfin tomber à terre.

Les membres du Conseil se rassemblèrent près des trônes, à l'exception de James et de ma mère, qui se précipitèrent vers nous.

James me rejoignit le premier et se mit à mes genoux près de moi.

— Il t'a touchée, c'est ça ? Théo ! hurla-t-il par-dessus son épaule pendant que je grimaçais.

— Arrête, lui dis-je. Tu as été touché, toi aussi.

— Oui, mais la différence c'est que, si je meurs, Henry ne mettra pas le monde entier à feu et à sang.

Sa main effleura mon genou blessé, de toute évidence, il n'osait pas me toucher. Le sang coulait sur ma jambe, gouttant jusqu'à mon talon. Maintenant que la menace avait disparu, au moins temporairement, la moindre parcelle de mon corps me donnait l'impression d'être en feu. Je n'avais jamais éprouvé une telle douleur de toute ma vie, même lorsque Calliope m'avait tuée et qu'elle avait jeté mon corps dans la rivière.

Ma mère nous rejoignit et examina ma blessure sans rien dire. Elle passa ensuite derrière moi et prit Ava par le bras. Cette dernière avait retrouvé quelques couleurs ; mais quand ma mère essaya de l'éloigner, elle resta obstinément campée devant moi.

— Tu m'as sauvée, dit-elle en tremblant comme si elle était pieds nus dans la neige. Il m'aurait tuée si tu ne m'avais pas écartée de son chemin.

— C'est normal, répondis-je. Tu en aurais fait autant à ma place.

Ava resta muette. Ma mère tenta de nouveau de l'éloigner de moi, mais Ava tomba à genoux près de moi, en face de James.

— Tu ne comprends pas, reprit-elle, ses grands yeux bleus écarquillés. C'est la seule chose qui puisse nous tuer... tu m'as sauvé la vie !

Tiraillée entre la souffrance et la curiosité, je parvins à articuler :

— Pourquoi nous a-t-il attaquées ? Pourquoi ne s'en est-il pas plutôt pris à Henry, Walter et Phillip ?

— Parce que c'est Calliope qui l'a envoyé, dit James, toujours préoccupé par ma jambe.

Il se retourna encore pour appeler :

— Théo, elle a besoin de toi maintenant, pas dans trois semaines !

Théo courut dans l'allée pour venir vers nous, ses mèches bouclées lui tombant devant les yeux. Ella lui emboîtait le pas, les yeux rivés au sol, avec une expression de trouble profond. La seule fois où je l'avais vue dans cet état, c'était lorsque Théo s'était fait attaquer, au Noël dernier. Il était assez déstabilisant de voir une personne aussi sûre d'elle paraître totalement perdue, et cela ne fit qu'accroître mon angoisse.

— Il l'a touchée, dit James avec un geste en direction de ma jambe.

Théo s'agenouilla près de moi et passa sa main au-dessus de mon genou. J'avais déjà été guérie par Henry auparavant, et je m'attendais à ressentir la même chaleur apaisante lorsque Théo posa la main sur moi.

A la place, une lumière ardente se répandit dans ma plaie, repoussant la douleur qui me mettait au supplice. Une chaleur brûlante la remplaça, et je suffoquai, persuadée que ma jambe allait tomber en cendres. Je n'osai pas ouvrir les yeux. Même quand il retira ses mains, la souffrance était toujours là.

— Voilà, dit Théo en se remettant debout. Je ne peux rien faire de mieux pour la cicatrice.

Rassemblant le peu de courage qu'il me restait, j'ouvris une paupière, et fus soulagée de constater que ma jambe était toujours attachée à mon corps, et semblait parfaitement normale. Seulement, quand j'essayai de bouger un orteil, la brûlure reprit de plus belle.

— Si c'est guéri, pourquoi est-ce que j'ai encore tellement mal ? haletai-je, paniquée.

Et si cette douleur ne partait jamais ? Comment pourrais-je vivre avec ça ? Henry avait-il éprouvé la même douleur à la poitrine ? Et si oui, comment avait-il pu combattre de nouveau cette chose ?

— Parce qu'aucun pouvoir dans le monde ne peut enlever une douleur tant qu'elle n'est pas prête à partir, répondit Théo. Ce n'est pas une blessure ordinaire. Elle ne durera pas plus de quelques jours, parce qu'il est encore faible, mais je ne peux rien faire de plus pour toi jusque-là.

— *Il* est encore faible ?

Je touchai précautionneusement la fine ligne blanche qui marquait mon genou.

— Tu parles de cette chose comme si c'était une personne.

Théo fit un signe de tête à ma mère.

— Je te laisse lui expliquer ça. Si vous voulez bien nous excuser.

Il passa un bras autour de la taille d'Ella, et ils se dirigèrent vers le groupe des membres du Conseil. Ils étaient assis sur les bancs, la tête penchée pour parler entre eux. En voyant Théo et Ella approcher, Dylan, l'ex d'Ava au lycée d'Eden, se leva pour leur faire de la place. Malgré la distance qui nous séparait, je sentis son regard se poser sur nous.

— Maman ? dis-je en me frottant le genou, maintenant que je savais que cela n'aggraverait pas la douleur. De quoi parlent-ils ?

Elle me tendit la main. Je la pris pour me relever, et fus surprise de la force qu'elle dégageait, par rapport à toutes ces années de fragilité. Ava ne me quitta pas d'un pouce pendant que ma mère m'accompagnait vers un banc dans l'antichambre, où je m'installai plus confortablement. Il était impossible qu'Henry ait subi une telle douleur sans que je m'en rende compte. Ce devait être lié au fait que le Conseil m'avait accordé l'immortalité seulement six mois plus tôt. Ou alors, Henry était immunisé.

Ava s'assit près de moi et me prit la main. James se tenait dans l'encadrement de la porte, essayant d'arborer une posture détendue ; mais d'un seul coup d'œil, je pus lire la peur qui se cachait sous son masque de neutralité. D'abord Ella, maintenant lui… Tout cela n'était pas bon du tout.

— Tu te souviens des Titans dans tes leçons avec Irène ?

La voix basse de ma mère me renvoya instantanément aux temps où je me penchais au-dessus d'elle pour pouvoir comprendre ses faibles murmures, à l'hôpital.

Je secouai la tête. Apparemment, Irène n'avait abordé que les points les plus importants des mythes, et je n'avais pas non plus pris la peine de retenir beaucoup de choses, en tout cas après le premier examen. A cette époque, cela ne m'avait pas paru très important.

— Ce sont vos parents ? questionnai-je.

Ma mère était la sœur de Walter, mais non par le sang, ainsi qu'ils me l'avaient répété maintes et maintes fois. Comme Henry me l'avait dit il y a presque un an, « famille » était le seul mot que les mortels possédaient pour décrire au mieux le lien qui les unissait, mais il était beaucoup plus profond que cela.

— D'une certaine manière, répondit ma mère.

Elle repéra quelques gouttes de sang sur sa manche, agita le bras, et les taches disparurent.

— Les Titans étaient les maîtres originels de ce monde. Ils ont fini par s'ennuyer, et ils nous ont alors créés. Nous étions six, au début : Walter, Henry, Phillip, Sofia, Calliope et moi.

— C'étaient des esclaves, intervint James.

— Non, des jouets, rectifia ma mère.

Au ton qu'elle employa, je devinai que ce n'était pas la première fois qu'elle racontait cette histoire.

— Telle était notre fonction. Divertir les Titans. Ils nous aimaient, et nous les aimions en retour. Mais un jour, ils décidèrent que nous ne suffisions plus, et ils créèrent une nouvelle race qui, à l'inverse de la nôtre, pouvait cesser d'exister si ses membres s'affrontaient.

— Ils créèrent la guerre.

Ava avait l'air si petite et vulnérable que j'eus du mal à croire que c'était elle qui venait de parler.

Ses yeux clairs étaient cernés de rouge, ses joues avaient perdu leurs couleurs, et la souffrance était si palpable sur ses traits que je supportais difficilement de la regarder.

— Les Titans ont amené les humains à faire des choses terribles pour les distraire.

Ava s'essuya les yeux d'un revers de main et renifla.

— Ils leur ont refusé les droits et les libertés les plus élémentaires.

— Les humains étaient des soldats qui n'ont jamais vu la fin de la bataille, ajouta James. Ils étaient à la merci des Titans, mais à la différence des six frères et sœurs…

— Ils n'avaient pas le pouvoir de les arrêter.

Ma mère s'assit près de moi et posa sa main sur la mienne.

— Les choses que les humains se font entre eux ne sont rien à côté de ce qu'ont fait les Titans. De la torture mentale et physique. Sans issue possible. Aucune voix ne pouvait s'élever pour faire vaciller les êtres les plus puissants de l'univers.

— Alors les six se sont rebellés, enchaîna Ava.

Son regard se fixa sur l'espace entre nous, elle semblait fascinée par le coussin de velours blanc ; sa voix se teinta alors d'un accent de force et de détermination.

— Ils se sont unis et ont utilisé les pouvoirs que les Titans leur avaient donnés pour se battre contre eux.

— Et nous avons gagné.

Ma mère sourit. Elle était la personne la plus douce que j'aie jamais rencontrée — elle ne tuait même pas les araignées et les serpents qui se glissaient dans son jardin. Il était difficile de l'imaginer partir en guerre, il y a une éternité, dotée d'une force que je commençais à peine à entrevoir.

— La plus grande faiblesse des Titans était leur conviction qu'il n'existait nulle autre puissance supérieure dans le monde, et ils n'envisageaient même pas que nous puissions réfléchir par nous-mêmes. Peut-être serions-nous encore leurs jouets à l'heure actuelle s'ils n'avaient pas créé les mortels, ou s'ils ne nous avaient pas donné des capacités pour les amuser. Leur erreur n'a pas été de nous créer, mais de créer quelque chose que nous pouvions protéger.

Elle passa sa main dans mes cheveux ; ce geste était si familier que mon angoisse commença à s'atténuer, et fut bientôt remplacée par une douce chaleur qui me parcourut pour faire fondre la peur glaçante qui m'étreignait.

— Nous avons failli perdre à de nombreuses reprises, et il y a eu des moments où nous avons presque dû capituler. Pourtant, le souvenir de ce que les Titans faisaient subir aux personnes sans défense suffisait chaque fois à nous remotiver. Aussi longtemps que nous existerions, nous ne laisserions pas faire ça.

Tout s'éclaira alors, et je compris soudain l'équilibre entre les dieux et les mortels. Les dieux étaient irrémédiablement liés aux humains à cause d'une guerre que les six frères et sœurs avaient remportée dans des temps incroyablement reculés. Ils dépendaient, ou plutôt *nous* dépendions de l'humanité pour notre survie, autant que l'humanité avait dépendu de *nous* par le passé. C'était la raison pour laquelle James redoutait tellement le jour où l'humanité finirait par s'éteindre, quand il ne resterait plus rien que les morts et ceux qui régnaient sur eux. Une fois que les hommes n'auraient plus besoin de lui, il disparaîtrait. Ils disparaîtraient tous, excepté Henry et moi. Sans les hommes, les dieux n'étaient rien.

— Cette chose, c'était donc… un Titan ? demandai-je.

— Il s'appelle Cronos, c'était le roi des Titans, répondit ma mère. Il était endormi depuis la fin de la guerre, emprisonné dans le Tartare avec les autres Titans, sous la surveillance de Nyx.

Ava frémit, mais ne dit rien.

— Nyx ? répétai-je en maudissant mon manque de culture à ce sujet.

Mes leçons de l'année précédente s'étaient concentrées sur les mythes grecs, non sur leur véritable origine ; et d'ailleurs, toutes les études du monde ne pourraient jamais remplacer le fait que je n'aie pas vécu moi-même ces événements. Ou du moins, qu'on ne me les ait pas racontés pendant des millénaires.

— C'est le meilleur garde possible, déclara ma mère. Henry s'était porté volontaire pour garder Cronos et le reste des Titans qui menaçaient l'humanité, en les enfermant dans l'Autre Monde afin qu'il n'y ait pas d'humain pour les tenter. Mais nous savions que si Cronos restait conscient, il trouverait un moyen de s'échapper. La seule solution était donc de le garder enfermé dans ses rêves, ce qui est la spécialité de Nyx.

— Mais alors, comment s'est-il réveillé ? Comment est-il arrivé au palais ?

James enfonça ses mains dans ses poches.

— Henry et moi pensons qu'il a commencé à s'éveiller depuis un certain temps — au moins quelques décennies. Il s'est tenu tranquille jusqu'à maintenant, gagnant en force, mais il n'existe aucun moyen de savoir à quel point il est réveillé. C'est trop dangereux, nous risquerions nos vies.

— Les Titans nous ont créés, dit ma mère. Et ils peuvent aussi nous tuer.

Voilà bien la dernière chose que je voulais imaginer : Henry reparti affronter ce monstre. Peut-être endurait-il même déjà d'atroces souffrances.

— Vous ne m'avez toujours pas dit comment et pourquoi il avait commencé à se réveiller.

— Nous ne le savons pas, reconnut James. Nous pensons que c'est peut-être Calliope.

— Mais… Vous disiez qu'il se réveillait déjà depuis des siècles.

— Des décennies, corrigea James.

Je levai les yeux au ciel. Ce qui représentait toute une vie pour le commun des mortels n'était qu'un clin d'œil pour les membres du Conseil. J'en viendrais certainement là un jour, moi aussi — si Cronos ne me dévorait pas avant — mais jusqu'alors, ma notion du temps était celle des mortels. Six mois étaient six mois, pas le temps d'une petite sieste.

— Il est tout à fait possible que Calliope ait commencé à manigancer son plan quand Henry lui a fait comprendre qu'il ne partagerait jamais ses sentiments, dit James. Quand il a commencé à chercher des filles afin de leur faire passer les épreuves, eh bien…

Il haussa les épaules.

— Elle a dû craquer. Personne d'autre que Calliope n'a le pouvoir de rompre la loyauté de Nyx envers Henry, et de la persuader de réveiller Cronos.

Encore une chose que je n'étais pas vraiment ravie d'entendre : à quel point la déesse qui voulait ma mort était puissante.

— Ça ne tient pas debout. Si comme vous elle s'est battue pour protéger les humains, alors pourquoi prendrait-elle le risque que les choses redeviennent comme à l'époque des Titans ?

— Nous l'ignorons, dit ma mère. Si nous le savions, nous pourrions essayer de lui faire entendre raison, mais jusqu'ici, toute tentative a été vaine.

— Il est possible qu'elle ait conclu un marché avec lui, suggéra James. Pour quel motif elle lui ferait confiance, je ne vois pas, mais elle a très mal pris ta décision de…

— Elle te hait.

Ava me serra la main.

— C'est le genre de haine dévorante que rien ne peut arrêter. Surtout pas la raison.

C'était donc moi qui avais été visée, et non Ava. Je frissonnai en songeant à ce qui serait arrivé si je m'étais figée, moi aussi.

Et James, parlait-il sérieusement ? Henry aurait-il anéanti le monde si Cronos m'avait tuée ? J'aurais aimé croire que sa motivation était liée aux profonds sentiments qu'il avait pour moi. Mais je ne pouvais m'empêcher de me rappeler que si je mourais, cela signifiait qu'il serait contraint d'abandonner sa position de souverain de l'Autre Monde. Dans ce cas, il s'éteindrait, s'il ne périssait pas avant dans sa lutte contre Cronos.

— James, dis-je d'une voix rauque. S'il te plaît, va soigner ce bras avant de te vider de tout ton sang.

Il fronça les sourcils en regardant sa veste déchirée, désormais imbibée de sang, comme s'il avait oublié qu'il était blessé. Ce qui me confirma une fois de plus que ma blessure était atypique, car, pour ma part, il m'était impossible d'oublier un seul instant la douleur qui me tenaillait.

— Oh. Ah oui, c'est vrai. J'y vais. Ça va aller, pour toi ?

J'approuvai d'un signe de tête. Il hésita un instant, puis il traversa l'antichambre pour venir m'embrasser sur la joue. Il ne me dit pas au revoir, ce qui me rassura quelque peu : la fin du monde n'était visiblement pas imminente.

— Viens, dit ma mère en me tendant la main. Allons dans un endroit où tu pourras te reposer.

Je voulus protester. Comment le pourrais-je alors qu'Henry risquait sa vie en affrontant un Titan ? Cependant, mieux valait ne pas m'opposer à ma mère. Dans le genre têtu, on était assez fortes, dans la famille.

Ava et elle m'aidèrent à me rendre jusqu'à ma chambre. Il était humiliant de souffrir autant alors que ma plaie n'était plus visible. Les autres arboraient d'horribles blessures, sans même en paraître affectés. Je tentai de marcher seule et d'ignorer la douleur, mais je ne réussis qu'à faire quelques pas avant de m'arrêter pour m'appuyer contre un mur, terrassée par le mal. Renonçant à lutter, je me laissai porter par Ava et ma mère.

Une fois que je fus confortablement calée dans mon lit entre des montagnes de coussins soyeux, ma mère prit congé.

— J'aimerais rester avec toi, mais les autres aussi ont besoin de moi, dit-elle en s'excusant.

— Je sais.

Quel que soit leur sujet de discussion, ce dont ils parlaient était forcément plus important et déterminant que de me tenir compagnie. J'avais envie qu'elle reste, mais ici, elle n'était pas seulement ma mère : elle avait d'autres responsabilités que de me tenir la main quand j'étais chamboulée.

Après m'avoir fait promettre de la prévenir si j'avais besoin de quoi que ce soit, elle se dirigea vers la porte en laissant derrière elle un sillage d'inquiétude qu'elle ne pouvait dissimuler. Additionné à tout ce qui venait de se passer, cela ne fit qu'accroître encore un peu plus l'angoisse qui me rongeait.

— Tout va s'arranger, n'est-ce pas ? dis-je à Ava comme elle s'installait près de moi.

Pogo sauta sur le lit, se lova entre nous, et je me mis à caresser distraitement son pelage. Au moins y en avait-il un qui semblait heureux.

Ava ne répondit pas tout de suite. Pensant qu'elle ne m'avait pas entendue, je me tournai vers elle. Des larmes coulaient encore sur ses joues.

— Je ne sais pas, murmura-t-elle. Il ne s'est jamais rien produit de la sorte jusqu'ici. Quelles que soient les disputes, les problèmes, aucun dieu n'avait jamais blessé volontairement de personnes innocentes. Nous sommes censés protéger les humains, et les six membres fondateurs se sont toujours montrés inflexibles à ce sujet, tu sais. C'est pour ça que nous n'aurions jamais pu imaginer que c'était Calliope qui tuait les filles d'Henry. C'est juste que… elle n'avait jamais rien fait de tel, avant. Aucun d'entre nous, d'ailleurs.

Elle posa sa tête sur mon épaule, et je me forçai à ignorer l'angoisse qui me nouait la gorge. Ava avait besoin d'être réconfortée, encore plus que moi peut-être.

— Ils vont trouver une solution, dis-je, même si je n'avais aucun moyen de savoir si mes paroles étaient fondées. Ils sont forts, pas vrai ? Tous ceux du Conseil. Et elle est seule contre treize.

— Mais elle a Cronos, répondit Ava dans un reniflement. Quand il retrouvera toute sa force, aucun d'entre nous ne pourra rien faire pour l'arrêter. A eux six, il leur a fallu des siècles pour le contenir, et la seule raison pour laquelle ils ont gagné la guerre, c'est parce qu'ils ont bénéficié d'un effet de surprise. Les Titans n'auraient jamais cru qu'ils puissent se dresser contre eux. Mais maintenant…

Maintenant, Cronos savait à quoi s'attendre, et il avait eu presque toute la période de l'humanité pour trouver un moyen de les vaincre.

— Vous êtes plus nombreux, maintenant, dis-je en prenant soin d'adopter une voix assurée, pour Ava.

De manière paradoxale, la terreur d'Ava, et le fait qu'elle ait besoin de moi pour l'apaiser, calmaient mes propres inquiétudes.

— Vous pouvez encore gagner.

Ava s'essuya les joues et me lança un regard désespéré qui me désarma totalement. Malgré ses moments de doute, Ava avait toujours été pétillante et optimiste, voyant le bon côté des choses dans les situations les plus sinistres. Après sa mort à Eden, par exemple, au lieu de se lamenter sur la perte de sa vie mortelle, quelle qu'en soit la durée, elle avait accueilli son statut de morte de bonne grâce. Même lorsque je lui avais infligé une lourde punition pour le rôle qu'elle avait joué dans la rixe qui avait abouti à la prétendue mort de Xander, elle ne m'avait pas paru fâchée. Elle avait repêché mon corps dans la rivière quand Calliope m'avait tuée, et m'avait ramenée à Henry, persuadée qu'il pourrait me rendre la vie. C'était Ava qui croyait toujours à l'impossible, pas moi. Alors, comment pouvais-je avoir le moindre espoir si elle n'en possédait plus ?

— Tu ne comprends pas, dit-elle d'une voix cassée. Il a fallu qu'ils s'y mettent tous les six la première fois. Peu importe combien de nouveaux dieux existent maintenant. Même tous ensemble, nous ne sommes pas aussi puissants qu'un seul d'entre eux. Sans Calliope, nous n'avons pas la moindre chance.

Je détournai le regard afin qu'elle ne voie pas les larmes qui me montaient aux yeux. Perdre ce combat, c'était la destruction annoncée de tout ce qui existait, au-delà du concevable. Au mieux, ce serait l'esclavage pour Henry, ma mère, et tous ceux auxquels je m'étais attachée ; au pire, la mort pour tous.

Les membres du Conseil avaient peut-être vécu d'innombrables vies, mais je n'avais que dix-neuf ans ; et j'espérais bien en avoir un jour vingt.

Je ne me souviens pas m'être endormie, mais lorsque je m'éveillai, Ava était partie, et Pogo ronflait dans le creux qu'elle avait laissé dans l'oreiller. Je soupirai en faisant l'état des lieux de mon corps, soulagée de constater que la douleur s'était en partie évanouie. Même si j'avais encore un peu mal, j'étais décidée à sourire et à la supporter avec courage.

Mais alors que je me redressai pour m'asseoir, la douleur explosa derrière mes yeux, me donnant un mal de tête intolérable. Je me rallongeai aussitôt en grommelant et Pogo vint me lécher les joues pendant que je me massais les tempes. Apparemment, toute la douleur avait migré vers ma tête durant mon sommeil.

Soudain, quelqu'un ricana sur ma droite. J'ouvris les yeux et découvris des murs de roche autour de moi. Je n'étais plus dans ma chambre, mais dans la caverne où j'avais vu Henry se battre contre le brouillard — dont je savais maintenant qu'il était Cronos —, et l'immense grille se dressait devant moi, sculptée à même le roc. Je fis volte-face pour voir d'où provenait le rire, et me retrouvai brusquement nez à nez avec Calliope.

Je me figeai. Mon heure avait sonné. Je ne sais comment, elle était parvenue à m'enlever, et je ne pouvais rien faire pour me protéger. Si elle était aussi puissante qu'Ava le prétendait, elle pouvait certainement me couper en deux par le simple pouvoir de la pensée ; inutile d'espérer m'en sortir.

Mais à ma grande surprise, elle regarda comme à travers moi en avançant, et au lieu de me percuter, elle me traversa sans plus d'encombre que si j'avais été un simple fantôme.

Je n'étais pas vraiment là. De la même manière que ce qui s'était produit lors de mon arrivée dans l'Autre Monde, ceci n'était qu'une vision, et Calliope ignorait que je la voyais.

Je m'empressai de la suivre. Elle traversa fièrement

la caverne jusqu'à une petite cavité sur un côté, où je remarquai un étrange tas sous les lueurs qui émanaient du plafond. Je ne distinguais que des ombres, mais quoi que ce fût, cela parut amuser Calliope, qui rit de nouveau.

— Je n'arrive pas à y croire.

Elle s'arrêta à quelques mètres de l'entrée de la cavité.

— J'ai passé des lustres à vous supporter, et voilà, c'est réglé.

La panique m'envahit. Je ne voulais pas regarder, mais mes pieds avancèrent malgré moi jusqu'à ce que je distingue clairement les trois corps attachés les uns aux autres, entravés de chaînes de pierre et de brouillard.

Walter à gauche, la tête basculée en avant avec un filet de sang sur la joue. Phillip à droite, une affreuse cicatrice lui traversant un œil pour descendre sur son visage et jusqu'en dessous de sa chemise.

Et Henry au milieu, aussi pâle et immobile que la mort.

5

LES OPTIONS

Je me précipitai auprès d'Henry, redoutant de le toucher, et trop effrayée à la fois pour m'en aller. Je cherchai désespérément un signe m'indiquant qu'un des trois frères était encore en vie, mais ne vis rien. Aucun mouvement n'indiquant qu'ils respiraient, aucune pulsation à leur cou. Seulement, cela ne voulait rien dire, ces méthodes étaient surtout valables pour les humains. Or Henry et ses frères n'étaient pas des mortels, et ils ne l'avaient jamais été.

Enfin, enfin ! je vis les yeux d'Henry s'entrouvrir. A la différence de Calliope, il me regarda droit dans les yeux. Me voyait-il vraiment pour autant ? Je n'aurais su le dire. Il ne m'avait pas vue lors de ma première vision. En même temps, il était alors en pleine bataille.

— Ça va aller, murmurai-je en essayant de prendre sa main — mais mes doigts passèrent au travers des siens.

« Tout va bien se passer. Je vais faire le nécessaire pour que plus rien ne t'arrive, je te le promets.

Il poussa un faible soupir et ferma les yeux ;

un espoir s'éveilla en moi. M'avait-il entendue ? Je tendis la main pour lui caresser la joue, mais m'arrêtai à quelques millimètres de sa peau. Au moins pouvais-je faire semblant de le toucher.

— Père, dit alors Calliope quelque part derrière moi.

Je m'écartai d'Henry pour la regarder.

— Es-tu prêt à soumettre les autres ?

Un grondement sourd résonna dans la caverne, dans un langage que je ne comprenais pas. La grille trembla et des petits cailloux jonchèrent le sol.

— Pardonne-moi, reprit Calliope avec une voix mielleuse pleine de sarcasme. Je croyais avoir réveillé l'être le plus puissant de l'univers. Au temps pour moi.

En un clin d'œil, une volute de brouillard se glissa alors entre les barreaux et claqua vers elle comme un coup de fouet. Calliope tomba à la renverse, lui échappant de peu, même si je soupçonnais qu'elle avait d'autres moyens de se défendre.

— Arrête ! cria-t-elle avec un soupçon de panique dans la voix.

Une vague de satisfaction m'envahit.

— Tu as besoin de moi, tu le sais très bien.

Le grondement continua, et Calliope se remit maladroitement debout, perdant toute sa dignité.

— Tu le sais, persista-t-elle d'un ton incertain qui me fit jubiler malgré mon angoisse. Personne d'autre ne viendra jamais t'aider à te libérer, et sans moi, tu seras coincé pour le reste de l'éternité derrière cette stupide grille. Alors soit tu fais ce que je te dis, soit tu restes où tu es. Ça m'est bien égal.

De toute évidence, c'était loin de lui être égal ; Cronos devait bien le savoir, lui aussi, car son grondement se mit à ressembler étrangement à un rire. Une nouvelle volute de brouillard avança vers Calliope, jusqu'à quelques centimètres de sa peau. Tremblante, elle se tint droite tandis que Cronos lui effleurait la joue.

Subitement, le brouillard se volatilisa aussi vite qu'il était apparu. Calliope blêmit et, l'espace d'un instant, je me sentis presque mal pour elle. Puis je me souvins d'Henry et de ses frères ligotés dans une grotte à quelques pas de là, et toute ma compassion s'évanouit aussitôt.

La langue chaude de Pogo sur mon oreille me ramena brutalement à la réalité. La roche fut remplacée par les murs rouges de ma chambre, et mon estomac se retourna alors que je prenais conscience de la portée de ma vision.

— Maman ! hurlai-je en repoussant mes couvertures pour me ruer hors du lit.

J'atterris lourdement sur les genoux et sur les mains. Mon corps entier protestait, mais je me forçai à me relever pendant que Pogo trottait derrière moi, oreilles dressées. Le moindre pas me faisait l'effet de coups de couteau. Je franchis malgré tout la porte en me prenant les pieds dans l'ourlet de ma robe argentée.

J'étais à mi-chemin de la salle du trône lorsque je

la percutai à l'angle d'un couloir. Pour la deuxième fois en quelques minutes, je me retrouvai par terre.

— Kate ?

Ma mère s'agenouilla à côté de moi, ne sachant trop si elle pouvait me toucher.

— Je vais bien, haletai-je. Maman, Henry et les autres... Calliope, elle les a capturés, et Cronos...

— Oui, quoi ?

Ma mère blêmit, avant de reprendre :

— As-tu vu quelque chose ?

Je hochai la tête. Tout ce qu'elle m'avait dit au sujet des Titans se bouscula dans mon esprit, à m'en donner le vertige.

— Calliope les a capturés, et je crois...

Ma voix se brisa dans ma gorge pendant qu'un flot de larmes irrépressible inondait mes yeux.

C'était vraiment la fin. Ils ne pouvaient pas vaincre Calliope seuls, et ce n'était plus qu'une question de temps avant que Calliope ne tue Henry. C'était déjà un miracle qu'il soit encore vivant.

D'une voix sourde et affolée, je racontai alors les détails de ma vision, bredouillant et mélangeant les mots dans mon effort pour parvenir à parler.

— Maman, dis-je enfin d'une toute petite voix, l'implorant de faire quelque chose pour arranger ça.

Quand j'étais petite, j'étais persuadée qu'elle pouvait faire l'impossible. Désormais, je savais à quel point c'était vrai, mais quelque part au plus profond de moi, même si je ne voulais pas l'admettre, je savais aussi que, cette fois, la situation était désespérée.

— Elle va laisser Cronos les tuer.

Son visage se durcit, et pendant un terrible instant, je vis la puissance qui se cachait derrière les yeux bienveillants et les joues roses de ma mère.

— Sofia, appela-t-elle d'une voix qui me bouleversa.

Sofia fut à son côté en une seconde. Comme ma mère, elle n'avait plus rien de la dame charmante et délicate. Toutes deux rayonnaient d'une énergie impressionnante. Seule, ma mère était une force de la nature. Avec Sofia à ses côtés, elle pouvait réduire le monde en miettes, j'en étais convaincue.

— Viens, ma sœur, lança ma mère.

Elle me regarda, et un éclair de douceur repassa brièvement sur son visage.

— Prends soin de toi, trésor, dit-elle en me touchant la joue.

Je frissonnai.

— Et enfile un pull. Je reviens te voir dès que possible.

Sur ce, elle prit les mains de Sofia, et de la même façon qu'Henry et ses frères s'étaient envolés à travers l'Autre Monde, ma mère et sa sœur, les deux seules personnes encore capables de vaincre Cronos, disparurent dans les airs.

Après leur départ, je me suis sentie plus seule que jamais. Refoulant mes larmes, je me traînai péniblement jusqu'à ma chambre pour me changer. Combien de membres de ma famille allais-je perdre avant que cette affaire ne soit réglée ? Cette question ne me quittait pas.

***

La salle du trône semblait vide sans Henry et ses frères et sœurs. Ce qu'il restait du Conseil était assis en rond près de la plate-forme, sur des chaises collectées un peu partout dans le palais. J'étais moi-même sur un tabouret de bois brut qui me rappelait celui sur lequel j'avais été jugée six mois auparavant, lorsque le Conseil avait pris la décision de m'intégrer. Mais au moins celui-là était-il rembourré.

Personne ne s'était approché des deux trônes. L'un était censé être le mien, mais la cérémonie n'avait pas été conclue, et quand bien même elle l'eût été, je n'aurais pas voulu m'y asseoir sans Henry. Je n'étais pas prête à régner seule — je n'étais d'ailleurs même pas sûre d'être prête à régner avec lui. Et je préférais ne pas penser aux conséquences que son départ et celui de ses frères pourrait avoir sur l'ordre naturel des choses dans l'Autre Monde. Les âmes des morts allaient-elles rester coincées dans les limbes jusqu'au retour d'Henry ? Qu'adviendrait-il s'il ne revenait jamais ?

Non. Ce genre de pensée ne servait à rien. Il devait bien y avoir une façon d'arranger tout ça — quelque chose que Calliope désirait par-dessus tout et qui pourrait la détourner de sa revanche ?

Un sentiment désagréable m'envahit. Il y avait bien quelque chose qu'elle désirait encore plus que se venger. Elle voulait Henry. Et elle voulait me voir morte.

Toutefois, ce n'était pas une véritable alternative. Même si je me livrais à elle, rien ne garantissait que cela mettrait un terme aux récents événements. Cronos était plus puissant que je ne l'imaginais, et, d'après ma vision, il était clair qu'en dépit de ses prétentions. Calliope n'avait pas totalement le contrôle de la situation. Ce n'était pas elle qui allait décider de la fin de l'histoire.

— Qu'est-ce qu'on fait, maintenant ?

Ma voix résonna dans le silence de la salle du trône. Cela faisait presque dix minutes que nous étions là, et personne n'avait prononcé un traître mot. Je n'en pouvais plus de poireauter ici alors qu'Henry et ma mère étaient en danger.

— Comment ça ? demanda Ella, qui partageait un grand fauteuil avec Théo.

Tous deux se tenaient enlacés, comme si c'était la chose la plus naturelle au monde, et je les enviai.

— Je veux dire, comment fait-on pour les aider ? expliquai-je. Si maman et Sofia n'arrivent pas à les délivrer, si elles…

Si elles se faisaient capturer, elles aussi.

— Que devons-nous faire ?

Ella et Théo échangèrent un regard, et à côté d'eux, Irène poussa un soupir.

— Nous ne pouvons pas les aider, pas si Cronos et Calliope les détiennent.

Je clignai des yeux, interdite. Et c'était tout ?

— On doit bien pouvoir faire quelque chose.

Je balayai l'assemblée du regard, cherchant un

soutien, mais tout le monde baissa les yeux. Même James.

— On ne peut quand même pas les laisser là-bas. Comment pouvez-vous envisager cette possibilité ?

— Parce que toutes les autres seraient du pur suicide, répondit Dylan avec un rictus. Pendant que tu faisais ta petite sieste, nous avons passé en revue tous les plans possibles. Avec Diane et Sofia, nos options étaient limitées. Sans elles, nous n'avons plus d'autre choix que d'attendre le prochain mouvement de Calliope. On ne peut pas l'attaquer frontalement, du moins pas si tu veux qu'il reste quelques-uns d'entre nous pour combattre Cronos quand il trouvera le moyen de s'échapper.

Quand. Pas *si*.

— Elles savaient que c'était une possibilité, dit Irène. Elles savaient qu'en leur absence nos pouvoirs sont limités dans ce royaume, et elles ont pris le risque de partir en nous laissant, malgré tout.

A ma grande surprise, je décelai l'ombre d'une blessure dans sa voix. Pensaient-ils que ma mère et Sofia les avaient abandonnés ?

— En outre, ajouta Théo, il est encore possible qu'elles réussissent.

— Et si ce n'est pas le cas ? demandai-je, me faisant l'avocate du diable.

J'avais beau m'accrocher à l'espoir que ma mère revienne saine et sauve sans l'intervention du reste du Conseil, si Henry et ses deux frères ne pouvaient résister à Calliope et Cronos, je ne voyais pas comment seulement deux femmes le pourraient.

— Alors la libération de Cronos ne sera plus qu'une question de temps, répondit Dylan. Quand il sera libre, il détruira le monde, l'humanité, et si nous avons de la chance, il nous tuera sur le coup.

Dans la salle du trône, la température sembla soudain descendre de vingt degrés.

— Et aucun d'entre vous ne compte faire quoi que ce soit contre ça ? demandai-je, abasourdie. Vous allez rester plantés là, sans rien faire, à attendre qu'il vous tue ?

— Non, dit Ella d'un ton tranchant en regardant Dylan. Si nous restons en dehors de cette affaire, il nous laissera peut-être tranquilles.

— Vous préférez donc perdre votre dernier espoir de vaincre Cronos et de sauver des milliards de vies, du moment que vous avez une chance de rester vivants ? m'indignai-je. C'est une plaisanterie ?

Personne ne répondit. Bien entendu, ça n'avait rien d'une plaisanterie. Ils étaient tous très sérieux, et je ne savais plus quoi répondre à ça. Ce n'étaient pas les mêmes personnes que j'avais connues à Eden. C'étaient des lâches, et l'idée que les êtres les plus puissants de la planète puissent laisser périr l'humanité était tout simplement aberrante. Ils étaient censés protéger les hommes, pas attendre passivement que Cronos extermine tout le monde dans l'espoir d'avoir eux-mêmes la vie sauve.

Folle de rage, je serrai les poings.

— Vous m'avez mise à l'épreuve pendant six

mois afin d'être sûrs que j'avais les qualités requises pour vous rejoindre — que j'étais assez morale, assez forte, et pas trop égoïste. Et maintenant, vous ne levez pas le petit doigt pour aider votre propre famille ?

Quelque part au fond de moi, je comprenais qu'il devait être terrifiant d'être confronté à la mort quand on avait vécu si longtemps en pensant y échapper éternellement. Ou du moins, en songeant qu'ils s'éteindraient peut-être un jour, mais de façon paisible et indolore. La mort était le lot de l'humanité, et je n'avais pas encore oublié l'impression qu'elle laissait. Eux n'avaient jamais eu l'occasion de l'apprendre. Néanmoins, ce n'était pas une excuse.

— Ce n'est pas parce que tu as certaines qualités que nous possédons les mêmes, déclara Dylan.

Je le fixai et remarquai qu'Ava faisait de même, lequel parut mal à l'aise sous l'intensité de son regard.

— Nous n'avons jamais été particulièrement exemplaires, tu sais, ajouta-t-il. Nous sommes seulement là pour incarner une certaine idée du sacré, quand cela nous arrange. Et certains d'entre nous sont meilleurs comédiens que d'autres.

Je me levai, ce qui eut pour effet de faire crisser affreusement mon tabouret sur le sol.

— Je me fiche pas mal de ce que vous faites. Moi, je vais les retrouver. Vous pouvez rester vautrés là, ou choisir de m'aider, ça m'est bien égal. Mais personnellement, je préfère mourir plutôt que de vivre avec la culpabilité, en sachant que j'aurais pu agir et que je n'ai rien fait.

C'était faux, je n'avais pas envie de mourir, et dans un monde parfait, personne ne devrait passer par là. Or, nous n'étions pas dans un monde parfait, et eux n'étaient certainement pas des êtres parfaits. Ma décision n'était pas des plus brillantes — se lancer ainsi sans plan ni la moindre idée de l'endroit où me diriger ; mais c'était tout de même mieux que de rester assise et de devenir folle en attendant quelque chose qui ne viendrait peut-être jamais.

Je tournai les talons et partis dans l'allée, ignorant la douleur dans ma jambe. Au troisième pas, la voix d'Irène résonna dans le hall.

— Attends.

Je m'arrêtai et me retournai vers eux, adoptant une attitude de défi les bras fermement croisés sur ma poitrine.

— Vous ne me ferez pas changer d'avis. Je ne veux pas mourir, et je ne veux pas que vous mouriez non plus. Mais rester plantés là à attendre que Cronos nous détruise tous ne changera rien à la situation.

— Nous ne comptions pas te dissuader, dit Dylan, toujours sous le regard attentif d'Ava.

Il plissa les yeux et bomba le torse sans rien ajouter de plus. Irène s'éclaircit la gorge.

— Ce que veut dire mon cher frère, c'est que si nous sommes impuissants dans l'Autre Monde, nous pouvons en revanche agir à la surface.

— Comme quoi ? demandai-je avec méfiance,

me demandant si cela n'incluait seulement de se trouver une bonne planque.

— Tendre un piège, dit Nicholas, le géant blond qui m'avait servi de garde du corps à Eden.

Il avait si peu l'habitude de s'exprimer que, l'espace d'un instant, je n'aurais su trop dire qui venait de parler.

— Il n'y a pas tant de sorties que Cronos peut utiliser si Henry…

Il s'interrompit, et je sus ce qu'il voulait dire : si Henry ne survivait pas.

— Si Henry ne parvient pas à le maintenir dans l'Autre Monde, reprit-il. Il va peut-être révéler ses intentions sans trop tarder, et nous montrer la route qu'il souhaite emprunter. Nous pourrions lui tendre un piège, quelque chose pour le retenir jusqu'à ce que nous ayons un plan.

— Il faudra d'abord qu'il ouvre la grille s'il veut atteindre la surface, répliqua Dylan. A mon avis, ce n'est pas pour demain.

Je regardai James pour tenter de comprendre, mais il était trop occupé à contempler ses mains.

— Comment ça ? demandai-je. Il n'est pas déjà sorti ?

Les autres dieux me regardèrent comme si je leur avais demandé combien faisaient un plus un, et je sentis mes joues s'empourprer sous leur regard.

— Cronos est toujours derrière les portes, expliqua Irène. S'il se réveille totalement, il pourra atteindre des coins de l'Autre Monde dont la plupart d'entre nous ne connaissent même pas l'existence. Raison pour laquelle les membres du Conseil l'ont maintenu endormi pendant tout ce temps. Mais ce que tu as vu n'était qu'une infime partie de lui, et s'il devait s'échapper totalement, les dégâts seraient catastrophiques.

Je me sentis blêmir.

— Ce… ce n'était qu'une petite partie ?

— Pas plus que le petit doigt, dit Dylan en agitant ses doigts pour soigner son effet. Tu commences à comprendre pourquoi nous ne voulons pas le combattre ?

En effet.

— Ça ne change rien, répondis-je la bouche sèche.

— Non, c'est vrai, intervint Irène. Nous allons travailler tous ensemble à lui tendre un piège, dès que nous découvrirons le plus proche point de sortie possible.

— *Tu* peux le faire si tu veux, lança Dylan en fronçant les sourcils. Moi, je ne veux pas me mêler de ça. Je ne suis pas contre une bonne petite bagarre, mais là, ce sera un massacre.

— Oh que si, tu vas nous aider, dit Irène. Même si je dois te tirer par les oreilles pour ça.

— Ah oui ? Et comment comptes-tu faire ça ? rétorqua Dylan.

Les yeux d'Irène pétillèrent.

— Tu veux vraiment le savoir ?

L'expression de Dylan se rembrunit. Il semblait hors de lui.

— Non, je ne veux pas le savoir. J'espère juste

que ce n'est pas aussi débile que de se balader sans plan dans l'Autre Monde.

— Oui, je sais que c'est débile, merci, aboyai-je. Mais je vais essayer quand même, et ce n'est pas toi et ta lâcheté qui m'en empêcheront.

Sur ce, je repartis en direction de la sortie, et cette fois personne n'intervint pour me retenir. Alors que je m'éloignais, je fus prise d'une sorte de vertige : il était possible que je ne les revoie jamais. Le temps que je trouve la prison de Cronos, il serait peut-être trop tard — en admettant que je la trouve un jour. Tous les gens que je connaissais pouvaient mourir, et je passerais peut-être l'éternité à arpenter l'Autre Monde en quête de quelque chose qui n'existait plus.

En arrivant dans l'antichambre, je me laissai tomber sur un banc, et restai prostrée, la tête entre les genoux. Tout cela ne pouvait pas être vrai. Le monde allait s'éteindre, à moins d'un miracle. Et comment pouvais-je prétendre réussir l'impossible ? Dylan avait raison : je ne savais même pas où j'allais, sans parler de ce que je ferais une fois sur place. Mais quelles étaient les autres options ? Rester avec les autres membres du Conseil et attendre de me faire tuer ? Et quant à leur idée de tendre un piège à Cronos, je ne pourrais leur être d'aucune utilité. Je ne parvenais même pas à contrôler mes visions, pas plus que mes supposés pouvoirs.

Je ne pouvais pas rester les bras croisés pendant que les autres livraient bataille. Ce n'était peut-être pas entièrement de ma faute, mais j'avais sans doute contribué à pousser Calliope jusqu'au point de rupture ; et je n'avais pas l'habitude de laisser les autres nettoyer derrière moi sans rien faire. Nous n'avions aucun espoir de gagner sans les six frères et sœurs, et puisque personne d'autre ne voulait partir à leur recherche, il ne restait que moi.

Tout cela se serait-il passé si j'avais témoigné un peu plus de compassion envers Calliope, si je ne l'avais pas empêchée de voir Henry pour le restant de ses jours ? Aurait-elle fait tout cela ?

Mais il ne servait à rien de se torturer avec ces questions. Si l'une des autres filles avait réussi, Calliope aurait agi de la même manière. Je n'aurais rien pu faire pour l'amener à m'apprécier, pas avec cette haine qu'elle nourrissait depuis le début. Quel que soit mon rôle dans le dérapage de Calliope, elle seule était responsable de ses propres actes.

J'avais beau avoir conscience de tout ça, je ne pouvais m'empêcher de me sentir coupable.

Soudain, j'entendis des bruits de pas approcher, puis la porte s'ouvrir et se refermer. Je ne pris même pas la peine de relever la tête. Si c'était James qui venait me dire que je faisais une erreur, ou Ava insistant pour que je renonce à mon projet suicidaire, je m'en fichais. J'allais le faire, que ça leur plaise ou non.

Quelqu'un s'assit à côté de moi, et je reconnus la main d'Ava sur mon dos.

— Ça va ? dit-elle doucement.

Je me redressai en gardant les yeux clos pour tenter de maîtriser la sensation de vertige.

— Ouais, super, marmonnai-je.

Elle suspendit sa caresse.

— Excuse-moi, repris-je en poussant un soupir. C'est juste que…

— C'est juste que tu viens d'apprendre qu'il est fort probable que le monde touche à sa fin, et tu as besoin de réfléchir un moment, dit Ava.

Je hochai la tête. Elle semblait prendre les choses un peu mieux, maintenant, mais elle avait eu davantage de temps que moi pour digérer tout ça.

— Que se serait-il passé si les choses avaient été différentes ? lui dis-je. Si je n'avais pas réussi les épreuves… ?

— Elle l'aurait quand même fait.

Surprise, j'ouvris les yeux. James était adossé contre le mur, les mains enfoncées dans les poches, les cheveux en bataille. Le fait de l'entendre formuler ce dont j'essayais de me convaincre allégea un peu le poids qui pesait sur mes épaules, et je lui adressai un petit sourire triste.

Il ne me sourit pas en retour.

— Calliope manigance tout ça depuis longtemps. Alors une fois Cronos réveillé, rien ne pouvait plus l'arrêter. Elle veut ta mort. Elle veut notre mort à tous. Elle a cessé de penser de façon rationnelle bien avant que tu ne sois née, et aucune culpabilité déplacée ne pourra rien y changer.

Alors tout était fini. Au bout du compte, j'allais donc devoir m'en remettre à elle, quoi qu'il arrive. Si le Conseil avait raison, si rien ne pouvait arrêter Calliope et Cronos, si nous allions tous mourir…

Non. Je ne le voulais pas. Le moindre atome de mon corps rejetait cette idée, et je fus de nouveau prise de vertige en songeant à ce que Calliope me ferait le moment venu. Alors même que je me faisais cette réflexion, une idée me vint à l'esprit. Et si c'était la seule solution ? Si c'était la seule manière de convaincre Calliope de soumettre de nouveau Cronos ? Si elle avait vraiment combattu avec les autres dans la guerre contre les Titans, c'était bien que, quelque part, elle se souciait un peu de l'avenir de l'humanité. Et malgré toute la détresse et l'humiliation qu'elle ressentait, peut-être que le fait de me savoir morte suffirait à la faire changer d'avis.

En dernier recours, pensai-je. Uniquement en dernier recours.

Mais pourquoi pas, si sacrifier ma vie pouvait mettre un terme à ce cauchemar ? Certes, de manière tout à fait égoïste, je voulais vivre, seulement je ne pourrais jamais rester là à regarder tout le monde se faire massacrer à cause de moi. Je ne savais pas trop quelle option était la plus égoïste ; en tout cas, s'il était en mon pouvoir de mettre fin à tout ça, je n'ignorerais pas cette possibilité, même si elle ne me plaisait pas du tout.

Dans un cas comme dans l'autre, la première chose à faire, c'était de trouver Calliope.

— Comment se rend-on là-bas ? demandai-je. A l'endroit où se trouvent Calliope et Cronos. Je sais que vous ne voulez pas que j'y aille, mais…

— De toute façon, tu iras même si on refuse

de te le dire, coupa James. Je ne sais pas où c'est, honnêtement. Personne ne le sait. Les dieux les plus anciens peuvent le trouver, mais ils ont fait en sorte que, même moi et mon fameux sens de l'orientation, je ne le puisse pas, et l'emplacement a été tenu secret des autres pour des raisons évidentes. La seule personne à savoir où ça se trouve…

Il se tut brusquement.

— Qui est-ce ? le pressai-je. Je t'en prie, James, peu importe ce que je devrai faire. Je parcourrai tout l'Autre Monde s'il le faut.

— Je sais, dit-il avec un sourire pincé. C'est ce que j'aime en toi, Kate. Mais tu dois comprendre que…

— Ce que je comprends, c'est que si personne n'essaie de les arrêter, Calliope et Cronos vont réduire le monde en cendres, et que tout le monde va mourir ! m'impatientai-je. Je me fous de ce que je devrai faire. Je le ferai, c'est tout.

James soupira.

— La seule personne qui sache où se trouve la grille est…

Il prit son souffle.

— Perséphone.

6

Le lac de feu

Perséphone. Bien sûr. De tous les dieux et déesses qui avaient existé et de toutes les personnes qui avaient traversé l'Autre Monde, il fallait que ce soit elle.

J'essuyai mes paumes moites sur mes cuisses et, pour la première fois, je me surpris à souhaiter de n'avoir jamais entendu parler d'Eden. Ma vie aurait été détruite, ma mère serait maintenant morte ; mais au moins, l'existence de milliards de gens ne dépendrait pas de ma capacité à ravaler mon orgueil et à retrouver l'unique personne que je m'étais juré de ne jamais rencontrer. La personne dont mon mari était encore épris.

Ma sœur.

— Il n'y a vraiment personne d'autre ? dis-je d'une voix étranglée.

— Henry, répondit James. Mais je crois qu'il est un peu pris, en ce moment.

Je le dévisageai.

— Et donc ? Je dois chercher Perséphone parmi les millions d'âmes…

— Les milliards, précisa James. Peut-être une

centaine de milliards, maintenant. Je n'ai pas suivi le compte.

— Donc, je cherche Perséphone parmi les milliards d'âmes de l'Autre Monde ? repris-je. Combien de temps ça va prendre ?

— Le temps qu'il faudra. Trouver une aiguille dans une meule de foin est facile si l'on a assez de temps pour l'examiner petit bout par petit bout.

— Sauf qu'on n'a pas tant de temps que ça.

James s'avança vers nous.

— Dans ce cas, tu as plutôt de la chance de m'avoir.

Je le regardai, perplexe.

— Qu'est-ce que tu veux dire ?

— Il veut dire qu'il vient avec toi, traduisit Ava. Et moi aussi.

En dépit de son courage, je perçus un tremblement dans sa voix.

— Vous n'êtes pas obligés de faire ça, leur dis-je. Ni l'un ni l'autre. J'apprécie votre offre, mais vous avez entendu ce que les autres ont dit. Les chances d'en sortir vivants…

— Seront bien meilleures si je viens avec toi, termina James. Rien que moi, Ava. Nous n'avons pas le temps d'organiser une réunion pour en débattre.

— Je viens aussi, déclara Ava avec fermeté. Trois, c'est mieux que deux, et de toute façon, je ne serai d'aucune utilité ici. Je suis un très mauvais stratège et ne comprends rien à leur histoire de piège.

Elle se redressa fièrement sous le regard inquisiteur de James, comme pour le défier de lui opposer un nouveau refus.

— Tu sais que ce n'est pas une bonne idée, dit-il. Le but de la manœuvre, c'est d'amener Perséphone à nous aider. Ta présence ne nous aidera pas vraiment à la convaincre.

Ava émit un petit ricanement, et ses joues retrouvèrent un peu de leurs couleurs.

— C'est ça, parce que ta présence à toi va aider, peut-être ? Tu sais très bien que je vous suivrai même si tu me dis de ne pas le faire, alors économise donc ta salive. Viens, Kate.

Elle me prit par le bras et m'emmena dans le couloir. Je ne résistai pas, trop bouleversée par ce nouveau problème qui venait s'ajouter à une liste déjà bien trop longue.

Non seulement nous devions trouver Perséphone, mais j'allais devoir la convaincre de risquer le reste de sa vie pour secourir la famille qu'elle avait abandonnée. Ce ne serait pas une simple formalité. Il fallait que je lui demande de se joindre à nous pour combattre l'être le plus puissant qui ait jamais existé.

Et je n'avais absolument aucune idée de ce que je pourrais dire à Perséphone pour la persuader de se joindre à nous.

Nous ne prîmes pas la peine de dire au revoir. Les autres avaient dû comprendre que James et Ava partaient avec moi, et aucun d'entre eux ne vint nous trouver tandis que nous bouclions les préparatifs. James et Ava — et ce serait également mon cas une fois que j'aurais appris comment faire — pouvaient créer tout ce dont nous avions besoin, et avec nos corps d'immortels la nourriture ne serait pas un problème une fois que nous serons dans l'Autre Monde. Malgré tout, James insista pour que nous emportions des vivres, ainsi que des vêtements de rechange et des chaussures de sport que je n'avais pas eu le temps d'étrenner. James et Ava étaient habitués à parcourir le monde avec leurs vêtements pour seuls bagages, mais moi, je n'avais jamais marché plus de quelques kilomètres de toute ma vie.

A la dernière minute, je glissai dans ma poche la fleur qu'Henry avait faite pour moi, celle avec les pétales de quartz rose et les perles. C'était tout ce que j'avais de lui.

Le plus dur fut de quitter Pogo. Je le serrai fort contre moi et enfouis mon nez dans son pelage pendant quelques instants. Lorsque je le reposai sur le lit, ses yeux implorants faillirent me briser le cœur.

— Ne t'en fais pas pour lui, dit Ava en m'entraînant hors de la chambre. Les autres s'en occuperont bien, et il sera toujours là à t'attendre quand nous reviendrons.

Sauf que je ne reviendrai peut-être jamais au palais. A part conclure un marché avec Calliope, nous ne pourrions rien faire de plus à nous trois que ce qui avait déjà été tenté par les autres, et j'étais sûre qu'elle ne capitulerait pas sans une contrepartie.

Je détournai mes yeux de Pogo, qui se mit à aboyer quand la porte se referma. Je pris une grande inspiration et ravalai mes larmes. Il irait bien, et Henry serait là pour prendre soin de lui si je ne revenais pas. Au moins aurait-il quelque chose pour lui rappeler mon existence.

Cette idée était si terrifiante que je la repoussai immédiatement. Je n'allais pas mourir. Je ne le voulais pas, et James et Ava ne le permettraient pas. Il devait bien y avoir une solution ; nous aurions le temps de la trouver.

Nous descendîmes le chemin qui nous emmenait loin du palais, entre les colonnes de roche noire, et pas une fois je ne regardais derrière moi. La caverne était gigantesque, et lorsque nous en atteignîmes la paroi, ma jambe me faisait déjà si mal que j'avais l'impression d'être transpercée par des couteaux à chacun de mes pas.

— Et maintenant ? demandai-je.

Il n'y avait nulle part où aller, et autant que je sache, pas de cavité ou de tunnel cachés dans les parages.

— Tu te souviens de ton arrivée ici ? dit James en me prenant la main.

Sa paume épousa parfaitement la mienne, et je jetai un coup d'œil à Ava pour voir si elle l'avait remarqué ; mais elle était trop occupée à considérer le mur de la caverne.

Je n'eus pas le temps de m'inquiéter de ce qui

allait suivre. Sans prévenir, James marcha droit dans la roche, m'entraînant avec lui. Instinctivement, je fermai les yeux et me préparai à encaisser l'impact, m'attendant à ce que ma tête heurte douloureusement la paroi rocheuse. Mais tout ce que je ressentis fut une légère brise dans mes cheveux.

— Qu'est-ce que… ?

J'ouvris les yeux, et restai un instant muette de stupeur. Nous nous trouvions dans un jardin luxuriant. Les arbres étaient aussi hauts que le ciel d'un bleu radieux, et les fleurs exotiques qui nous entouraient se tournaient vers nous à notre passage.

— Bienvenue dans l'Autre Monde, déclama James. Ou du moins, dans la partie où résident les âmes. Viens.

Il m'emmena sur un chemin de terre. Ava nous emboîta le pas, étrangement silencieuse étant donné les merveilles qui nous entouraient. Pour ma part, j'étais incapable de dissimuler mon émerveillement. Ces fleurs géantes, et ces arbres, c'était comme si nous venions de débarquer dans un conte de fées. Ou dans le fameux terrier du lapin dans *Alice au pays des Merveilles*.

— Où sommes-nous ? demandai-je. C'est partout comme ça dans l'Autre Monde ?

— Non, répondit James. Regarde.

Entre les arbres, il me désigna une jeune fille qui se balançait d'avant en arrière sur une corde en lianes ; ses longs cheveux ondulaient avec le mouvement, et sa peau était dorée par le soleil.

Dans la caverne d'où nous venions, il n'y avait pas de soleil, seulement du cristal.

— Qui est-ce ? chuchotai-je. Est-ce Perséphone ?

Ava eut un petit rire, ce qui m'agaça prodigieusement.

— Si seulement c'était aussi facile, dit James d'un ton légèrement amusé. Seuls les six frères et sœurs et la reine d'Henry peuvent se déplacer en un clin d'œil, ici. Mais comme tu ne sais pas encore le faire, nous avons une bonne petite marche devant nous. Cette uniquement grâce à cette fille que nous voyons tout ce qui nous entoure en ce moment même. Henry t'a déjà emmenée dans les profondeurs de l'Autre Monde, pas vrai ?

J'acquiesçai. Il l'avait fait pour me réconforter, pour me montrer que ma mère irait bien après que le cancer l'avait emportée. A cette époque, je ne savais pas encore qu'elle était immortelle, et cela m'avait beaucoup aidée.

— Central Park, dis-je. Voilà à quoi ça ressemblait, pour moi. C'est là que ma mère et moi avions l'habitude de passer nos après-midi d'été.

— Comme c'est mignon, dit Ava en passant son bras autour du mien. Moi, je suis sûre que ce sera Paris. Je pourrais y passer un millénaire sans jamais m'en lasser.

Nous nous tournâmes vers James pour avoir sa propre version du paradis, mais il se contenta de regarder la fille, au loin.

— C'est son Eden à elle. L'Autre Monde s'adapte en fonction de l'âme mortelle la plus proche. Où qu'elle aille, c'est ce qu'elle verra, mais dès que nous nous approcherons de quelqu'un d'autre, le décor changera.

Je la regardai se balancer, le visage tourné vers le soleil, sourire aux lèvres. Elle semblait heureuse. Le genre de bonheur que j'aurais aimé pouvoir éprouver.

— Est-elle seule ? Sont-ils tous seuls ?

D'un geste, James nous invita à le suivre.

— Henry ne t'a pas… ?

Il s'interrompit et afficha une expression étrange, mais je m'abstins de répliquer. Non, Henry ne m'avait pas expliqué.

— En fait, ça dépend. Certaines personnes retrouvent ceux qu'elles aiment, d'autres non. Les choses ne sont pas strictement définies. Après la mort, chaque individu a le genre de vie qu'il s'attend à avoir, ou du moins, ce qu'il pense mériter.

Ah, d'accord. C'était probablement en cas de discordances qu'Henry ou moi devions intervenir.

— Il m'a parlé de ça, dis-je. Mais certaines personnes passent-elles vraiment le reste de l'éternité dans la solitude ?

Ava serra un peu plus mon bras, et je lui rendis son étreinte. Cette hypothèse n'avait rien de paradisiaque à mes yeux.

— Mieux vaut ne pas trop se fier à ses attentes, expliqua James alors que nous contournions un énorme saule pleureur couleur de barbe à papa. Chacun est différent. Parfois, la religion joue un rôle important, et parfois non. Henry t'expliquera tout ça.

A condition qu'on rentre vivants.

Je savais ce qui arrivait aux mortels après la mort, mais si cela se produisait — s'il fallait faire don de ma vie à Calliope pour qu'elle accepte de soumettre Cronos avant qu'il ne s'échappe — que m'arriverait-il, maintenant que j'étais immortelle ? Je disparaîtrais, ça je le savais ; mais qu'est-ce que cela signifiait réellement ? J'avais toujours cru en une sorte de vie après la mort, même avant de rencontrer Henry et de découvrir la vérité. Cette conviction m'avait permis de ne pas perdre la tête pendant les années où j'avais veillé sur ma mère mourante, car je savais que je la reverrais quand mon tour viendrait. Désormais, je n'avais plus la même certitude.

J'étais tellement absorbée dans mes pensées que je ne remarquai pas que le ciel était redevenu noir. Il n'y avait plus de soleil. Les murs de la caverne avaient repris toute la place, sauf que cette fois la lumière ne provenait pas du cristal.

Nous étions sur les rives d'un lac de feu. Je reculai vivement sur le sable noir pour éviter les langues de feu qui essayaient de me lécher les pieds, tandis que James et Ava continuaient de marcher tranquillement. Apparemment, ce n'était qu'un léger désagrément pour eux.

C'est alors que j'entendis des cris.

Ils résonnèrent dans toute la caverne, emprunts de tant de souffrance que je la ressentis jusque dans mes os. Un homme hurlait dans une langue que je ne connaissais pas. Horrifiée, je plissai les yeux vers le feu.

L'homme était suspendu à des chaînes. La partie inférieure de son corps était plongée dans le lac, et son visage exprimait une souffrance indescriptible. Sa peau fondait sur ses os pour goutter dans les flammes, mais à peine avait-elle disparu que sa chair se reformait.

Cet homme était brûlé vif pour l'éternité, encore et encore. L'écho de ses cris résonnait dans la caverne et s'incrustait déjà dans ma mémoire. C'était atroce, trop atroce, jamais je ne pourrais les oublier. Je n'arrivais pas à en détourner mon regard, et j'éprouvai soudain un besoin impérieux de faire quelque chose pour lui.

— Nous devons l'aider, dis-je.

Ava me tira en arrière. J'essayai de me dégager pour échapper à son emprise, mais James se précipita vers moi pour prêter main-forte à Ava.

— Ah oui, et comment comptes-tu faire ça ? demanda-t-il. Tu vas t'avancer dans le lac et te faire rôtir ?

— Je ne peux pas mourir, répliquai-je en serrant les dents, sans cesser de me débattre. Vous l'avez oublié ?

— Ce n'est pas une raison pour subir une telle souffrance, répondit James. Tu ne la sentiras peut-être pas tout de suite, mais tu étais mortelle il y a seulement six mois, et ton corps ne l'a pas encore oublié. Tu ne ferais même pas trois mètres, sans parler d'un aller et retour. Quoi qu'il ait fait, il doit croire que c'est mérité.

Je restai bouche bée, frappée d'horreur.

— Il croit qu'il mérite de brûler en enfer pour l'éternité ? Qu'a-t-il pu faire de si horrible pour penser ça ?

— Je ne sais pas, dit James. Quand tu seras reine, tu pourras le savoir. Maintenant, allons-y. Nous n'avons pas une minute à perdre.

Tout le temps qu'il nous fallut pour contourner le lac, je fus incapable de détacher mon regard de l'homme. Même lorsque l'Autre Monde se transforma soudain en vertes prairies au milieu desquelles se nichait une jolie chaumière jaune, j'entendais encore ses cris déchirants résonner dans ma tête.

Au moins James avait-il confirmé ce que je soupçonnais. Mon corps était en cours de transformation, et il se rappelait encore son état de mortel. Le verre rebondissait sur ma peau, je pouvais tomber du haut d'un gratte-ciel et repartir sans une égratignure, mais je pouvais toujours ressentir la morsure du feu.

— Dans combien de temps ne ressentirai-je plus la douleur ? m'enquis-je d'une voix tremblante.

— Ça varie d'une personne à l'autre, répondit James. Peut-être quelques mois, peut-être quelques années. C'est ton esprit qui fait le boulot, pas ton corps.

— Mais la douleur va disparaître ?

— Au bout du compte, oui.

— Et le plaisir ?

Ava glissa sa main dans la mienne.

— Kate, si aucun d'entre nous ne pouvait ressentir de plaisir, crois-tu que nous ferions seulement la moitié de ce que nous faisons ?

Je lui adressai un petit sourire.

— Tant mieux.

Nous continuâmes notre route en silence, traversant différents endroits. Certains étaient aussi merveilleux et luxuriants que le premier jardin ; d'autres regorgeaient de souffrance et de torture. Ceux-là, je les traversais en courant, les yeux rivés au sol tout en essayant d'ignorer les lamentations des uns et des autres. Tous ces cris finirent par se mêler en un véritable chœur d'agonie, et plus je l'entendais, plus j'étais certaine qu'Henry et le Conseil s'étaient trompés à mon sujet. Je ne pourrais jamais y arriver. Je ne pourrais jamais condamner des gens à ce genre d'éternité, quels qu'aient pu être leurs crimes.

Je perdis la notion du temps au fil de notre marche. James paraissait savoir où il allait ; il ouvrait la marche et Ava ne me lâchait pas d'une semelle, sans doute craignait-elle que je me remette en tête de sauver quelque malheureux. Je perdis rapidement le compte du nombre de lieux que nous traversions — des dizaines ? Une centaine ? Il y en avait trop pour que je me rappelle de tous. J'avais mal aux pieds, et j'avais l'impression que l'os de ma jambe se cassait un peu plus à chacun de mes pas. Enfin, au beau milieu d'une forêt, James s'arrêta et posa son sac.

— Je crois que le moment est venu de se reposer un peu.

Il rassembla du bois pendant que je m'asseyais sur un tronc d'arbre. Epuisée, j'enfouis ma tête dans mes mains. Ava prit place à côté de moi et me frotta le dos.

— Je ne peux pas faire ça, murmurai-je. J'ignore ce qui a pu vous persuader du contraire, mais je ne peux pas.

— Faire quoi ? demanda Ava avec douceur.

— Prendre ces décisions, dis-je. Je ne peux… je suis incapable d'envoyer qui que ce soit dans ce genre d'éternité. Peu importe ce que ces gens ont fait. Personne ne mérite ça *ad vitam aeternam*.

Soudain, l'idée de me livrer à Calliope me parut l'issue la plus simple, et pas seulement pour les autres, mais surtout pour moi. Ainsi, au moins, je n'aurais pas à régner sur l'Autre Monde. J'étais prête à payer le prix de l'oubli si cela me permettait de ne jamais avoir le poids de ces milliards d'existences sur la conscience.

— Tu as entendu James, dit Ava. Tout cela n'arrive que si les gens pensent le mériter.

— Et si ce n'est pas exact ? S'ils en étaient convaincus uniquement parce que quelqu'un le leur a répété encore et encore ?

Elle ouvrit la bouche puis la referma, et il lui fallut quelques instants avant de pouvoir dire quelque chose.

— Je ne sais pas, reconnut-elle. Je suppose que c'est là que tu dois intervenir.

Je secouai la tête avec amertume.

— Personne ne *mérite* rien. Nous ne sommes pas là pour compter les points. Pourquoi tout le monde ne peut-il pas être heureux pour l'éternité, loin de la souffrance ?

— Je ne sais pas, murmura Ava. Je suis désolée, mais ce n'est pas mon rayon. Ni celui de James, d'ailleurs. C'est celui d'Henry. Et peut-être de Perséphone. Elle pourrait sûrement te le dire.

— Super, maugréai-je. Les deux personnes à pouvoir me renseigner sont soit retenue en otage, soit indifférente à ce genre de préoccupation. Je suis sûre que la dernière chose que Perséphone voudra faire lorsque nous l'aurons débusquée, c'est de me raconter par le menu le quotidien d'une reine de l'Autre Monde. Pas étonnant qu'elle ait abandonné son immortalité et pris ses jambes à son cou.

— Ne dis pas ça, dit soudain James derrière moi.

Je sursautai. Il était bien plus proche que je ne le pensais.

— Perséphone a connu l'enfer. Elle a bien mérité un peu de bonheur.

Encore ce mot. Je me fichais de ce que Perséphone méritait. Ce qui m'importait, c'était ce qu'elle avait fait, et pourquoi.

— C'est précisément pour cette raison que notre entreprise est sans aucun doute vouée à l'échec, déclarai-je. Que ferons-nous, si elle refuse de nous aider ?

— Perséphone est meilleure que tu ne le penses, dit James avec conviction. Henry t'a probablement farci la tête avec des histoires où c'est lui la victime, mais en réalité, ils l'étaient tous deux. Il était coincé avec une femme qui ne l'aimait pas, et elle était coincée avec un mari qu'elle n'aimait pas, et un travail qui la rendait malheureuse. Il n'y a pas là de quoi la détester.

Je tressaillis. La seule autre fois où j'avais vu James dans cet état, c'était lorsqu'il s'était opposé à Henry au sujet de mon séjour au manoir d'Eden, lorsque j'avais essayé de partir. Sa colère et sa désapprobation étaient telles qu'elles me donnaient envie de me faufiler sous mon arbre et de ne plus bouger.

— Je ne la déteste pas, répondis-je posément. Je déteste le fait qu'elle ait été pour Henry quelque chose que je ne serai jamais. Je déteste le fait qu'elle ait pu effectuer ce satané boulot sans avoir envie de se jeter elle-même dans un lac de feu. Et Henry n'a jamais eu le moindre mot contre elle.

Les lèvres pincées, James posa les morceaux de bois qu'il avait ramassés et commença à construire un petit tipi qui me rappela les édifices qu'il élaborait avec ses frites à la cantine du lycée, avant que je sache qu'il était un dieu. Avant que tout ça ne commence.

— Henry et elle ont passé des milliers d'années ensemble. Vous n'en avez même pas passé une. Laissez-vous du temps.

— Je ne vais pas te redire une fois de plus

qu'Henry t'aime, intervint Ava. Tu as le choix de me croire ou non, mais je ne te mentirais pas.

— Je sais, et je te crois, mais vous n'avez pas vu sa façon de se conduire avec moi.

Quel que soit le nombre d'années que nous avions devant nous, je savais que son amour pour moi n'égalerait jamais celui qu'il éprouvait pour Perséphone. Il ne pouvait pas aimer autant deux personnes. C'était tout simplement impossible.

James finit de disposer les branches. Je le vis se frotter les mains et les tendre devant lui comme pour essayer de se réchauffer. Quelques instants après, le bois crépita, et les branches s'enflammèrent gaiement.

— Il est comme ça avec tout le monde, mais ça ne veut pas dire qu'il s'en fiche.

Sauf que je n'étais pas tout le monde. J'étais censée être sa femme. Sa reine. Sa partenaire.

— Donc, je dois me faire à l'idée d'avoir un mari qui ne me touche jamais ?

— C'est à toi de voir, dit James en soutenant mon regard noir. Pas la peine de me regarder comme ça. Je t'avais prévenue qu'il n'allait pas se comporter de la façon que tu attendais. Tu ne peux pas lui en vouloir d'être lui-même.

— Alors je dois plutôt m'en vouloir de lui forcer la main, c'est ça ?

A peine ces mots étaient-ils sortis de ma bouche que je sus qu'ils étaient vrais. Je me sentis rougir de honte. Je détestais le désespoir qui m'emplissait et m'empêchait de garder la tête froide ; je détestais l'idée que je puisse me comporter de la sorte. Tout ce que je voulais, c'était savoir qu'il tenait à moi. Qu'il ne faisait pas tout cela par obligation. Certes, je ne voulais pas le forcer, mais il n'était pas tout seul dans cette histoire, et je ne savais plus quoi ressentir ? D'un autre côté, qui pourrait me le reprocher. N'étais-je pas en train de jouer mon avenir sur de simples hypothèses ?

Je touchai la fleur de quartz et de perles au fond de ma poche. Je me remémorai alors les choses qu'il m'avait dites avant la cérémonie — son insistance pour que je sois près de lui. Etait-ce suffisant ? Il le fallait, en tout cas. Car pour l'instant c'était tout ce dont je pouvais disposer.

— Oui, dit James, inconscient de l'impact que ce mot eut sur moi. C'est de ta faute. Tu as accepté la situation, pour le meilleur ou pour le pire, et tu dois lui accorder un peu plus qu'une journée. Je me rends compte de ce que tu vis, mais te morfondre là-dessus ne va rien résoudre. Reprends-toi, mets-toi dans le crâne qu'Henry t'aime vraiment, et avance. On a des choses plus importantes à faire.

James avait raison. Il fallait que je remette les choses à leur place. Nous devions d'abord faire notre devoir et régler le problème Calliope, puis je m'occuperais de la situation avec Henry — enfin, si je le revoyais un jour.

Alors que je me repassais en tête le souvenir de la cérémonie, de ces dernières minutes où je l'avais vu, je fermai les yeux et inspirai afin de recouvrer un peu de calme.

— J'ai hésité.

Il y eut un silence, puis Ava dit d'une petite voix :

— Quoi ?

— Pendant le couronnement, quand Henry m'a demandé mon consentement. J'ai hésité.

— J'avais remarqué, dit James.

J'ouvris les yeux, et le vis appuyé contre un arbre, les bras croisés, le visage soucieux. Bien sûr qu'il l'avait remarqué.

— Ça ne veut rien dire, pas la peine d'interpréter. Etant donné la situation, c'était tout à fait normal d'hésiter.

— James ! s'indigna Ava.

Il haussa les épaules avec désinvolture.

— C'est la vérité, tu le sais bien. On peut en effet se dire que Kate a seulement de la chance ; mais souviens-toi un peu de ce que tu as éprouvé quand tu as quitté l'humanité ? Ce n'est pas une transition facile.

— Ce que j'ai vécu à ce moment-là n'a rien à voir avec ce que je vis maintenant avec vous tous. Tout le monde m'aime, ici, dit Ava avec ardeur.

James eut un petit sourire narquois.

— C'est sûr, on est tous un peu amoureux de toi, dit-il. Mais c'est seulement parce qu'avec toi le sexe est génial. A part ça, tu es vraiment une emmerdeuse.

Ava leva le bras comme pour le gifler.

— Quoi ? Vous deux… ? m'étranglai-je, refoulant les images de James et Ava qui soudain envahissaient mon esprit.

James se concentra sur le feu, et Ava haussa les épaules.

— Eh bien ? je suis la déesse de…

— L'amour et du sexe. C'est bon, j'ai compris.

Le tour que prenait la conversation me contrariait beaucoup.

— Y a-t-il une personne avec qui tu n'aies pas couché ?

— Papa et Henry, répondit-elle.

C'était déjà mieux que rien.

— Même si papa n'est pas techniquement mon père, ça reste hors de question.

— Walter n'est pas ton père ? m'étonnai-je. Je l'ignorais.

— J'ai été adoptée, déclara-t-elle fièrement. C'est une longue histoire, mais ce que je veux dire, c'est qu'Henry t'aime vraiment, et que ça va s'arranger. Ce n'est que le début ; imagine comme les gens vont t'aimer dans un millier d'années, et combien tu vas les aimer aussi.

— Ou les détester.

La note de désarroi que j'entendis dans la voix de James me surprit. Ce n'était pas son genre.

— Ils forment quand même un joli couple, reprit Ava. L'amour avant le mariage, c'est bon pour les romans, tu sais. Tous nos mariages ont été arrangés, et nous avons tous dû faire avec. Personnellement, il m'a fallu des siècles pour tomber amoureuse de mon mari, mais on a fini par y parvenir, et ça valait le coup de patienter.

Les bras m'en tombèrent.

— Tu es *mariée* ?

— Et alors ? Toi aussi.

Certes. Mais Henry était le seul et l'unique pour moi, je n'avais pas connu d'autres garçons.

— Tu ne vas pas t'y mettre, dit Ava. Je sais ce que tu penses. Il faut reconnaître que tu es un peu jeune — papa m'a mariée quand j'avais une centaine d'années, soi-disant parce que je lui donnais mal à la tête — mais tu finiras par comprendre. La plupart des mortels ne vivent que jusqu'à soixante-dix ou quatre-vingts ans, maximum. Attends donc cinq cents ans de plus en restant mariée à la même personne, et tu me diras si ça ne te démange pas d'aller t'amuser avec quelqu'un d'autre, quels que soient tes sentiments pour Henry.

J'étais pratiquement sûre que tant qu'Henry me laisserait vivre à ses côtés, je n'aurais jamais envie de *m'amuser* avec quelqu'un d'autre ; mais je préférai ne pas le dire devant James. S'il devait un jour y avoir quelqu'un d'autre, notre été ensemble m'avait prouvé que ce pourrait facilement être lui. A moins que lui aussi ne soit marié. Et de la façon dont Ava et lui se comportaient…

— Qui est-ce ? demandai-je. Ton mari.

Je retins mon souffle pendant le quart de seconde précédant sa réponse. Pitié, n'importe qui, mais pas James.

— Nicholas, dit-elle comme si c'était l'évidence même.

Je poussai un profond soupir de soulagement.

De tous les membres du Conseil, Nicholas était le dernier auquel j'aurais songé.

— C'est fou, dis-je en refusant de regarder James.

J'aimais Henry. Quelles que soient les difficultés à venir, James n'était plus un choix potentiel. Peut-être l'avait-il été avant que je prête serment, mais…

… mais si Henry revoyait Perséphone et voulait qu'elle revienne ?

J'écartai immédiatement cette pensée.

— Je sais.

Le visage d'Ava s'illumina.

— C'est un mec bien, reprit-elle. En plus, il sait drôlement bien manier l'épée.

Je fus assaillie par des images d'Henry enlaçant Perséphone et je dus faire un immense effort pour rester concentrée sur Ava.

— Comment ?

— C'est un forgeron, dit-elle, les yeux emplis d'admiration. Il fabrique des armes. Tu peux lui demander n'importe laquelle, il te la fait. Et il fabrique aussi des choses pour moi, évidemment.

— Il a surtout le mérite de te supporter, ajouta James, assis sur une souche d'arbre de l'autre côté du feu. Et il est fidèle, lui.

Ava prit la mouche.

— Je te signale que je ne pourrais pas remplir mes fonctions si je restais uniquement avec lui. Et puis, tu ne t'en es pas vraiment plaint quand…

James lui fit les gros yeux, et elle s'interrompit net. Je n'avais aucune envie d'en savoir davantage. Nicholas devait beaucoup l'aimer, ou du moins était-il assez loyal pour ne pas la tromper, à la différence d'Ava. Peut-être avait-elle une bonne excuse, mais cela me fit penser fortement à Perséphone ; l'amertume m'envahit brusquement et me paralysa sur place. Pendant quelques secondes j'éprouvai un élan de haine à l'égard d'Ava. Elle n'avait pas le droit de faire subir ça à son mari, qu'il soit consentant ou non.

— Et toi, tu n'es pas marié au moins ? demandai-je à James.

Il secoua la tête négativement.

— Pas encore, pas officiellement. Il y a eu quelques mortelles, bien sûr, comme pour nous tous.

— Plus que quelques-unes, lâcha Ava.

— Mais alors, pourquoi vous marier si vous êtes incapables de rester fidèles ?

Ava eut un haussement d'épaules.

— Je crois que papa pensait que le mariage allait me calmer, mais ça n'a pas vraiment marché.

Elle fit une pause.

— Nicholas comprend très bien, tu sais. Il savait à quoi s'attendre dès le début, et ça lui est bien égal. Il sait qu'il est et qu'il restera toujours l'amour de ma vie.

— Nous nous marions pour les mêmes raisons que les mortels, intervint James. Pour créer une famille, un foyer, pour avoir ce sentiment de sécurité. Pour avoir un partenaire. Et dans le cas de Walter, Phillip et Henry, pour avoir une reine qui les aide à régner.

— Ça n'a pas été très concluant pour Henry, marmonnai-je.

James poussa un soupir.

— En effet, non.

Un coup de vent fit frémir les feuilles des arbres au-dessus de nous, et je me forçai à me détendre. Je ne pouvais rien changer au passé. En revanche, je pouvais contrôler mes actes, et je savais déjà que je ne ferais jamais rien pour blesser Henry. Même dans le pire des cas.

Malgré tout, j'éprouvais toujours un léger ressentiment, et je ne pus m'empêcher de demander à Ava :

— Si tu peux rester avec Nicholas, alors pourquoi Perséphone n'a-t-elle pas pu rester avec Henry ?

Elle ne répondit pas. Le feu crépitait, et j'entendis au loin le chant d'une femme, sans y prêter spécialement attention. Parmi tous les mortels que nous avions croisés, beaucoup chantaient. Si j'avais pu reconnaître certaines chansons, d'autres étaient si anciennes qu'elles avaient disparu à tout jamais, sauf pour les morts qui les chantaient.

— Perséphone est tombée amoureuse d'un mortel, annonça James après un long silence. Elle n'était pas différente de nous — je veux dire, elle n'avait pas non plus été fidèle à Henry avant d'avoir rencontré Adonis.

— Tu ne peux pas dire que vous êtes tous pareils. Nicholas est fidèle à Ava, lui, dis-je d'un ton cassant.

Ce n'était donc pas arrivé qu'une seule fois. Henry

avait dû supporter les écarts répétés de Perséphone — probablement même avec d'autres membres du Conseil. Et pourtant, il l'avait toujours aimée.

— Calliope non plus n'a pas trompé papa, dit Ava d'un ton rêveur.

Je faillis m'étouffer.

— Calliope et Walter ? Mais… il est si *vieux* !

— Elle est plus vieille que lui, précisa Ava en reniflant. Et puis, l'âge importe peu après le premier millénaire. Walter a l'air plus vieux uniquement parce qu'il le veut. Il pense que ça lui donne une allure distinguée.

Cela n'avait aucun sens. Non que Calliope soit plus vieille, mais le fait qu'elle soit mariée avec un autre tout en aimant Henry au point d'être prête à tuer pour l'avoir.

— Mais alors, pourquoi…

Je désignai d'un geste tout ce qui nous entourait.

— Pourquoi sommes-nous là ? Pourquoi faisons-nous tout cela si Calliope est mariée et fidèle à son mari ? Pourquoi ferait-elle tout ça pour avoir Henry si elle a déjà Walter ?

James et Ava échangèrent un regard que je ne compris pas. J'enfonçais mes ongles dans mon jean pour refouler la colère qui menaçait de m'envahir. Je commençais à en avoir assez d'être toujours tenue à l'écart de tout, de ne jamais rien savoir. J'avais des milliers et des milliers d'années de retard. Et le fait qu'ils me cachent encore une fois quelque chose ne faisait qu'augmenter ma frustration.

— Walter nous a tous engendrés, annonça finalement James au bout d'un long silence. Sauf les six membres originels du Conseil.

— Sauf moi, ajouta Ava. Il prenait différentes formes, et différents corps, si bien que cela n'a plus rien de choquant ou de dégoûtant. Mais ce sont tous les enfants de Walter.

— Et Calliope n'est la mère que de deux d'entre eux, poursuivit James. Nicholas et Dylan.

Ces révélations me laissèrent abasourdie. Si je ne savais pas exactement depuis combien de temps ils existaient tous, je savais en tout cas que c'était depuis beaucoup plus longtemps que je ne pouvais l'envisager. Et pendant tous ces longs siècles, Calliope avait regardé son mari aimer d'autres femmes, et elle avait dû accepter ses enfants illégitimes au sein sa propre famille. Comme ses égaux.

Pendant un terrible instant, je compris soudain pourquoi Calliope avait tant de haine en elle. Je ressentis sa colère, sa blessure, toute la peine qu'elle avait endurée, sa solitude et son désir d'être aimée. Elle avait vu Henry traverser la même épreuve avec sa femme, et avait dû le considérer comme une sorte d'âme sœur. Quelqu'un dont elle pensait qu'il la comprendrait et qu'il l'aimerait, sachant qu'elle ne lui causerait jamais ce genre de chagrin.

Au lieu de quoi, Henry l'avait rejetée, exacerbant un peu plus encore la solitude de Calliope.

Mais mon élan de compassion ne dura pas. L'attitude d'Henry avait été exemplaire. Il était resté loyal envers Perséphone en dépit de tout.

Non, Calliope n'avait aucune excuse, elle était bel et bien responsable de tous ses méfaits.

— Pas étonnant qu'elle ait craqué, maugréai-je. Si jamais Henry me faisait un truc pareil, je crois que je péterais les plombs, moi aussi.

— Ça n'excuse pas le meurtre, dit James. Et ça ne justifie pas de libérer Cronos. Même si Walter est un salaud adultère, cela ne justifiait pas un tel déferlement de haine et de violence.

Et c'était à nous de subir les conséquences de la folie de Calliope, tout comme Henry avait failli mourir à cause de Perséphone. Pourtant, ça ne me semblait toujours pas cohérent.

— Pourquoi Perséphone a-t-elle renoncé à son immortalité alors qu'elle avait la possibilité de faire ce qu'elle voulait ? Elle avait le même contrat que moi avec Henry, n'est-ce pas ? Six mois de l'année, je suis sa femme et je l'aide à gouverner, et les six autres, je peux faire ce que je veux ?

Ava me tendit une pomme jaune surgie de je ne sais où. Je l'attrapai, mais n'y croquai pas.

— Ce n'était pas comme ça au début, dit-elle en jetant un regard en coin à James, qui était soudain perdu dans la contemplation de la forêt. Henry le lui a proposé quand il a réalisé à quel point elle était malheureuse. Aucun d'entre nous ne supporte de rester en permanence dans l'Autre Monde, à part lui.

— La plupart des membres du Conseil ne viennent pas dans l'Autre Monde, dit James. Nos capacités y sont réduites, et…

Soudain, un énorme craquement retentit au-dessus de moi. Surprise, je levai les yeux pour voir ce qu'il se passait, mais Ava me poussa brusquement du tronc où j'étais assise pour me précipiter par terre, à quelques centimètres du bivouac de James. J'écartai vivement ma main des flammes pendant qu'un choc assourdissant se faisait de nouveau ressentir et que l'air s'emplissait de poussière.

Je me redressai en titubant, prise d'une quinte de toux et tentai de regarder autour de moi. A l'endroit même où j'étais assise quelques secondes auparavant, il n'y avait plus que des éclats de bois.

— Ava ? m'enquis-je en suffoquant dans le nuage de poussière. James ?

Je plissai les yeux pour essayer d'y voir quelque chose. Mais avant que les particules ne retombent suffisamment pour que je puisse distinguer quoi que ce soit, deux mains m'attrapèrent par les épaules et me tirèrent en arrière.

— Viens, dit James d'une voix rauque en m'éloignant de l'arbre. On doit partir d'ici.

— Mais Ava…

— Je suis là, dit la voix d'Ava à moins d'un mètre sur ma gauche. Partons.

James m'entraîna derrière lui, et je trébuchai sur des rochers et des racines que je ne pouvais voir. Un nouveau craquement retentit alors dans la forêt. Je fonçai droit devant en me couvrant la tête dans un geste de protection dérisoire. Le deuxième arbre tomba à quelques centimètres de James et moi, nous manquant de peu.

— Mais qu'est-ce qu'il se passe ?

Ma jambe me faisait plus souffrir que jamais ; je pris sur moi pour suivre le rythme imposé par James. L'atmosphère s'éclaircit à mesure que nous nous éloignions, et je vis James tenir ses deux mains au-dessus de sa tête, comme s'il essayait de repousser quelque chose.

— C'est Cronos, dit-il alors qu'un troisième arbre s'effondrait. Il nous a trouvés.

7

L'oasis

De tous les dangers susceptibles de nous tomber dessus au cours de ce voyage dans l'Autre Monde, l'éventualité que Cronos puisse tenter de nous arrêter ne m'avait pas effleuré l'esprit.

J'avais essayé de me faire à l'idée que Perséphone refuse de nous suivre. J'avais pensé à ce que nous pourrions faire si nous ne trouvions pas la grotte. Et même si, au fond de moi, j'étais persuadée qu'il n'y aurait pas d'autre option, je m'étais creusé les méninges pour trouver une autre solution que mon sacrifice pur et simple.

Mais jamais je n'avais imaginé que Calliope découvre que nous étions en route, et qu'elle envoie Cronos à nos trousses.

Quelle idiote !

Il ne restait rien d'autre à faire que de courir, et c'est ce que nous fîmes. La main de James accrochée à la mienne, nous fonçâmes entre les arbres, Ava sur nos talons. A eux deux, ils semblaient avoir assez de pouvoir pour maintenir Cronos à une distance suffisante.

Tout autour de nous cependant, les arbres

continuaient de s'écraser. Plus d'une fois, James me poussa sur le côté une fraction de seconde seulement avant que je ne me fasse écraser par un chêne ou un érable nimbé du même brouillard que celui qui m'avait ouvert la jambe dans la salle du couronnement.

Je ne savais pas depuis combien nous courions, mais j'avais déjà les poumons en feu. Les arbres nous offraient un abri relatif. Pourtant, chaque fois que je me retournais, Cronos semblait gagner du terrain.

Nous étions perdus ! Nous ne pourrions pas courir éternellement, et j'étais sûre que James et Ava ne pourraient le retenir jusqu'à ce que nous trouvions Perséphone. Et quand bien même nous la trouverions, de quelle aide pourrait-elle être en face d'un Titan ?

Autour de nous, la forêt céda bientôt la place à un désert, et nos maigres chances d'en réchapper se réduirent encore un peu plus. Nous ne pouvions pas continuer à courir, James et Ava ne pouvaient pas continuer à se battre, et il était clair que Cronos ne voulait qu'une seule chose.

Moi.

Les arbres ne tombaient pas sur James ou sur Ava ; ils s'abattaient sur moi. Le premier avait atterri pile à l'endroit où j'étais assise quelques instants auparavant. Et avant qu'Henry et ses frères ne se lancent à la poursuite de Cronos, le brouillard avait percé leurs défenses pour me prendre comme cible.

Courir dans le sable était extrêmement pénible.

Un soleil de plomb nous écrasait. J'étais déjà à bout de forces. Si ma jambe me lâchait, si je trébuchais, Cronos allait me tuer sur place. Il ne me restait qu'une seule solution : le prendre par surprise, faire quelque chose auquel il ne s'attendait pas.

Sans plus réfléchir, je m'arrêtai et dégageai brusquement ma main de celle de James. Sous le choc, celui-ci fut déséquilibré et tomba sur les genoux. J'en profitai pour m'enfuir en courant.

— Cronos ! hurlai-je en me dressant sur le flanc d'une dune à une dizaine de mètres de l'endroit où James était tombé.

Ava vint l'aider à se relever, et tous deux me regardèrent comme si j'avais perdu la tête.

Peut-être était-ce le cas. Peut-être étais-je sur le point de mourir. Seulement, si je ne le faisais pas, nous allions tous mourir, alors il fallait tenter le coup. Le brouillard se rassembla et s'épaissit. Je plissai les yeux sous le soleil, et il me sembla y distinguer les traits d'un visage, mais la chaleur qui émanait du sable déformait trop ma vision pour que je puisse en être certaine.

— Tu sais qui je suis, m'écriai-je en essayant d'avoir l'air sûre de moi, alors même que je crevais de peur. Et je sais qui tu es, alors cessons cette poursuite. Tu ne peux pas me tuer. Ni moi, ni aucun d'entre nous.

C'était un mensonge éhonté, mais Cronos sembla considérer la question. Le même étrange grondement que j'avais entendu lors de ma vision résonna alors dans le désert, et je pris soudain conscience que nous nous trouvions dans une immense caverne et non sous un ciel ouvert. Au-dessus de notre tête, il y avait une paroi rocheuse.

— Tu as besoin de nous.

Mes mots étaient si proches de ceux prononcés par Calliope que je les regrettais aussitôt, mais je devais tout tenter pour empêcher Cronos de tous nous tuer. Calliope voulait ma peau, et il avait besoin d'elle pour lui ouvrir la grille. Sauf que…

Elle ne savait pas comment faire pour ouvrir cette fameuse grille.

Je me sentis soudain beaucoup plus assurée.

— Calliope ne sait pas comment ouvrir la grille. Moi, oui.

Cronos avait-il la capacité de débusquer les mensonges, comme Henry ? Le brouillard s'approcha de moi jusqu'à ne plus se trouver qu'à un cheveu de distance. Il ne me frappa pas, mais m'enveloppa tant et si bien que je ne sentais plus la chaleur du soleil.

Un étourdissement me saisit ; je rassemblai mes forces pour m'ancrer fermement dans le sol. Le moindre contact me vaudrait à coup sûr une douleur cuisante, et je ne pouvais pas me le permettre, pas alors que nous avions encore tant de chemin à parcourir avant de rejoindre Perséphone. Je devais tenir bon et aller au bout de ma quête. C'était ma dernière chance. Et la dernière chance du Conseil.

— Si tu nous laisses partir, moi et mes amis, nous viendrons à toi, dis-je en mobilisant tout le courage qu'il me restait. Quand tout sera fini, j'ouvrirai les portes et tu seras libre.

Silence. Pas de grondement, pas de rire. Rien. Le brouillard frôla mes cheveux, et je fermai les yeux. J'avais à peine assez d'espace pour respirer.

— Si tu me tues maintenant, la seule personne qui pourra encore te libérer sera Henry, repris-je d'une voix vacillante. Sauf qu'il préférerait mourir que de le faire. Je sais que Calliope veut ma peau, mais elle se sert de toi. Je possède ce qu'elle désire, et puisqu'elle ne peut me tuer elle-même, elle te charge de le faire à sa place en échange d'une promesse qu'elle est incapable de tenir. Elle ignore totalement comment ouvrir cette grille. Elle ne le peut pas, puisqu'elle ne dirige pas l'Autre Monde. Une fois que je serai morte, elle te laissera enfermé dans cette cage, et les autres dieux te soumettront de nouveau. Laisse-nous vivre, moi et ma famille, et je jure que je te libérerai dès que j'aurai retrouvé Henry.

Je marquai une pause pour reprendre mon souffle.

— Je suis ta seule chance, et tu le sais.

Complètement enveloppée dans le brouillard, je ne voyais plus que l'image d'Henry entravé et blessé dans cette grotte, sous le rire insupportable de Calliope. Ma mère était très certainement prisonnière elle aussi, à l'heure actuelle. Si mon stratagème ne fonctionnait pas, j'allais tout perdre.

— Je sais ce que c'est d'être seul, murmurai-je. Pas… aussi longtemps que toi, bien sûr, mais je sais ce que c'est de perdre tout ce qu'on aime. Et la façon dont les dieux s'en sont pris à toi n'est pas juste. Tu as toujours été bon avec eux. Tu leur as donné tout ce dont ils pouvaient rêver, et en retour, ils t'ont emprisonné pour l'éternité. Ce n'est pas juste. Tu as le droit d'être libre.

Je fus effrayée par la facilité avec laquelle je prononçai ces mots, comme si j'y croyais réellement. Une part de moi y croyait-elle secrètement ? Cronos ne méritait pas la liberté ; mais d'une certaine manière, je comprenais ce qu'il avait traversé. J'avais eu si peur de me retrouver seule que j'avais renoncé au reste de mon existence pour ne pas l'être.

— Laisse-moi t'aider.

Mon cœur s'accéléra tandis que le brouillard commençait à s'éclaircir.

— Je t'en prie. Je le veux. Et peut-être… peut-être que nous pourrons nous aider l'un l'autre.

Toute la chaleur du désert s'évapora pour être remplacée par un froid glaçant. Je frémis. Mon mouvement fut infime, mais suffisant : le brouillard entra en contact avec ma peau. Froid, soyeux, et bien plus solide que je ne m'y attendais. Un peu comme des plumes, ou de la neige.

Il ne me fit pas mal.

Comme il l'avait fait avec Calliope, il caressa ma joue ; et dans ce simple contact, je sentis un pouvoir défiant l'imagination. Ça n'avait rien à voir avec la force qu'Henry et ses frères avaient utilisée pour repousser Cronos. Celle-ci était incommensurable, comme si l'univers entier était compressé dans cette unique volute de brume. Je compris enfin pourquoi ils avaient tous si peur de lui.

Son contact dura une demi-seconde, et il se volatilisa avant que j'aie le temps d'ouvrir les yeux. Déboussolée, je tentai de comprendre ce qui venait de se passer. Je sentais de nouveau les rayons du soleil mais ma peau était froide comme de la glace. Je tombai à genoux, m'éraflant les paumes sur le sable brut, mais cela n'avait aucune importance.

Il m'avait épargnée.

James et Ava accoururent. Ava se jeta par terre à mon côté, faisant voler du sable partout, et James se pencha, les mains en l'air, comme s'il craignait que je ne me désintègre au moindre contact.

— Tu es vivante ? fit Ava avec des yeux incrédules.

Elle me prit la main et la serra comme si c'était la seule chose qui me retenait encore dans ce monde. Ce qui était peut-être vrai.

— Que s'est-il passé ? demanda James d'une voix dévorée d'anxiété.

Tremblante, je me redressai pour m'asseoir sur mes talons, mais je ne pus le regarder. Ni lui, ni Ava. J'avais menti à Cronos, ce qui signifiait que je nous avais tous condamnés à une mort certaine. Je n'avais pas la moindre idée de la façon d'ouvrir les grilles, et si je leur avouais la vérité…

Non, nous n'en arriverions pas là, me dis-je avec détermination — ou du moins, avec toute la résolution dont j'étais capable, vu l'état de choc dans lequel je me trouvais. J'avais gagné du temps. Tout pouvait arriver d'ici à ce que nous atteignions les fameuses grilles, si nous y parvenions un jour. Pour l'heure nous avions la possibilité de poursuivre notre plan.

— De l'eau, dis-je, la bouche aussi sèche que le désert qui nous entourait.

Mes lèvres étaient gercées, et mes muscles protestaient vivement au moindre de mes mouvements, mais j'étais vivante.

Je tremblais comme si j'avais été privée de chaleur pendant des années. Ava et James m'aidèrent à me relever et à avancer vers une petite oasis dans le lointain. Elle ressemblait tellement à une carte postale que j'aurais cru à un mirage si James ne m'avait pas expliqué que dans l'Autre Monde nous traversions les paysages idéaux des âmes les plus proches.

Nous parcourûmes la distance qui nous en séparait plus vite que je ne l'aurais imaginé. Etait-ce parce que je savais maintenant que je n'en sortirai pas vivante que le temps semblait s'accélérer ? Je n'avais qu'un espoir maintenant : que les autres membres du Conseil puissent se sauver avant que Cronos ne se déchaîne.

Tandis qu'Ava et James m'aidaient à m'installer sous un palmier, je maudissais ma faiblesse. Ils étaient si forts comparés à moi. Ils avaient combattu Cronos sans se plaindre, et moi, je ne pouvais même pas lui parler sans me sentir exténuée.

— Dis-nous ce qui s'est passé, me demanda James.

Il brisa une noix de coco, répandant du lait partout sur sa chemise mais il ne parut même pas le remarquer. Il plongea alors l'une des moitiés dans l'eau et m'offrit la coque, que je pris en tremblant.

Je bus avec avidité. L'eau était délicieusement fraîche ; après une seconde lampée, je me redressai pour faire le point sur mon état. Ma jambe me lançait douloureusement et j'étais encore étourdie, mais Cronos ne m'avait pas blessée.

Alors que je fouillais dans ma poche en quête d'un élastique pour attacher mes cheveux, mes doigts trouvèrent quelque chose qui ressemblait à de la soie. Non, pas de la soie. Un pétale de fleur. Surprise, je sortis de ma poche un bouton de fleur jaune écrasé. Elle était petite, avec sept pétales pointus dont les extrémités semblaient avoir été trempées dans du violet, et elle commença à s'ouvrir lentement.

Je n'avais jamais rien vu de tel. Comment avait-elle atterri dans ma poche ? Cette fleur était vivante ; elle n'était pas morte ou écrasée comme je l'avais d'abord cru. En quelques secondes, elle s'était épanouie, et son cœur ressemblait à une goutte de nectar étincelante.

Peut-être venait-elle d'un des multiples paysages que nous avions traversés ? Pourtant, j'étais sûre d'avoir mis mes mains dans mes poches quand nous étions dans la forêt, avant que Cronos ne nous attaque, et elle ne s'y trouvait pas à ce moment-là.

C'était cependant la seule explication possible. A moins que je ne sois encore trop vaseuse pour pouvoir réfléchir correctement.

Je la remis discrètement en sécurité au fond de ma poche, avec la fleur de quartz d'Henry, et repoussai mes cheveux en arrière avant de dire d'une voix mal assurée :

— Vous… qu'est-ce que vous avez vu ?

— Nous avons vu Cronos te dévorer, répondit Ava en me tendant gentiment un élastique.

— Tu étais engloutie, dit James en hésitant. On a cru que c'était fini pour toi.

Je regardai les eaux claires à côté de moi. Mon reflet me contempla, et je me penchai pour m'asperger le visage d'eau. J'avais une tête épouvantable.

— Moi aussi, je l'ai cru, marmonnai-je en nettoyant la saleté qui me maculait les joues.

— Alors, pourquoi ne t'a-t-il pas tuée ? questionna Ava.

Elle tenait une noix de coco dans une main, et une seconde plus tard, une paille rose surgit des entrailles du fruit. Elle aspira, et je vis le lait monter dans le petit tube.

Je ne répondis pas immédiatement. Je devais leur dire la vérité, mais ils n'étaient pas idiots. Ils devineraient ce que je comptais faire, et si James et Ava comprenaient que j'envisageais de me sacrifier, ils me ramèneraient directement au palais.

Or, j'avais besoin de James pour trouver Perséphone, et il ne me révélerait le chemin que s'il était certain de pouvoir me ramener saine et sauve. Ce qui ne laissait donc qu'une seule option. Ne pas dire *toute* la vérité.

— Parce que je lui ai dit que j'ouvrirais la grille s'il ne nous faisait pas de mal, répondis-je enfin.

James se figea, et Ava laissa tomber sa noix de coco.

— Quoi ? couina-t-elle. Tu es folle ? Comprends-tu vraiment ce que ça veut dire ? Si tu ne le libères pas, il te tuera ! Tu le sais, n'est-ce pas ?

Je hochai la tête d'un air hébété.

— Je suppose qu'il est donc urgent de trouver un autre plan.

Ava se leva et lâcha un chapelet de jurons et se mit à faire les cent pas autour de la petite étendue d'eau.

— On ne peut pas le laisser sortir. Quand bien même il nous tuerait tous, ce sera toujours préférable à ce qu'il ferait à la minute même où il serait libéré. Tu t'en rends bien compte, Kate ?

— Evidemment, répliquai-je. Mais qu'est-ce que je pouvais faire d'autre ? Il allait nous tuer tous les trois, et les autres dieux sont trop occupés à sauver leur peau pour même songer à venir nous prêter main-forte.

— Tu aurais dû faire autre chose. N'importe quoi d'autre.

Ava était folle de rage. Son visage affichait une couleur rouge pivoine, et elle serrait compulsivement les poings. Je ne l'avais jamais vue dans une telle colère.

— Tu n'as pas l'air de comprendre. On ne peut pas le laisser sortir. On ne *peut* pas !

— Alors on ne le fera pas, intervint James.

D'un geste, il intima à Ava de se rasseoir. Elle resta debout un moment, comme pour le défier, puis finit par capituler.

— Tu as bien fait, Kate. Ça nous laisse un peu de temps devant nous.

James, au moins, comprenait.

— Je suis désolée, dis-je à Ava en relevant mes manches. Je ne savais pas quoi faire d'autre.

— C'est bon, maugréa-t-elle en reprenant sa noix de coco pour prendre une gorgée. De toute façon, on n'a pas de meilleur plan.

— Mais si, nous avons un meilleur plan, objecta James. Trouver Perséphone et aviser à ce moment-là. Si quelqu'un peut nous aider, c'est bien elle.

Ava fit la moue, apparemment aussi enchantée que moi par l'idée que le destin de l'univers repose entre les mains de Perséphone.

— Au moins, nous n'avons plus à nous inquiéter de Cronos jusqu'à ce qu'on trouve Perséphone et qu'on tente de sauver Henry et ses frères, dit-elle de bonne grâce.

— Exactement. Et nous ne savons pas non plus comment ouvrir ces grilles, alors peu importe ce que Kate lui a promis pour nous en débarrasser. On va trouver une solution.

James nous adressa un sourire. Ava le lui rendit, mais je me contentai de fixer le sol.

Cronos devenait plus fort à chaque minute, et

personne, pas même Henry ou Walter, n'avait la moindre chance de gagner face à une telle puissance. Je ne pouvais l'avouer à James et Ava, mais je savais que je n'aurais d'autre choix que d'ouvrir les portes, sinon il massacrerait tous ceux que j'aimais.

D'ici là, il ne me restait plus qu'à convaincre Perséphone de m'expliquer comment faire pour ouvrir les grilles. Et surtout, à prier pour qu'une fois libéré Cronos se tienne tranquille et n'en profite pas pour anéantir l'univers. Mais cela, c'était encore un autre problème et, au point où nous en étions, le mieux c'était de traiter chaque chose en son temps.

Quelques heures après notre départ de l'oasis, je trouvai une deuxième fleur, rose bonbon tachée de bleu, qui m'attendait sur un tronc d'arbre où je m'apprêtais à me reposer. Je ne la vis pas toute de suite ; ce n'est qu'en m'asseyant que mes doigts effleurèrent les doux pétales.

Ça ne pouvait pas être une coïncidence. Mais qui donc pouvait me laisser ces cadeaux ? Henry ? Je m'accrochai à cet espoir, bien qu'il soit très improbable. Il y avait peu de chance que ce soit lui.

Mes yeux rencontrèrent ceux de James. Je devais avoir l'air maussade car il s'inquiéta.

— Qu'est-ce qu'il y a ? demanda-t-il en s'appuyant contre un arbre.

Je brandis la fleur, et vis ses sourcils se relever.

— Jolie. Où l'as-tu trouvée ?

— Elle était là, à m'attendre.

Il haussa les épaules avec indifférence. Non, ce n'était pas lui. Sa désinvolture était éloquente.

Henry, alors. Cette idée me réchauffa le cœur. Il avait dû pouvoir me voir depuis la caverne où il était retenu prisonnier, ou peut-être avait-il compris ce que nous étions en train de faire. Peut-être essayait-il ainsi de me dire qu'il était heureux que nous venions à son secours. Même s'il ignorait quels étaient mes véritables plans.

Après nous être reposés un peu nous reprîmes la route, guettant sans cesse un signe de la présence de Cronos derrière nous. A chaque arrêt, une nouvelle fleur m'attendait, et je la rangeais soigneusement dans ma poche avec les autres, blotties contre la fleur-bijou d'Henry.

Notre randonnée me parut interminable, même si elle ne prit probablement pas plus d'une semaine. Ma jambe me faisait mal à chaque pas, mais je finis par m'habituer à la douleur et la reléguai au second plan. Je remarquai également que mon corps n'était plus aussi fatigué et que nous avions moins besoin de nous arrêter pour me permettre de récupérer. J'en profitais pour m'imprégner de la beauté et de l'horreur de l'Autre Monde.

— C'est vraiment le plus court chemin ? demandai-je alors que nous laissions un nouveau spectacle cauchemardesque derrière nous.

Cette fois, ç'avait été un enfant brûlé vif sous les yeux impuissants de sa mère, enchaînée au sol.

— Je le crains, répondit James en crapahutant

sur un chemin escarpé. Dommage que tout ça ne soit pas arrivé après ton couronnement. Tu nous y aurais emmenés en quelques secondes.

— Merci de me le rappeler, grommelai-je en ramassant une branche cassée pour m'en faire un bâton de marche.

— C'est toi qui as posé la question, répliqua James.

Après ça, je ne lui adressai plus la parole du reste de la journée.

Maintenant que le danger d'une attaque de Cronos était écarté, je passais le plus clair de mon temps à essayer d'imaginer comment convaincre Perséphone non seulement de nous aider, mais aussi de me dire comment ouvrir les grilles sans qu'Ava et James ne l'apprennent. Ça ne me plaisait guère, mais je ne pouvais ignorer cette option. Je pensais aussi à la façon dont Cronos m'avait caressé la joue dans le désert ; s'il était vraiment prêt à m'aider en échange de sa libération, peut-être pourrait-il aussi nous aider à neutraliser Calliope ? Et alors, les six membres originels pourraient de nouveau le capturer. Tout cela était très improbable, tout comme l'était l'ensemble de ce plan ; mais c'était tout de même mieux que rien.

Plus nous nous rapprochions de Perséphone, plus je me sentais anxieuse. J'avais pensé à des tonnes d'arguments pour la convaincre et pour lui faire comprendre l'urgence de la situation, mais il n'était nullement garanti que tout cela suffise.

En essayant à tout prix de la persuader, je courais aussi le risque de la faire fuir.

Afin de calmer mon angoisse, je me laissais bercer par les voix de James et Ava. Lorsqu'ils ne discutaient pas de mon marché avec Cronos, leur conversation se concentrait essentiellement sur ce que les autres étaient en train de faire. Dylan avait-il réussi à tous les convaincre de ne rien faire ? Et si non, que préparaient-ils ?

Ava croyait dur comme fer qu'il n'y était pas parvenu ; James n'en était pas si sûr, et leur échange devenait alors de plus en plus vif, jusqu'à ce que je n'en puisse plus de les entendre.

Enfin, alors qu'il semblait que cette marche et ces disputes n'en finiraient jamais, James souleva soudain la main, et Ava se tut. Je me figeai pendant que James scrutait les arbres autour de nous.

— Qu'est-ce qu'il y a ? chuchotai-je à Ava.

James nous fit signe de le rejoindre, et j'avançai à pas de loup entre les racines. Il se tenait à l'orée d'une clairière pleine de fleurs sauvages. En regardant autour de moi, je vis alors une petite chaumière dont la cheminée fumait paisiblement. La maisonnette de bois était couverte de fleurs grimpantes, ce qui donnait presque l'impression qu'elle poussait du sol.

— C'est joli, dis-je avec lassitude, mais nous devons continuer…

James me couvrit la bouche de sa main pour me faire taire. La porte de la chaumière s'ouvrit, et une jeune fille blonde aux cheveux bouclés, un peu plus âgée que moi, en sortit. Elle était petite, et malgré le soleil qui inondait les prairies alentour, sa peau était blanche comme l'albâtre.

A côté de moi, James esquissa un sourire, et Ava émit un petit grognement de dégoût assez inattendu. La fille s'agenouilla dans le jardin, non loin de la porte de la chaumière, et commença à arracher des mauvaises herbes en fredonnant gaiement. Il y avait quelque chose d'étrangement familier dans sa façon de bouger. Et lorsqu'un garçon beau à tomber par terre franchit le seuil pour la rejoindre, je compris soudain.

— Est-ce… ? murmurai-je.

James me lança un regard lourd de sens, et mon souffle se coinça dans ma gorge.

Perséphone.

8

Perséphone

Elle était exactement comme l'image que j'avais vue d'elle quelques mois auparavant, sauf que ses cheveux étaient couleur de blé et non blond vénitien. Nous n'étions pas suffisamment près pour que je distingue ses taches de rousseur, mais j'étais certaine qu'elle en avait. Le souvenir qu'Henry avait d'elle était parfaitement fidèle.

Bien entendu. Qu'est-ce que je croyais ?

— Bon, et maintenant ?

Je pris une profonde inspiration pour apaiser les battements frénétiques de mon cœur. J'étais toujours oppressée, et j'avais du mal à respirer.

— On reste plantés là à la regarder, ou on va dire bonjour ?

James ne répondit pas. Il regardait Perséphone, les yeux ronds comme des soucoupes ; à mon avis, il était aussi choqué que moi. Je lui tapotai l'épaule, mais il me repoussa, et plutôt brutalement d'ailleurs.

— Qu'est-ce qui se passe ? demandai-je à Ava.

Elle aussi avait les yeux braqués droit devant elle, avec la même expression que lorsqu'elle regardait Dylan. Ou Xander. Ou Théo.

— J'avais presque oublié à quel point Adonis était beau, dit-elle. On aurait dû l'intégrer à notre groupe.

Ce n'est certainement pas moi qui m'y serais opposée si on m'avait demandé mon avis ; mais James laissa échapper un étrange son, presque un grondement.

— C'est ça, pour avoir un autre blond narcissique dans les pattes ? Non, merci.

Ava ouvrit la bouche pour répliquer, mais je décidai de couper court à cette conversation ridicule.

— Vous êtes tous narcissiques. Bon alors, on y va, oui ou non ?

L'air vexé, James baissa les yeux, mais ni lui ni Ava ne firent le moindre mouvement en direction de la chaumière. Je poussai un soupir exaspéré, et m'avançai dans la prairie en prenant soin de ne pas écraser les fleurs. Inutile de provoquer la colère de Perséphone avant même de lui avoir adressé la parole.

Elle dut m'apercevoir, car elle se releva et vint se poster devant l'homme — Adonis, apparemment — dans un réflexe protecteur. Cela pouvait se comprendre. On aurait dit une star de cinéma, avec des cheveux lui tombant aux épaules et un ventre parfaitement plat et musclé qui aurait humilié Henry. Sa présence rendait difficile de se concentrer sur Perséphone, et ma gorge se serra alors que j'essayais de trouver ce que j'allais dire. Je redoutai de m'humilier devant un homme aussi beau que lui. Une coquetterie que je me reprochai aussitôt. Je n'étais tout de même pas attiré par lui, non ? Si Perséphone était ne serait-ce qu'à moitié aussi superficielle qu'Ava, je comprenais maintenant pourquoi elle avait quitté Henry.

Je touchai du bout des doigts les fleurs dans ma poche. Ce n'était pas le moment de me mettre à penser comme Ava ou Perséphone.

— Qui es-tu ? demanda-t-elle.

L'agressivité de sa voix me ramena immédiatement sur terre — mais que pouvait-elle faire d'autre ? M'attaquer avec une mauvaise herbe ? Elle n'était plus une déesse, je n'avais rien à craindre d'elle.

— Je m'appelle Kate, répondis-je en levant les mains en l'air, sans cesser d'avancer. Kate Winters.

Son expression ne s'adoucit pas. Si notre mère était venue la voir, cela devait faire plus de vingt ans, ou alors elle n'avait jamais dit à Perséphone que j'étais née et qu'elle avait une sœur. Ce qui me semblait logique. Ma mère ne m'avait jamais dit, à moi non plus, que je n'étais pas fille unique.

Derrière moi, j'entendais les pas de James et Ava. Même si Perséphone n'avait aucune idée de qui j'étais, à la stupéfaction qui se lisait maintenant sur son visage, il était évident qu'elle se souvenait d'eux.

— Hermès ? dit-elle, stupéfaite.

Ses yeux se plissèrent ensuite, et elle ajouta d'un ton toujours désagréable :

— Et Aphrodite. Comme j'ai de la chance. Que se passe-t-il ?

James vint se poster à côté de moi et posa sa

main sur mon épaule. Ava resta derrière nous, sur la défensive. Ce que je pouvais comprendre car il était évident que, quelle que soit la nature de l'animosité entre ces deux-là, Perséphone ne l'avait pas oubliée, non plus.

— Perséphone, dit James avec un bref hochement de tête. Ça faisait longtemps.

— Pas assez longtemps, dit-elle en prenant la main d'Adonis pour la serrer fortement. Qu'est-ce que vous voulez ?

Oh ! pas grand-chose. Juste qu'elle quitte sa merveilleuse existence de mortelle et son mec de rêve pour nous aider à neutraliser l'être le plus puissant de l'univers. Qu'elle nous aide aussi à le libérer, éventuellement, si ça ne la dérangeait pas trop. J'ouvris la bouche pour parler, mais James me devança.

— Cronos s'est réveillé.

Perséphone blêmit.

— Comment ?

— A cause de Calliope, dit James. C'est une longue histoire. Nous avons besoin de ton aide.

Perséphone nous observa attentivement ; son regard s'attarda particulièrement sur moi.

— Comment pourrais-je vous aider ? Je ne suis plus une déesse.

James soupira.

— Pouvons-nous entrer ?

Elle se crispa. Je ressentis une pointe d'envie en voyant Adonis la serrer dans ses bras protecteurs. Quel effet cela faisait-il de se sentir ainsi protégée ?

Non, j'avais Henry. Certes, les choses n'allaient pas très bien en ce moment, mais il était mon mari. Je l'aimais. C'était le seul capable d'illuminer mon cœur rien qu'en entrant dans une pièce. Je n'avais nul besoin d'Adonis.

Enfin, je devais bien admettre qu'il me faisait très, très envie.

— D'accord, dit-il en effleurant le cou de Perséphone. De toute façon, personne ne peut plus me faire de mal.

Je ne savais pas si c'était vrai, si Cronos pouvait s'en prendre aux morts, mais cela importait peu. Tant que Cronos respecterait les termes de notre contrat, nous ne le reverrions que lorsque nous serions prêts.

— Qui est-ce ? demanda Perséphone avec un signe de tête vers moi.

James me jeta un regard qui m'ordonnait clairement de me tenir tranquille, mais je me lançai sans lui laisser le temps de parler.

— Henry était sur le point de disparaître à cause de toi, dis-je d'un ton plus incisif que je ne le voulais. Il ne pouvait plus gouverner l'Autre Monde seul, alors je l'ai épousé.

Perséphone me regarda comme si elle pouvait lire dans mes pensées. C'était énervant, mais je gardai la tête haute et la fixai en retour, refusant de céder à son petit jeu.

Après un long moment, elle se tourna vers la porte de la chaumière et, d'un signe de tête un peu raide, nous invita à la suivre. Nous lui emboîtâmes le pas, Ava avec réticence, pendant que James me décochait un autre regard furieux que j'ignorais une fois de plus royalement.

L'intérieur de la chaumière était plus chaleureux que je ne m'y attendais. Une centaine de fleurs différentes étaient suspendues au plafond, classées par espèces et par couleurs, me donnant instantanément l'impression d'être chez moi. Les parfums délicats atténuaient la tension qui planait dans l'atmosphère. Ma mère composait de magnifiques bouquets pour toutes les occasions à New York, des hommes d'affaires étaient prêts à payer des sommes exorbitantes pour avoir l'une de ses compositions. Malheureusement, elle était tombée malade avant que je sois assez grande pour m'y intéresser davantage, et après sa seconde chimiothérapie, elle avait dû vendre son affaire. Apparemment, elle avait au moins transmis ses connaissances à Perséphone.

D'un geste, Perséphone nous invita à nous asseoir sur les chaises autour de la table, mais James fut le seul à accepter son offre. Je restai debout près de lui, de façon à tourner le dos à Adonis, et Ava demeura près de la porte.

— Depuis combien de temps gouvernes-tu l'Autre Monde ? me demanda Perséphone.

Elle se tenait au milieu de la pièce et me fixait, les lèvres pincées. Toujours rien de très encourageant, mais au moins nous avait-elle laissés entrer.

— Je ne gouverne pas, répondis-je. Henry et moi nous sommes mariés il y a six mois. Je suis partie pendant l'été, et Cronos a lancé son attaque le jour de mon retour. Nous n'avons pas eu le temps de finir la cérémonie.

Perséphone émit un léger son guttural et plissa les yeux.

— Pourquoi l'appelles-tu Henry ?

Je battis des paupières, désarçonnée. C'était bien la dernière question à laquelle je m'attendais.

— Pour la même raison que tu l'appelles Hadès, je suppose. Parce que c'est comme ça qu'il m'a demandé de l'appeler.

— Les noms grecs ne sont plus d'actualité, dit James. Et Zeus a décidé qu'il valait mieux faire profil bas après la chute de Rome, nous avons donc dû nous adapter. Je m'appelle James, dorénavant. Aphrodite s'appelle Ava. Héra, elle, a absolument tenu à conserver un nom grec ; elle a choisi Calliope, en hommage à sa muse préférée. Ça dénote un peu moins que les nôtres.

Perséphone resta silencieuse. Adonis vint de nouveau se poster à côté d'elle et glissa un bras autour de sa taille. Je ne pouvais pas me permettre de détourner le regard sans paraître impolie, et serrai les dents en essayant de contenir une remarque déplacée.

— Apparemment, le monde a continué d'avancer sans moi, dit-elle enfin avec un petit air dédaigneux.

— Ça ne devrait pas te surprendre, répondit James.

Il étendit ses jambes et enleva ses bottes. Perséphone fronça le nez, mais ne fit aucun commentaire.

— Ça fait un millier d'années, reprit James. Tu ne le reconnaîtrais pas si tu revenais là-haut.

L'espace d'un instant, je crus voir l'ombre d'un regret traverser son visage, et mon ventre se serra désagréablement. Avait-elle constaté qu'elle n'aimait pas Adonis autant qu'elle le croyait ? Ava avait-elle raison de douter de la loyauté de Perséphone ? S'était-elle lassée d'Adonis comme elle s'était lassée d'Henry au point de vouloir passer à autre chose ? Je ne voyais pas trop comment, à moins qu'Adonis soit aussi sot que séduisant. *Incroyablement* séduisant, mais tout de même.

Je n'eus guère le temps d'y songer. Perséphone se tourna alors vers moi et me fixa de son regard bleu et glaçant.

— Et donc, il t'a choisie parmi des millions de personnes dans le monde…

— Des milliards, rectifia James. Du temps a passé.

Perséphone fit la moue.

— C'est pareil. Pourquoi toi ?

J'aurais préféré éviter ce sujet le plus longtemps possible, mais il était normal qu'elle pose des questions, et si je me montrais honnête avec elle, il y avait une chance qu'elle accepte de nous aider. En outre, si jamais elle s'ennuyait vraiment avec Adonis, peut-être sauterait-elle sur l'occasion de changer un peu d'air. Dans tous les cas, lui mentir ou lui dissimuler des informations ne risquait pas de servir ma cause.

— Je n'étais pas la première, dis-je. Onze filles

ont été mises à l'épreuve avant moi durant le dernier siècle. Calliope les a tuées avant qu'elles aient l'occasion de réussir, et…

— Héra ne ferait jamais ça, trancha Perséphone. Peut-être Zeus, mais…

— Elle aime Henry, repris-je. Après ton départ, elle pensait avoir ses chances avec lui, mais il n'a pas voulu d'elle. Alors elle a éliminé toute la concurrence.

Perséphone arbora un petit rictus.

— Et *toi*, tu as survécu. Tu dois être quelqu'un de spécial. Je suis sûre qu'Henry est fou de toi.

Je ne savais pas si c'était la façon dont elle prononça son nom ou le sarcasme évident dans sa voix, mais ce fut la goutte d'eau. Je n'en pouvais plus. Je n'allais pas passer toute ma journée à parler à quelqu'un qui ne m'écoutait pas. Je ne comprendrais jamais pourquoi Henry l'avait tant aimée, et si elle ne me témoignait pas un minimum de courtoisie, je n'allais pas non plus prendre de gants avec elle.

— Il est seulement avec moi parce que je suis ta sœur, lançai-je alors. Diane — Déméter — est ma mère. Elle a décidé de m'avoir dans une ultime tentative pour sauver Henry, parce qu'elle se sentait affreusement coupable de ce que tu lui as fait, et qu'elle ne voulait pas être responsable de sa disparition. Il m'a épousée parce qu'il ne pouvait pas t'avoir, j'étais son second choix. Merci de me le rappeler.

Les mots étaient sortis tout seuls, je ne pouvais plus les retirer. Mais c'était la vérité. Il n'aurait servi à rien de tourner autour du pot et de faire comme si elle n'était pour rien dans ma naissance.

J'étais née pour devenir une nouvelle Perséphone, pour incarner celle qu'elle s'était refusée à être. Mais maintenant que je me tenais devant elle, je savais que je ne pourrais jamais lui ressembler. Elle était belle et gracieuse à faire pâlir les fleurs ; et en même temps, elle était prête à faire souffrir ceux qui l'aimaient au nom de son seul bien-être.

Je n'étais pas Perséphone, et pour la première fois depuis un an, j'eu la nette impression que c'était une bonne chose. Moi, je pouvais trouver Adonis séduisant sans tout plaquer pour suivre mon seul désir.

Un silence pesant emplit la chaumière. Perséphone me fixa d'un regard brûlant et indéchiffrable, qui était tout sauf bienveillant. Elle n'avait même pas besoin de me dire de partir. Je tournai les talons et pris la porte.

Dehors, le vent s'était levé et soufflait sur la prairie. Je pris une profonde inspiration, et une odeur de freesias m'envahit ; mais j'étais trop mal pour m'en soucier. La colère évinçait toute la compassion que j'avais pu éprouver pour Perséphone, et je me fichais bien qu'elle soit ma sœur. J'avais toujours vécu comme une fille unique, et je n'avais nul besoin que cela change maintenant.

Derrière moi, j'entendis la porte s'ouvrir et des pas me rattraper, mais je continuai d'avancer.

— Kate, m'interpella Ava. Kate, arrête-toi !

Je me trouvais à mi-distance des arbres quand

elle me saisit le bras. Je fis volte-face, prête à lui hurler dessus, mais les mots restèrent coincés dans ma gorge.

— Tu sais que ce n'est pas vrai, dit-elle doucement. Henry ne t'a pas épousée parce que tu étais la sœur de Perséphone.

Je tentai de nouveau de parler, mais seul un pauvre sanglot étranglé sortit de ma bouche pendant que mes joues brûlaient d'humiliation. J'avais à peine passé cinq minutes avec Perséphone, et elle m'avait déjà mise dans cet état.

— C'est… c'est uniquement à cause d'elle que j'ai pu prétendre au titre de reine, bredouillai-je. L'amour n'a jamais fait partie du contrat. Tout ce que je devais faire pour l'épouser, c'est réussir les épreuves, et… et c'est tout ce que j'ai fait.

Ava me prit dans ses bras. J'enfouis mon visage au creux de son épaule en luttant pour refouler mes larmes. Seulement, maintenant que les barrières étaient rompues, je ne pouvais plus m'arrêter. Toutes les tensions que j'avais accumulées depuis mon arrivée dans l'Autre Monde se déversaient, vague après vague, noyant dans les larmes le peu de dignité qu'il me restait.

Je n'avais pas signé pour ça. Je ne voulais pas me retrouver nez à nez avec ma sœur et toutes les vérités douloureuses qui allaient avec. Même face au cancer, j'avais été heureuse à New York avec ma mère, alors que j'ignorais être son deuxième enfant, la doublure d'une fille qui n'avait pas été parfaite. Désormais, je savais à quel point tous ses espoirs, toutes ses attentes avaient reposé — et reposaient encore — lourdement sur moi, et ma détermination craquait.

Je ne voulais pas d'un mariage imposé ou arrangé. J'aimais Henry. Certes, ce n'était pas le genre d'amour infini et éternel que décrivaient les poètes et chantaient les musiciens, mais il me rendait plus forte, plus heureuse, et je savais qu'il m'avait sauvée — à plus d'un titre. Quand il était avec moi, tout semblait être à sa place. Réel. Je savais aussi que nous pourrions aller plus loin s'il m'en donnait la chance. Au lieu de quoi, il se contentait de me garder auprès de lui, comme un trophée inutile, et moi je me rendais malade en imaginant que je n'étais pas assez bien pour lui. En sachant que je n'étais pas Perséphone.

Vue sous cet angle, la situation n'était guère brillante.

Soudain, quelqu'un se racla la gorge derrière nous. Je levai la tête, et reconnus le visage de James à travers mes larmes.

— Tout va bien ? demanda-t-il mal à l'aise et avec l'air d'avoir envie d'être ailleurs.

Je ne pouvais guère lui en vouloir. Moi non plus, je n'avais pas envie d'être là.

Je secouai la tête, en reniflant.

— Désolée. Mais… je ne peux pas continuer, pas si ça doit se passer comme ça. C'est déjà assez dur d'avoir à lui demander de l'aide. Je ne peux pas supporter son attitude hautaine, par-dessus le marché.

— Tu n'es pas un cadeau non plus, dit la voix de Perséphone derrière James.

Je me raidis. Aussitôt Ava vint se poster entre nous, on aurait dit un chat en colère.

James fit un geste de la main, comme s'il craignait qu'elles ne se jettent l'une sur l'autre pour s'arracher les cheveux.

— Ça suffit, vous deux. Vous trois, même. Personne parmi nous n'a envie de faire ce qu'il est en train de faire, mais nos envies importent peu. Ce qui importe, c'est de neutraliser Cronos et Calliope.

Je fixai les fleurs à mes pieds. J'en avais écrasé une par mégarde, avec mon talon, et je levai précautionneusement le pied, comme si un geste doux pouvait la ramener à la vie. Une immense déception m'envahit lorsque je pris conscience que ce n'était pas une fleur d'Henry. Il pouvait donc être partout avec moi, mais pas ici. Pas avec Perséphone.

Perséphone contourna Ava et James et vint se planter devant moi.

— Je suis désolée, dit-elle d'une voix qui porta dans toute la prairie. Pas pour ce que j'ai dit, mais pour ce que tu vis en ce moment. James me l'a expliqué.

Bien entendu. Ma poitrine se serra tandis qu'une nouvelle vague de sanglots montait en moi. Je serrai les dents pour essayer de la contenir.

— C'est bon. Ce n'est pas de ta faute, enfin, pas complètement.

Ava vint à mon côté et me prit la main. C'était un geste de réconfort, mais il me fit me sentir encore plus sotte. Pourquoi est-ce que je me comportais toujours comme si j'avais encore douze ans ? Cronos pouvait tous nous tuer, et j'étais en train de piquer ma crise pour un truc auquel personne ne pouvait rien.

— Je suis sûre que mère ne voulait pas non plus que les choses tournent de cette façon et que tu souffres, ajouta Perséphone. Tout ce qu'elle a fait en arrangeant mon mariage avec Hadès était uniquement pour mon bien. Ce n'est pas sa faute si ça n'a pas marché.

Non, en effet. Mais plutôt mourir que de lui dire que j'étais d'accord avec elle.

James avait raison lui aussi. Se disputer ainsi et laisser la jalousie entraver notre chemin n'allait rien arranger à l'affaire. Mes sentiments envers Perséphone importaient peu, pas plus que les siens envers moi. Ce qui importait, c'était de s'occuper de Cronos et de secourir les autres dieux.

Je rassemblai toute la volonté qu'il me restait pour ravaler ma fierté.

— S'il te plaît, nous avons besoin de ton aide, dis-je. Je sais que tout ça n'est plus ton problème depuis longtemps, mais maman, Henry, Walter et tous les autres, tous les six originels, ont été capturés par Calliope et Cronos. Elle essaie de trouver le moyen d'ouvrir la grille qui retient Cronos, et…

— Et quoi ? fit Perséphone.

Une petite satisfaction m'envahit en voyant le

sang se retirer de son visage. Qu'elle fasse encore partie du Conseil ou non, leur sort paraissait tout de même la préoccuper.

— En quoi serais-je susceptible de vous aider ?

— Tu sais où se trouve la grille, dit James.

Soudain, Perséphone tendit un bras en arrière, et Adonis apparut instantanément, comme surgi de nulle part.

— Vous voulez que je vous emmène là-bas ? s'exclama-t-elle, incrédule. Mais, il y a une raison pour que tu ne puisses pas la trouver, James. Il y a une raison pour que personne d'autre qu'Hadès et moi ne sache où elle se trouve. Je n'étais même pas censée le savoir ; il me l'a juste dit au cas où il lui arriverait quelque chose.

— Eh bien, justement, il lui *est* arrivé quelque chose, ajoutai-je. Et si nous n'y arrivons pas au plus vite, Cronos risque de se lasser et il les tuera tous, ou pis encore.

Perséphone secoua la tête, et Adonis l'enlaça de nouveau en enfouissant son visage dans ses cheveux.

— Vous avez fait tout ce chemin pour me demander de vous aider dans votre suicide collectif ? dit-elle. C'est de la folie. Vous ne faites pas le poids contre Cronos. Il vous tuera.

James et moi échangeâmes un regard, et il me fit un petit signe de tête.

— Nous l'avons déjà affronté, annonçai-je. Je crois… je crois qu'il nous laissera tranquilles, du moins jusqu'à ce que nous arrivions à la caverne.

— Jusqu'à ce que nous arrivions à la caverne ? répéta Perséphone, un soupçon de panique dans la voix. Qu'est-ce que tu veux dire par là ?

— Il est suffisamment réveillé pour se glisser partiellement hors de sa prison, et il peut attaquer depuis l'intérieur du Tartare, dit James. Il a attaqué le palais avant que Kate ne soit couronnée, et c'est à ce moment-là qu'Henry et ses frères sont partis à ses trousses.

— Il nous a suivis pendant que nous venions ici, ajoutai-je. Mais j'ai conclu un marché avec lui, et je ne pense pas qu'il nous attaquera.

Elle plissa les yeux, mais à mon soulagement, elle ne demanda pas de précision sur ce marché.

— Vous voulez dire que vous êtes venus jusqu'ici sachant qu'un Titan fou de rage pouvait vous suivre... et vous me le dites seulement maintenant ? Vous l'avez amené droit sur nous ?

— Il ne nous a pas attaqués depuis que Kate a conclu ce pacte avec lui, dit James. Vous êtes en sécurité.

Perséphone s'extirpa des bras d'Adonis et commença à faire les cent pas.

— Vous l'avez fait exprès, n'est-ce pas ? Si je viens avec vous, il pourrait me détruire. Et si je ne viens pas, il sait maintenant où me trouver, et comme il sait aussi que je suis la seule avec Henry qui connaisse le chemin jusqu'au Tartare, il peut très bien décider de se débarrasser de moi !

— Pourquoi Cronos ferait-il ça ? rétorquai-je, de nouveau excédée.

La situation était trop grave pour qu'elle se comporte comme si elle était seule dans l'univers.

— Il veut ouvrir la grille, et Calliope ne sait pas comment faire. Il n'a aucune chance sans nous. Tant que tu seras avec nous, tu ne risqueras rien.

Perséphone se renfrogna et leva les yeux vers Adonis, qui restait muet. Il lui adressa un hochement de tête d'encouragement, et sa grimace s'accentua.

— Tu peux jurer qu'il n'a aucune raison de s'en prendre à nous ?

— Kate dit la vérité, intervint James. Si Cronos ne voulait pas que nous soyons là, il nous aurait déjà tués depuis longtemps.

Perséphone sembla réfléchir, puis se dirigea à grands pas vers la chaumière.

— Très bien, lança-t-elle, Adonis sur ses talons. Mais je vous jure que, s'il m'arrive quoi que ce soit, à moi ou à Adonis, je…

Nous n'eûmes pas l'occasion d'apprendre ce qu'elle nous ferait. Elle claqua la porte derrière elle, à quelques centimètres du nez d'Adonis, qui d'ailleurs ne protesta pas. Pas étonnant que Perséphone aime tant vivre ici avec lui. Ce type était d'un stoïcisme hors du commun.

— Alors, quoi ? Elle s'attend peut-être à ce qu'on retourne la chercher, maintenant ? s'énerva Ava. Parce que, si c'est le cas, on trouvera cette grotte nous-mêmes. Je n'ai pas l'habitude de ramper devant qui que ce soit, et surtout pas devant elle.

— Elle a dit qu'elle allait venir, tempéra James. Un peu de patience.

Effectivement, quelques minutes plus tard, Perséphone sortit en trombe de la chaumière. Elle s'arrêta le temps de donner un profond baiser à Adonis, et je me détournai pour leur laisser un peu d'intimité. J'aurais terriblement aimé pouvoir embrasser Henry de cette manière, ou, mieux encore, que lui m'embrasse comme ça, avec une telle conviction. Mais plus nous nous rapprochions de Cronos, plus mes chances que cela se produise un jour s'amenuisaient.

— Allons-y, dit Perséphone en s'élançant dans la prairie, un sac de toile en bandoulière sur son épaule. La route est longue, mais je connais un raccourci.

James l'invita d'un geste à ouvrir la marche. Ava suivait en boudant, personne ne parlait, et je me pris à espérer qu'il en demeure ainsi jusqu'à ce que nous atteignions les grilles.

Il ne nous fallu pas plus d'un quart d'heure pour que les disputes commencent.

Au début, il s'agissait d'un échange parfaitement anodin. James, qui semblait étrangement renfermé, mais désireux de rester poli, demanda à Perséphone comment les choses allaient entre elle et Adonis. Perséphone sembla d'abord prendre la chose avec le sourire.

— Très bien, dit-elle. Nous sommes bien ensemble. On aurait pu croire que les choses deviendraient monotones au bout de tout ce temps, mais je suppose que c'est dû à la beauté de cet endroit. Tout y est si *épanoui*, et nous ne nous sommes pas encore lassés l'un de l'autre.

Ava émit un petit ricanement discret.

— C'est un miracle, marmonna-t-elle dans sa barbe.

Je lui donnai un petit coup pour la rappeler à l'ordre.

— Si tu as quelque chose à dire, ne te gêne pas, lui lança Perséphone. On sait tous que tu es jalouse depuis qu'Adonis m'a choisie, moi, et non toi, mais…

Ava lâcha un petit rire étranglé.

— Qu'il t'ait choisie toi plutôt que moi ?

Elle secoua la tête, comme si elle n'en croyait pas ses oreilles.

— Je te rappelle que c'est papa qui m'a *demandé* de te le laisser.

Je poussai un soupir. C'était le même scénario que ce qui s'était produit au manoir d'Eden, sauf que cette fois Ava avait convoité le petit ami de Perséphone et non le frère d'Ella. Ce qui ne changerait rien au résultat : des heures et des heures de dispute, et moi coincée au milieu. Mais au moins, aujourd'hui James était là pour me venir en aide.

Elles se querellèrent pendant une bonne heure à ce sujet, et je finis par lâcher Ava pour me réfugier auprès de James. Il ne put mettre un terme à leur échange d'amabilités et autres noms d'oiseaux, mais le poids de son bras sur mes épaules m'aida à me rappeler qu'il y avait des choses plus importantes que de savoir quelle déesse Adonis avait le plus aimée.

— C'est pour ça que tu aurais préféré qu'Ava ne vienne pas ? demandai-je tout bas.

James acquiesça.

— Tu aurais dû voir ça quand Perséphone est venue demander au Conseil la permission de devenir mortelle pour lui, murmura-t-il. Un vrai carnage. Ava a refusé de donner son consentement à Perséphone malgré l'accord de tous les autres, et au bout du compte, Walter est passé outre son avis. Il ne l'avait jamais fait auparavant, et il ne l'a jamais refait depuis.

Même Calliope, en dépit de toute sa haine contre moi, avait accepté de m'accorder l'immortalité. Je pressai ma tête contre son épaule pour ne plus entendre leurs chamailleries. Cela marcha pendant un petit moment, mais très vite, la voix aiguë d'Ava me ramena rapidement dans le tumulte.

— Qu'est-ce que tu en penses, James ? dit-elle d'un air narquois. Qui est meilleure au lit, Perséphone ou moi ?

Quoi ? Non mais, elles étaient vraiment incroyables ! Consternée, je m'écartai de James. Il devint écarlate, fourra ses mains dans ses poches, et…

La douleur explosa dans ma tête, m'arrachant un cri avant que je ne m'effondre sur le sol. La forêt devint floue, et puis ce fut le noir total…

Malgré ma panique, je savais cette fois à quoi m'attendre. J'étais toujours consciente, et lorsque j'ouvris les yeux, je ne fus pas surprise de découvrir que je ne me trouvais plus dans l'Eden de Perséphone. A la place, j'étais de retour dans la caverne de Cronos, et Calliope était debout devant moi, me regardant encore sans me voir.

— Je la tuerai, grinça-t-elle. Je découperai son corps en lambeaux, et je te forcerai à regarder.

Je me retournai pour voir à qui elle s'adressait. Et lorsque je vis deux yeux couleur de lune me regarder en retour, mon sang se glaça dans mes veines.

Henry avait repris connaissance.

9

Pieds et poings liés

Une entaille lui parcourait la joue, et du sang avait coulé sur le col de sa chemise noire. Mais Henry était vivant. Derrière lui, ma mère et Sofia étaient enchaînées à Walter et à Phillip, tous inconscients. J'avançai prudemment près d'Henry, craignant qu'il puisse sentir ma présence. Ses mains étaient entravées dans son dos. Il tentait de s'en débarrasser, mais les chaînons de métal étaient nimbés de cet invincible brouillard.

— Tu as une dernière chance, dit Calliope en se rapprochant de lui.

Il ne broncha pas.

— Dis-moi comment ouvrir la grille, ou la prochaine fois que tu verras Kate, ce sera en pièces détachées.

Henry lutta encore contre ses chaînes, mais son expression ne changea pas. Dans un rictus, Calliope se retourna alors vivement vers le brouillard qui serpentait autour de la grille.

— Je veux que tu la trouves et que tu la tues, déclama-t-elle d'une voix ferme et haut perchée.

Il s'agissait indéniablement d'un ordre. Mais un

rire pervers résonna alors dans la caverne, faisant vaciller la ferveur de Calliope. Apparemment, Cronos n'appréciait pas de se faire commander.

Je jetai un regard à Henry, et distinguai l'ombre d'un sourire sur ses lèvres. Savait-il que j'étais là, ou était-ce juste parce qu'il savait combien il était dérisoire de donner des ordres à un Titan ?

— J'ai dit : va la chercher ! aboya-t-elle.

Cronos n'esquissa pas le moindre mouvement. Le brouillard se contentait de s'enrouler autour des barreaux de la grille. D'ailleurs, à quoi servaient-ils ces barreaux puisqu'il avait la possibilité de sortir ? Peut-être ne pouvait-il pas s'échapper en entier ; quoi qu'il en soit, il avait déjà prouvé que le brouillard suffisait à provoquer des dégâts auxquels le Conseil ne pouvait pas faire face.

Le visage tordu par la colère, Calliope se retourna vers Henry, et elle parvint même à m'arracher un sourire à moi aussi. Elle avait l'air d'une enfant gâtée qui n'avait pas obtenu satisfaction malgré ses cris et ses caprices.

— Puisque c'est comme ça, je le ferai moi-même, dit-elle en reniflant.

Le sourire d'Henry s'évanouit.

— Ils sont en route, maintenant, et quand elle sera là, je t'assure que tu seras assez éveillé pour voir ce que je lui ferai. Tu ne voudrais pas louper ça ?

D'un geste de la main, elle envoya Henry voler vers l'ouverture de la grotte où les autres étaient enchaînés. Il percuta violemment le mur, provoquant un éboulis de cailloux qui lui retombèrent dessus, et sa tête bascula en avant.

Je me ruai vers lui et essayai en vain d'écarter ses cheveux pour voir si ses yeux étaient toujours ouverts ; mais je n'étais qu'un fantôme. Calliope ne le tuerait pas de toute façon. Elle ne pouvait pas se le permettre. Il fallait qu'il soit vivant pour me regarder mourir, et elle ne se refuserait pas ce plaisir de le voir souffrir ainsi. Et de me voir souffrir…

De nouveau, ce fut le noir complet, et quand je revins à moi, trois paires d'yeux étaient braquées sur mon visage. Ava et James commençaient à en avoir l'habitude, mais bizarrement, Perséphone ne paraissait pas surprise du tout. Peut-être lui avaient-ils parlé de mes visions lorsque j'avais quitté la chaumière.

— Qu'est-ce que tu as vu ? demanda Ava avec précipitation.

Je me redressai sur mes coudes et me frottai la tête.

— Calliope essaie de faire dire à Henry comment ouvrir la grille. Sans succès, ajoutai-je devant les yeux effarés d'Ava. Il n'a pas dit un mot. Elle s'est énervée et l'a assommé.

— Bien, commenta Perséphone. Il ne lui dira pas. Il ne prendra pas ce risque.

— Ils sont tous là-bas, tous les cinq, continuai-je. Tous inconscients. Calliope a ordonné à Cronos de me retrouver, mais il a refusé.

Perséphone me lança un regard dubitatif, mais James et Ava avaient l'air de me croire sur parole.

— C'est tout ? demanda James. As-tu vu autre chose ?

— Ils savent que nous sommes en route, ajoutai-je d'un ton lugubre.

La nouvelle n'eut l'air de réjouir personne, mais ils ne firent pas de commentaire. Il n'était pas étonnant que Calliope soit au courant, puisque Cronos nous avait poursuivis ; et d'ailleurs, cela n'avait pas d'importance pour le moment. Certes, nous avions perdu l'effet de surprise, mais au moins avions-nous le temps de penser à une stratégie avant d'arriver là-bas.

James m'offrit sa main pour m'aider à me relever. La forêt tourna autour de moi, et je dus me tenir à lui pour garder mon équilibre.

— Ce serait bien que j'arrive à contrôler ces visions, marmonnai-je. Ça nous faciliterait pas mal de choses.

— Tu le peux, dit Perséphone.

Elle se tenait appuyée contre un arbre, prenant la pose, comme si elle était entourée de tas de gens.

— Etant donné que tu étais mortelle avant, cela te prendra probablement beaucoup plus de temps pour te faire la main, mais tu finiras par y arriver.

Je retins ma langue. Inutile de lui fournir une raison de plus de retourner vers Adonis et de nous laisser en plan.

— Si tu sais comment faire, pourquoi ne me le dis-tu pas ? dis-je, les dents serrées. Ça nous serait utile, à tous.

Perséphone examina ses ongles.

— Je vais y réfléchir.

James soupira.

— Perséphone, s'il te plaît.

Ils échangèrent un regard pesant. Si Perséphone savait vraiment comment contrôler ce genre de pouvoir, seul l'égoïsme pouvait expliquer qu'elle ne le partage pas. Je possédais maintenant ses capacités, celles qu'elle avait abandonnées en même temps que sa famille, sa mère et tout ce qu'elle aimait, pour les beaux yeux d'Adonis. Je savais pourquoi elle ne m'aimait pas, mais cela ne lui donnait pas le droit de compromettre notre sécurité.

Enfin, Perséphone se décolla de son arbre et se remit en route, sans même se soucier de savoir si nous la suivions ou pas.

— D'accord, claironna-t-elle d'une voix chantante qui me tapa sur les nerfs. Je lui apprendrai quand Ava reconnaîtra que je suis plus belle qu'elle.

Bouche bée, Ava se précipita derrière elle.

— Espèce de petite…

Ignorant les deux furies, James me proposa de prendre son bras, mais je déclinai l'offre. La déception assombrit son visage, mais il n'insista pas et se contenta de marcher à côté de moi, assez près pour pouvoir m'aider si je souffrais encore d'un vertige. Son attitude protectrice me touchait, pourtant, je gardai les yeux rivés au sol pendant le reste de la journée. Il avait couché avec Perséphone, lui aussi, et aucune vision ne pourrait me faire oublier ça.

Même sans le vouloir, Perséphone contaminait

toutes les facettes de mon existence et toutes les personnes que j'aimais. Telle une petite sœur à qui l'on ne donnait que des choses usées, tout ce que j'avais était comme imprégné de son odeur, et rien de ce que je pourrais faire ne suffirait pour m'en débarrasser.

Il y avait tout de même un avantage à la présence de Perséphone : notre environnement ne changeait pas. Nous n'avions donc plus à endurer de spectacles de torture. Lorsque je vis soudain les lueurs vives d'une fête foraine dans le lointain, je crus donc que nous l'avions perdue ; mais elle était toujours là, marchant quelques mètres devant moi.

Une gigantesque grande roue se dressait au-dessus de nos têtes, et l'odeur du pop-corn flotta dans l'air tandis que nous étions en train d'installer notre campement dans une clairière. Cette fois, c'est James et moi qui partîmes ramasser du bois, laissant Ava et Perséphone continuer à se quereller. Il aurait été plus simple de le laisser créer de quoi allumer le feu, mais j'avais besoin de m'éloigner d'elles, et visiblement, lui aussi. Je trouvai une autre fleur aux couleurs vives dans un bosquet, et souris légèrement en inhalant son parfum de barbe à papa avant de la placer dans ma poche. Henry était toujours vivant ; quelle que soit l'intensité de la colère de Calliope, elle ne le tuerait pas.

Après avoir ramassé une brassée de bois, je m'approchai de la bannière suspendue au-dessus de l'entrée de la foire, hésitant à y pénétrer. J'avais un peu honte de l'admettre, mais le fait est que je n'étais moi non plus jamais allée à une véritable fête foraine auparavant, et j'avais très envie de voir à quoi cela ressemblait.

— Je voudrais m'excuser, dit soudain James derrière moi.

Je sursautai, surprise, et laissai tomber quelques morceaux de bois par terre. James se pencha à mon côté pour m'aider à les ramasser.

— C'est bon, lui lançai-je sèchement.

James se releva et s'éloigna de quelques pas, mais ne fit aucun geste pour partir. Il attendit que j'aie terminé, et me suivit lorsque je me dirigeai vers un autre coin où poursuivre ma collecte.

— J'aurais dû te le dire, pour Perséphone et moi, dit-il. Si j'avais pu me douter de ce qu'elle t'inspirait, je l'aurais fait. Je suis désolé.

— Je suppose que tu ne vas pas tarder à me dire que ça ne signifiait rien pour toi ? répliquai-je d'un ton hargneux.

Il resta silencieux, comme s'il réfléchissait avec soin aux mots à employer.

— Non, ce n'est pas vrai. Sur le moment, ça signifiait quelque chose.

Je serrai mes morceaux de bois si fort que quelques-uns se brisèrent.

— Tu devrais vraiment apprendre à distinguer les moments où il faut mentir et ceux où il faut dire la vérité.

— Je ne vois pas pourquoi, dit-il. Dans ce cas, tu te fâcherais en m'accusant de ne pas être honnête.

Bien entendu, il avait raison ; ce qui ne me soulageait pas pour autant.

— Alors, que s'est-il passé ? demandai-je. Que peut bien avoir de si irrésistible cette petite pimbêche égoïste pour que la moitié du Conseil se traîne à ses pieds ?

Nous marchions dans le champ sans dire un mot pendant que la musique métallique de la fête foraine flottait dans le vent. Les cris hystériques et indignés d'Ava et Perséphone s'évanouirent peu à peu dans le lointain, et bientôt, j'aurais pu croire qu'il ne restait plus que nous trois : moi, James, et l'éléphant géant qui nous suivait.

— Nous étions amis avant qu'elle épouse Henry, dit-il enfin, après quelques minutes de silence. Elle et moi étions les plus jeunes membres du Conseil à l'époque, et on s'entendait bien. Du fait de notre jeune âge, ni elle ni moi n'avions effectué les rites de passage que tous les autres avaient connus, et…

Il haussa les épaules.

— C'était simple, rien de plus.

Je repérai ce qui ressemblait à une branche cassée et me mis à genou pour en ramasser les morceaux. Il me rejoignit, les yeux cloués au sol.

— Quand son mariage avec Henry a commencé à battre de l'aile, j'ai été là pour elle, continua-t-il. J'ai passé beaucoup de temps dans l'Autre Monde à guider les morts, et quand elle avait besoin d'une épaule pour pleurer, elle venait me voir.

Il sembla hésiter à poursuivre.

— Lorsque Henry a proposé de la laisser libre six mois par an, elle a sauté sur l'occasion, et nous avons commencé à passer du temps ensemble à la surface, également. Alors, une chose en entraînant une autre…

Il ne termina pas sa phrase, ce n'était pas la peine de toute façon.

— Combien de temps ça a duré ? demandai-je, sentant la nausée m'envahir.

James avait donc été la première personne avec qui elle avait trompé Henry. Pourtant, il était plus proche de lui que n'importe quel autre membre du Conseil, et il devait bien savoir ce que cela lui ferait. Malgré tout, il l'avait fait. Il avait laissé Perséphone se servir de lui de cette façon. Il ne l'avait pas seulement laissée blesser Henry : il y avait contribué.

— Quelques centaines d'années, répondit-il.

Il dut lire une certaine surprise sur mon visage, car il se hâta d'ajouter :

— Par intermittence, et seulement pendant le printemps et l'été. Et puis un jour, elle a rencontré Adonis, il y a eu tout ce remue-ménage, et elle m'a laissé tomber.

— Tu vas me faire pleurer, marmonnai-je.

— Je ne demande aucune compassion, dit-il en souriant faiblement. Nous nous avions toujours été meilleurs amis qu'amants, de toute façon. En plus, ça rendait la collaboration avec Henry assez délicate.

C'était une chose que de fricoter en cachette dans le dos d'Henry, mais c'en était une autre que d'avoir ouvertement une relation avec sa femme !

— Quoi ? Tu veux dire qu'il le savait, et il n'a pas essayé de te tuer ?

— Bien sûr que non, répondit James en riant.

Personnellement, je ne voyais pas ce qu'il y avait de drôle à ça.

— Nous sommes les rois des faux secrets, Kate. Tu finiras par t'en rendre compte.

Je n'étais plus très sûre d'en avoir envie — en admettant que je sorte de là vivante. Mais tout cela n'avait aucune importance. En cet instant, je pris la ferme résolution que si Henry voulait toujours que je reste auprès de lui une fois toutes ces histoires terminées, je ne le tromperais jamais, pas même pendant l'été. Et surtout pas avec James.

Une idée me frappa soudain. Je venais de passer six mois entiers en compagnie de James. Ce qui pour moi n'était qu'un break avec un ami pouvait tout à fait être considéré comme une escapade amoureuse par Henry.

Oh ! mon Dieu.

Je n'osai songer à tout ce qu'Henry avait dû s'imaginer. J'avais l'esprit en ébullition, et tous les sentiments que j'avais sentis se réveiller à l'égard de James s'évanouirent.

— Tu savais ce que notre voyage en Grèce lui rappellerait, et tu ne m'as pas prévenue ?

James fit la moue.

— Ça n'avait pas d'importance. Nous savions

tous deux que nous n'étions que des amis, et si Henry voulait croire autre chose…

— Mais bien sûr qu'il allait croire autre chose !

Sans réfléchir, je lançai un morceau de bois sur James. Evidement, il rebondit misérablement : James était un dieu et rien ne pourrait le blesser. Moi, en revanche, j'étais assaillie par la honte et la culpabilité, et cela faisait mal, très mal.

— Tu l'as fait exprès, n'est-ce pas ? Qu'est-ce que ça veut dire, James ? Tu veux qu'il se retrouve seul ? Tu veux qu'il s'éteigne ? Tu veux gouverner l'Autre Monde à sa place, c'est ça ?

— Je ne l'ai pas fait intentionnellement, dit-il en se penchant pour ramasser le bâton que je lui avais jeté. Je ne souhaite pas blesser Henry, mais, plus que tout, je ne veux pas non plus que quiconque te fasse du mal. Tu as le *choix,* Kate. Et ce choix, personne ne t'en parle, parce que les autres ne voient pas ce qu'Henry te fait. Il te fait du mal, et il n'est absolument pas garanti que cela s'arrange un jour.

Ses paroles me firent l'effet d'un coup de poing dans le ventre et me coupèrent le souffle. Il venait de formuler tout ce que je ne voulais pas entendre. Tout ce que je tentais désespérément d'ignorer.

— Ça s'arrangera, dis-je, tremblante, tandis que la colère montait en moi. Dès qu'il aura compris que je n'ai *aucune* intention de le tromper avec toi, je suis sûre qu'il se radoucira.

A ma grande satisfaction, James fit la grimace.

— Crois ce que tu veux, mais ton marché avec

Henry est clair. Il t'a pour six mois par an, pas plus. Tu peux faire ce qui te chante pendant l'été, et il n'a rien à dire à ce sujet.

— Ce n'est pas pour ça que j'ai le droit de lui briser le cœur !

Je partis à grands pas en direction du camp.

— Et ça ne te donne pas non plus le droit de m'inciter à le faire. Je n'arrive pas à le croire, James. Te jouer de moi comme ça…

— Je ne jouais absolument pas.

Il se hâta de me rattraper, mais je refusai de le regarder.

— Je ne fais pas ça pour m'amuser, Kate. C'est toi qui m'as proposé d'aller en Grèce, et j'ai dit oui parce que j'aime passer du temps avec toi. Et parce que je voulais t'aider à prendre conscience que tu avais plusieurs possibilités, et pas seulement celle de revenir auprès d'Henry. Tu ne peux pas m'en vouloir pour ça — j'ai été correct. Même si j'ai eu souvent très envie de t'embrasser, je ne l'ai jamais fait.

— Ne dis pas ça.

Je me retournai vivement, et il faillit me rentrer dedans.

— Je ne suis pas Perséphone. Je ne vais pas tromper Henry, quelle que soit la saison, et je me fiche du temps qui passe. Ça n'y changera rien.

— Et si les choses ne s'amélioraient jamais ? lança James. Que feras-tu si Henry ne t'aime jamais comme tu le mérites ? Ce qui est arrivé à Perséphone… je ne veux pas te voir répéter ses erreurs. Tu n'as pas à vivre de telles souffrances — ni toi, ni Henry. Il est comme il est, et il ne changera jamais. Il n'y a pas de honte à admettre que votre mariage ne marche pas…

— Le fait d'avoir des problèmes ne veut pas dire que ça ne marche pas.

Il soupira.

— Ecoute. Tout ce que je te dis, c'est que tu as le choix, Kate. Comprends-le bien, je t'en prie. Et ne choisis pas de rester près d'Henry en croyant que tu vas pouvoir le changer.

— Ce n'est pas ça, rétorquai-je. Je suis avec lui parce que je l'aime.

— Dans ce cas, tu ne devrais pas avoir trop de mal à me faire une promesse, dit James.

S'il croyait que j'allais lui promettre quoi que ce soit !

— Réfléchis à la possibilité de vivre ta propre vie au lieu de celle qu'Henry et le reste du Conseil ont décidée pour toi ; et je ne veux pas dire pendant une demi-seconde. Prends le temps d'imaginer ce qu'il va se passer si Henry ne t'aime jamais comme tu l'aimes, toi. Imagine ce que tu ressentiras en retrouvant un lit froid, le soir, et un mari qui préférerait faire n'importe quoi plutôt que de passer du temps avec toi. Parce que, que cela te plaise ou non, si tu restes, c'est une possibilité. Et en retour, j'arrêterai de t'embêter avec tout ça.

Pour qui se prenait-il ? Mais alors que j'ouvrais la bouche pour lui dire d'aller se faire voir, je fus incapable de prononcer le moindre mot. Les larmes me montèrent aux yeux, et les mots que je refusais pourtant de prononcer m'échappèrent :

— Tu crois vraiment que ça va se passer comme ça ? Tu crois qu'il ne m'aime pas ?

James esquissa un sourire et tendit le bras vers moi comme pour me rassurer, mais je le repoussai.

— Si, il t'aime. Mais il n'est pas impossible qu'il ne t'aime pas autant que tu le souhaiterais, qu'il ne soit pas à la hauteur de ton amour. Les rôles sont inversés et je ne veux pas qu'il se comporte avec toi comme Perséphone s'est comportée avec lui.

C'est moi qui serais la personne délaissée, qui passerait l'éternité à se languir de quelqu'un qui ne la désirait pas. J'avais envie de me rebeller et de dire à James qu'il avait tort, que j'avais une poche remplie de fleurs pour le lui prouver, mais je n'y parvins pas. Henry pouvait bien m'envoyer des tonnes de cadeaux, cela ne remplacerait jamais sa présence. Ni le contact de ses bras autour de moi comme Adonis le faisait avec Perséphone.

— Tout ce que je te demande, c'est de réfléchir sérieusement pour savoir si c'est la vie que tu veux ou pas, dit James avec douceur. Si tu décides que non, personne ne peut t'y forcer. Et je ne te demande pas non plus de passer l'éternité avec moi. Je veux juste que tu ne te sentes pas liée à quelqu'un qui ne t'apprécie pas à ta juste valeur. C'est toi qui dois décider de ton destin, Kate, et aucun d'entre nous. Et surtout pas Henry.

Je serrai mes branches de bois contre ma poitrine et articulai malgré l'angoisse qui me nouait la gorge :

— O.K. J'y réfléchirai. Mais… arrête de dire ce genre de choses, d'accord ? Pas quand Henry n'est pas là pour se défendre.

James hocha la tête en signe d'approbation, ce qui me suffit. Je pris une grande inspiration et essayai de rassembler mes esprits. Henry aurait sa revanche. Il aurait l'occasion de prouver que James se trompait, et quand ce serait fait, James ne pourrait plus rien dire. Et tout redeviendrait normal.

— As-tu au moins dit à Henry que rien ne s'était passé entre nous en Grèce ? demandai-je, heureuse de retrouver une voix un peu plus assurée.

Son silence fut éloquent. Furieuse, je le plantai là, ignorant les excuses qu'il me criait.

Tant qu'Henry voudrait de moi, je lui demeurerais fidèle. Mais si ce n'était pas le cas, si cette vie commune était une corde à son cou, alors le mieux à faire serait de l'en libérer. En même temps, aimer une seule personne pendant des millénaires était sûrement assez long. Même moi je ressentais le poids d'un tel destin amoureux. Il était tout à fait possible que ce soient les mêmes réserves qui retiennent Henry. S'il croyait vraiment que James et moi avions eu une relation pendant notre voyage en Grèce, ce serait la toute première chose que je devrais mettre au clair dès que nous en aurions l'occasion.

Dans un cas comme dans l'autre, j'aimais Henry. Peut-être un jour parviendrait-il à le croire.

Lorsque je retournai enfin au camp, j'étais épuisée

et me laissai tomber lourdement sur un tronc d'arbre. James arriva peu de temps après moi et s'occupa d'allumer le feu. Il allait être impossible de dormir avec le raffut de la fête foraine voisine, mais Perséphone ne semblait pas avoir besoin de sommeil, elle non plus. Un autre avantage d'être mort, supposai-je.

Les filles continuaient de se disputer, mais Ava sembla remarquer mon malaise car, après une dernière réplique bien sentie à l'égard de Perséphone, elle vint me rejoindre. Perséphone alla s'installer en boudant, non loin de nous.

— Combien de visions as-tu eues ? demanda celle-ci alors que le bois s'enflammait.

A travers les flammes, je voyais des ombres creuser le visage de James, lui donnant l'air bien plus vieux qu'à l'accoutumée.

J'eus un haussement d'épaules.

— Trois, je crois. Toutes dans le même endroit.

— As-tu déjà réussi à les contrôler ?

Je secouai la tête négativement.

— Arrivent-elles à intervalles réguliers ?

— Non.

Je fixai mes mains, incapable d'affronter le regard de James.

— As-tu déjà couché avec Henry ? demandai-je soudain, sans regarder Perséphone.

Cette dernière resta silencieuse un moment ; lorsque je levai les yeux vers elle, son visage était étrangement déformé dans la lumière du feu.

— Pas grave, dis-je. Tu n'es pas obligée de répondre.

Nos regards se croisèrent une fraction de seconde, et elle se redressa en prenant une expression plus douce.

— Et toi ?

Je hochai la tête.

— Une fois, en mars. On est en octobre, maintenant, ajoutai-je. Enfin, je crois.

Perséphone tripota une de ses boucles blondes et soupira.

— Avant, j'aurais pu te dire avec précision quel mois nous sommes. Même après ma mort, mes cheveux changeaient de couleur avec les saisons, mais au bout d'un moment, ça a cessé.

Elle eut un petit sourire, avant de reprendre.

— Ils sont bloqués sur l'été, maintenant.

Ceci expliquait pourquoi ses cheveux avaient une couleur différente dans le reflet d'Henry.

— Et… en quelle saison devenaient-ils blond vénitien ? demandai-je.

— En automne, répondit-elle. Ils devenaient plus roux avec l'automne, et au cœur de l'hiver, ils étaient noirs. Avant de passer au châtain à l'arrivée du printemps.

Bien sûr. James m'avait expliqué qu'un reflet n'était pas une description précise de ce qui s'était passé. Il était uniquement ce que son créateur voulait qu'il soit. Et ce qu'Henry voulait, c'était voir Perséphone souriante quand elle le retrouvait, chaque automne.

— Je n'avais pas l'intention de coucher avec lui, repris-je. Ça paraît ridicule, n'est-ce pas ? Une partie du test portait sur la luxure, et Henry m'avait fait si bien protéger que Calliope n'avait pas eu une occasion de me tuer ; alors, à la place, elle a saboté l'épreuve en nous donnant un aphrodisiaque.

Perséphone claqua la langue en signe de désapprobation.

— Tu as dû être contente, pas vrai ?

— Comment ça ? dis-je, sur la défensive.

Se moquait-elle de moi ?

— Eh bien, je suppose que tu l'aimes, dit-elle.

J'acquiesçai immédiatement.

— C'est bien que tu sois là pour lui. Il mérite d'avoir quelqu'un qui l'aime vraiment.

Elle hésita alors, et ajouta, comme si elle dévoilait un lourd secret :

— Parfois, je m'inquiète pour lui. C'est terrible que la seule fois où vous l'ayez fait, ç'ait été à cause d'un aphrodisiaque.

Ses yeux se posèrent sur Ava.

— Aphrodite gâche vraiment tout.

— Ce n'était pas moi ! se défendit Ava, les yeux ébahis. Je n'étais même pas là.

— Ce genre de substance porte ton nom.

Je commençai à protester, mais Ava se mura dans le silence, visiblement peu désireuse de se lancer dans une nouvelle dispute. Au bout d'un moment, Perséphone fit un geste vague comme pour effacer ce qu'elle venait de dire.

— Enfin, bref. Pour revenir à ce que tu disais

tout à l'heure, comme quoi mère t'aurait eue à cause de moi, et tout le reste… Eh bien, j'imagine que ça ne doit pas être simple. Je suis désolée.

Je ne sus que répondre à ça. Peut-être était-elle à cours de vacheries, après toute une journée de lutte avec Ava.

— Pour autant, ne t'attends pas à ce que ça dure, ajouta-t-elle. Et pour répondre à ta question : oui. Une fois.

Il me fallut un moment pour comprendre de quelle question elle parlait ; quand ce fut chose faite, ma bouche s'ouvrit sans qu'aucun son ne s'en échappe. Calliope s'était donc trompée. J'avais beau savoir que Perséphone et Henry avaient été mariés, la nouvelle me fit l'effet d'un coup de poing dans le ventre : je n'étais pas la seule à avoir couché avec Henry. Une fois de plus, Perséphone était passée la première.

— Ça a été un vrai désastre, reprit Perséphone.

Sa main s'attarda entre nous deux, comme si elle ressentait mon désarroi, mais elle suspendit rapidement son geste.

— C'était notre nuit de noces, et nous n'en avions pas parlé. Ça s'est juste… fait, comme c'est censé se faire, et nous étions tous deux trop timides pour demander à l'autre s'il en avait vraiment envie. On est partis du principe que oui.

Je restai interdite. Je n'osais imaginer la façon dont les choses se seraient déroulées pour Henry et moi s'il n'y avait eu cette étincelle entre nous. Sa culpabilité et sa colère avaient été suffisamment pénibles le lendemain matin.

Ava eut la délicate attention de s'installer de l'autre côté du feu, près de James. Ils penchèrent tous les deux la tête pour entamer une conversation à voix basse, sans que je puisse comprendre ce qu'ils disaient.

— Lorsque nous…

Je me raclai la gorge.

— J'aurais attendu si j'avais eu le choix. Mais je n'avais rien contre, non plus. C'est à ce moment-là que j'ai réalisé que je l'aimais ; et même si les circonstances étaient celles que tu connais, c'était bien. Vraiment bien.

— Tant mieux, dit Perséphone d'un air distant en contemplant le feu. Hadès mérite ça. Il te mérite.

Je secouai la tête. Je me moquais de ce qu'Henry méritait ; ce qui importait, c'était qui il désirait. Et jusqu'ici, ça ne semblait pas être moi.

— Nous, c'est le lendemain matin que ça a été un désastre. Quand Henry a pris conscience de ce qui s'était passé, il a pété les plombs. Il a paniqué, avouai-je sous le regard confus de Perséphone. Il s'est excusé et a détalé, et je ne l'ai pas revu avant des jours. Il est revenu uniquement lorsque Calliope m'a tuée, pour aller me chercher dans l'Autre Monde.

Perséphone fit la moue et dit d'une petite voix :

— Non, c'est faux.

— Comment ça ?

— Il n'est pas revenu uniquement pour ça.

Elle soupira.

— Quand nous avons consommé notre mariage, c'est moi qui ai… pété les plombs.

Elle fit une grimace en employant cette expression.

— Nous n'étions pas mariés depuis douze heures que déjà je courais me réfugier chez mère. Elle a essayé de me convaincre de rester auprès de lui et de nous redonner une chance, et je suppose qu'elle a dû parler à Hadès, parce que nous n'avons jamais réessayé. Je dormais dans une chambre séparée, et il n'a jamais remis la question à l'ordre du jour.

De l'autre côté du feu, James et Ava se turent.

— Je suis désolée, dis-je. Tu n'aurais jamais dû être obligée de rester avec Henry si tu n'en avais pas envie.

C'était donc pour ça que James insistait pour que je comprenne que j'avais le choix. Il me protégeait de son mieux. Ce qu'il ignorait, en revanche, c'était que l'année dernière quand Henry m'avait persuadée de rester alors que je voulais aller voir ma mère malade, j'étais restée de mon plein gré.

— J'étais jeune, poursuivit Perséphone. Je croyais que l'amour arrivait instantanément. C'était la première fois que j'étais séparée de ma mère, et je ne savais pas à quoi m'attendre. En plus, j'étais malheureuse d'être coupée du soleil, dans les profondeurs de l'Autre Monde. J'étais en pleine tempête, et malheureusement, Hadès et moi sommes tombés en plein dedans.

Elle secoua la tête d'un air triste.

— Je ne lui ai jamais redonné sa chance, après

ça. Pourtant, il faisait énormément d'efforts ; tu ne peux même pas imaginer tout ce qu'il essayait de faire pour me rendre heureuse. Mais ça ne suffisait jamais. Il ne me suffisait jamais.

La nuit était tombée. Les lueurs de la fête foraine et du feu étaient maintenant les seules sources de lumière ; lorsque je levai de nouveau les yeux vers Perséphone, j'eus du mal à voir son visage.

— Et malgré tout, il t'aimait, dis-je. Il t'aime encore plus que tout au monde.

— Je n'en suis plus si sûre.

Elle redressa le dos et plongea les yeux dans le ciel. Je suivis son regard et, une fois habituée à l'obscurité, constatai que les étoiles ne se trouvaient pas à leur emplacement habituel.

— Tu as dit qu'il était descendu dans l'Autre Monde pour te chercher, reprit Perséphone. Tu étais vraiment morte ?

J'acquiesçai d'un hochement de tête.

— C'était la nuit, j'étais dans un parc où maman et moi avions l'habitude de nous promener, avant. Maman a échangé sa vie contre la mienne. Sa vie mortelle, précisai-je. Mais le corps qu'elle utilisait était en train de mourir, de toute façon.

— Peu importe, répondit Perséphone. Il n'était pas censé faire ça. Pendant que je gouvernais avec lui, nous n'avons fait que de rares exceptions, et même là, il y avait tant de mises en garde que personne n'est vraiment revenu en surface. Il a contredit tous ses principes pour te sauver la vie.

Derrière les flammes, James s'éclaircit la voix.

— C'est la vérité, Kate, dit-il. Il n'aurait pas dû te sauver.

Pourtant, il l'avait fait. Je souris et enroulai mes bras autour de moi en sentant la fraîcheur de la nuit s'installer. Je ne savais pas trop si c'était vraiment une preuve d'amour, mais j'étais à peu près certaine que cela signifiait tout de même plus que de m'offrir un chiot.

— Est-ce que tu peux me dire comment contrôler mes visions ? demandai-je alors à Perséphone, soudain plus légère que je ne m'étais sentie depuis mon arrivée dans l'Autre Monde.

Même si le fait de me sauver n'avait coûté à Henry que de renoncer à ses principes et à sa fierté, Perséphone pensait que c'était énorme, et cela me faisait le plus grand bien. J'aurais pu parier qu'il en aurait fait autant pour elle, mais il ne l'avait pas fait. Enfin ! J'avais un petit avantage sur elle.

— Oh ! c'est simple, dit-elle avec un haussement d'épaules. Tu dois te concentrer sur l'endroit où tu veux aller, ou sur la personne que tu veux trouver.

— On peut trouver des gens ? fis-je, stupéfaite.

Perséphone hocha la tête.

— C'est probablement déjà ce que tu fais, quand tu penses à Henry. Il faut un peu d'entraînement, mais une fois que tu auras le truc, ça viendra de plus en plus facilement, dit-elle. Pense à quelqu'un que tu as envie de voir, et laisse-toi porter.

Aussi simple que cela puisse paraître dans la bouche de Perséphone, personnellement, je n'avais pas la moindre idée de la façon dont je pouvais me laisser porter quelque part. Mais l'idée qu'Henry avait enfreint les règles pour moi m'avait réconfortée et redonné du courage. Je fermai les yeux, me représentai mentalement son visage, et…

Et rien.

— Ça ne marche pas, déclarai-je.

— Détends-toi, dit Perséphone. Ça ne va pas marcher tout de suite.

Apparemment, ça n'allait pas marcher du tout. Je réessayai encore et encore, et je commençai à me sentir vraiment nulle. Mon cœur battait la chamade à force de me concentrer, et plus Perséphone me poussait, moins je croyais pouvoir y arriver.

— Ça ne viendra pas naturellement, les premières fois, dit-elle quelques minutes plus tard, ce qui était la chose la plus encourageante qu'elle m'ait dite jusqu'ici. Tu n'as jamais eu de dons auparavant.

Je ne voyais pas trop ce que cela changeait, mais ce qui était clair, c'était que je n'y arriverais pas ce soir.

— Je vais faire un tour, annonçai-je en me levant.

J'avais un atroce mal de tête et ma jambe me lançait.

— Je rapporte de la barbe à papa pour tout le monde.

Je me dirigeai vers l'entrée de la foire en me frottant les bras pour me réchauffer. Bien entendu, tout cela avait la réputation d'être très difficile ; si tel n'avait pas été le cas, n'importe quelle fille aurait réussi, et les épreuves n'auraient pas été nécessaires. Malgré tout, je me sentais totalement minable en m'éloignant furtivement. Les trois autres devaient bien rire de mon incompétence.

Je sentis la rancœur m'envahir et m'efforçai de la refouler. Ce n'était pas leur faute si je ne parvenais pas à contrôler mes visions ; et puis, si Perséphone disait vrai, je finirais bien par y arriver. Seulement, j'en avais besoin maintenant, pas dans des jours, des semaines ou des mois. Si nous ne savions pas ce qui se passait du côté de Calliope…

Soudain, un vacarme assourdissant retentit. Je sursautai et, alors que je regardais autour de moi d'où pouvait provenir ce bruit, une peur bleue me noua alors les tripes.

Les étoiles tombaient du ciel.

10

La fissure

— Kate !

La voix de James s'éleva par-dessus le fracas provoqué par les chutes de roches et les alarmes qui se déclenchaient de toutes parts. Je quittai la fête foraine en me couvrant instinctivement la tête. La terre tremblait sous mes pieds, pourtant, je ne distinguais nulle trace des étoiles qui pourtant continuaient de pleuvoir.

Je heurtai James de plein fouet.

— Que se passe-t-il ? m'écriai-je sans pouvoir contenir mon expression de panique.

— Je ne sais pas.

Il passa un bras autour de moi et nous revînmes en hâte vers le feu de camp.

— Quoi que ce soit, je n'ai jamais rien vu de ce genre auparavant.

Les flammes oscillaient à chaque nouveau choc qui ébranlait l'atmosphère, mais les rochers n'atterrissaient ni dans le champ, ni dans la forêt, ni nulle part à proximité de la foire. Les yeux d'Ava et de Perséphone étaient braqués vers le ciel avec la même expression alarmée. Si cela ne se passait pas, ici, où diable… ?

Soudain, tout disparut autour de moi et je me retrouvai à la surface. A la place des bois touffus qui entouraient Eden, je me tenais sur une colline surplombant les eaux les plus bleues que j'aie jamais vues, dont les vagues venaient s'écraser sur un rivage blanc.

James et moi n'avions passé que quelques jours sur cette île, mais le palais antique qui se dressait dans le lointain et l'aplomb vertigineux de la falaise voisine ne laissaient aucun doute possible : c'était la Grèce.

— Vous avez senti ? cria quelqu'un derrière moi. Je vous avais bien dit que ça arriverait. Je vous l'avais dit !

Vêtu d'un débardeur et d'un bermuda, Dylan passa devant moi à toute vitesse. Les autres membres du Conseil, tous habillés de façon similaire, s'attroupèrent autour de quelque chose à quelques mètres de là. Je m'approchai pour voir.

Avais-je été transportée là-bas sans même m'en rendre compte ? Arrivée près d'eux, je posai ma main sur l'épaule d'Ella. Elle la traversa.

Oh ! non. J'étais de nouveau un fantôme, et c'était une vision ; mais pas celle que j'aurais souhaitée.

— Il est en train de sortir, déclara Irène.

Elle tendit la main au-dessus du sol et les autres membres du conseil l'imitèrent, pendant qu'un frisson me parcourait l'échine.

Ils formèrent un cercle autour d'une fissure

dans la terre. Elle n'était pas bien longue, mais des volutes de brouillard s'en échappaient déjà pour tâter l'air à la manière d'une langue d'un serpent.

Cronos.

Ils maintinrent leurs mains tendues de la même manière qu'ils l'avaient autrefois fait au palais, et les volutes se tordirent comme si cela les contrariait, avant de se rétracter pour retourner dans le sol.

— Il a réussi, dit Irène en essuyant la sueur qui perlait à son front. Il a atteint la surface.

— Qu'est-ce qui nous dit qu'il a réussi à pénétrer l'Autre Monde en bas ? demanda Théo.

— Comment aurait-il pu remonter, autrement ? lança Dylan. Sans blague, je suis le seul à avoir un cerveau, ici, ou quoi ?

Nicholas, le mari d'Ava, lui jeta un regard noir. Dylan leva les yeux au ciel et, d'un coup de pied, envoya une motte de terre dans la fissure.

— Vous croyez que Calliope a trouvé le moyen de le libérer ? demanda Ella d'une voix craintive qui ne lui ressemblait pas du tout.

— Si c'est le cas, on n'a plus qu'à laisser tomber, maugréa Dylan.

— Alors il faut partir du principe que non, dit Irène.

Sa chevelure rousse flamboyait sous les rayons du soleil, et, pour la première fois depuis que je la connaissais, elle était totalement hirsute. Tous paraissaient exténués.

— Nous devons quand même poursuivre notre plan.

— C'est ça, pour que Cronos nous anéantisse quand il découvrira que nous nous sommes ligués contre lui ? rétorqua Dylan.

— Pour que Cronos n'ait jamais l'occasion de le faire.

Irène agita sa main au-dessus de la fissure, qui se referma. Quelques secondes plus tard, cependant, elle recommença à trembler et à se craqueler, tel un sablier dont le sable se déversait dans l'Autre Monde.

— Il a vraiment réussi, murmura Théo en posant une main protectrice sur le dos d'Ella. Il a trouvé une sortie.

Irène fit la grimace.

— Peut-être, mais ça signifie également que nous savons maintenant par où il va sortir et, avec un peu de chance, nous aurons le temps de finir d'installer notre piège.

— Ah oui, et où ça ? fit Dylan avec sarcasme. Autour de l'île tout entière ?

— S'il le faut.

Dylan grogna et s'éloigna à grands pas, laissant les autres à leur conciliabule. Xander, qui avait été l'un de mes gardes du corps à Eden et n'avait rien dit jusqu'ici, passa une main dans ses cheveux.

— Nous allons tous mourir.

— Absolument pas, répliqua Irène. Pas si nous faisons les choses bien, et tous ensemble.

— Et si les autres sont déjà morts ? demanda Ella d'une voix tremblante.

Irène fronça les sourcils et combla de nouveau la fissure d'un geste irrité avant de se détourner.

— Nous n'avons aucun moyen de le savoir, alors nous devons continuer en espérant que ce ne soit pas le cas. Nous n'avons pas le choix.

— Si, nous avons le choix, lança Dylan depuis le bord de la falaise où il était assis. Nous pouvons ne pas nous battre et prier pour que Cronos nous épargne.

Avant que quelqu'un ait le temps de répondre, la Grèce et le soleil s'évanouirent, et je me retrouvai de nouveau dans l'obscurité de l'Autre Monde.

— C'était Cronos, dis-je en me redressant de mon mieux.

James, Ava et Perséphone me regardaient. Nous étions de retour au campement, et je m'aperçus que les bruits d'impact et les tremblements avaient cessé. Ce n'était toutefois qu'une question de temps avant que Cronos tente de nouveau sa chance.

— Il a réussi à atteindre la surface.

Ava blêmit, et Perséphone se détourna de moi. Exactement comme Irène s'était détournée de la preuve attestant que Cronos se rapprochait de la victoire.

— A quelle distance se trouve la grille du Tartare ? questionna James.

— Je ne sais pas exactement, dit Perséphone. A quelques jours de marche, au moins.

— Partons d'ici.

James me tendit la main pour m'aider à me relever, et je la saisis sans rechigner. J'avais beau être en colère contre lui, je réglerais ça lorsque nous serions de retour au palais. Si nous rentrions un jour au palais. Mais là, ce n'était clairement pas le moment de faire la tête.

— Les autres sont en train de lui poser un piège sur une île grecque, dis-je. Ils se disputent d'ailleurs à ce sujet.

— Mais ils vont quand même essayer ? demanda James.

J'acquiesçai d'un signe de tête.

— Bon. C'est déjà ça.

Alors que nous reprenions notre route en direction de l'endroit où le ciel s'était effondré, Perséphone vint marcher à côté de moi.

— As-tu pu contrôler ta vision ?

Je lui fis signe que non.

— Je n'ai pas eu le temps d'essayer.

Elle émit un petit bruit désapprobateur

— Pour l'instant, c'est quelque chose que tu fais inconsciemment, dit-elle. J'ai dû travailler là-dessus, moi aussi, au début, mais sache que tu vois ce que tu veux voir quand tu veux le voir. Là, par exemple, ta vision t'a permis de découvrir d'où venait tout ce raffut.

Je ne répondis pas. Quoi que j'aie pu voir, cela ne changeait rien à la situation. Au mieux, cela nous servait juste de mise en garde, ce qui n'était pas d'une importance cruciale — nous savions déjà contre quoi nous nous battions. Comme Irène, Dylan et les autres, il ne nous restait plus qu'à faire de notre mieux et à prier pour que ça marche.

***

Notre marche dura des jours, qui me parurent durer des semaines. Si j'avais encore été mortelle, mon corps m'aurait lâchée, surtout au rythme où avançaient James et Perséphone ; mais je tins le coup. De temps à autre, un nouveau bruit fracassant brisait la quiétude de l'Autre Monde, un peu plus fort chaque fois, et m'incitait à continuer de plus belle.

— C'est l'endroit où le plafond de l'Autre Monde est le plus fin, ici, annonça Perséphone comme nous cheminions dans une forêt qui semblait interminable. Henry l'a ouvert quand ils ont capturé Cronos la première fois, et c'est par là qu'ils sont parvenus à le mettre en prison. Hadès aurait dû le sécuriser quand il en avait le temps.

Je me mordis la lèvre pour retenir la réplique cinglante qui me brûlait les lèvres. Ce n'était pas la faute d'Henry. Il n'avait aucune raison de soupçonner qu'un membre de sa famille les trahirait et irait réveiller Cronos. Probablement avait-il pensé que toutes les précautions nécessaires étaient prises. Ce qui était le cas, avant que Calliope ne perde la tête.

La plupart du temps nous restions silencieux. Même Ava et Perséphone avaient cessé de se quereller, et lorsque nous nous arrêtions, ce n'était pas plus de quelques minutes chaque fois. Je n'avais plus besoin de dormir, mais lorsque le son des impacts ne fut plus qu'à un ou deux kilomètres, je fus prise d'une envie de me recroqueviller dans un coin, de fermer les yeux et de ne plus jamais me réveiller. Ce qui ne manquerait pas d'arriver si Calliope parvenait à ses fins, avec un peu de sang et beaucoup de douleurs en plus.

Une fleur m'attendait à chaque arrêt; je la glissais dans ma poche avec les autres avant que mes compagnons ne la remarquent. Elles semblaient rétrécir à mesure que nous avancions, laissant ainsi de la place pour les nouvelles, et chacune d'entre elles me donnait de l'espoir. Tout se passerait bien. Henry et ma mère nous attendaient. Ils survivraient, et une fois que nous serions sur place, nous serions tous ensemble pour tenter de maîtriser Calliope et Cronos.

Un après-midi, au beau milieu de la forêt, Perséphone leva soudain une main pour nous faire signe de nous arrêter.

— C'est par ici, dit-elle en faisant un signe de tête vers la gauche. Nous sommes tout près.

Elle contourna quelques arbres pour atteindre un épais massif de buissons. Là, elle s'accroupit et écarta le feuillage d'une main, découvrant une dalle de roche noire derrière le fourré. Le mur de la caverne. Mon cœur s'accéléra.

— C'est là, confirma-t-elle en caressant la pierre d'une main affectueuse. Il doit y avoir une faille quelque part par ici… ah!

Sa main disparut soudain dans la roche qui pourtant était d'apparence solide, mais elle l'en retira intacte.

— La voilà. Elle est assez large pour qu'on puisse s'y glisser un par un.

— Est-ce qu'elle est profonde ? demanda Ava avec anxiété.

— Je ne sais pas, répondit Perséphone. Je n'y suis jamais passée.

Elle se redressa et épousseta les traces de terre sur sa robe.

— Eh bien, on y va ?

Ava enroula son bras autour du mien, et James nous dévisagea.

— Kate, tu restes ici, déclara-t-il.

— Bien sûr, répliquai-je avec ironie.

Il avança vers moi, mais je reculai pour lui prouver que je n'avais que faire de sa protection et de sa sollicitude.

— Je ne plaisante pas, dit-il. Calliope va essayer de te tuer à la minute où elle te verra, tu vas nous compliquer les choses.

Je me tournai vers Ava pour solliciter son soutien, mais elle se mit à fixer le sol en se mordant une lèvre.

— Toi aussi ? m'indignai-je en dégageant mon bras du sien. Alors vous pensez tous les deux que vous allez rentrer là-dedans et sauver le monde, mais que si je viens avec vous…

— Si tu viens, tu mourras quoi qu'il nous arrive, affirma James. Et tu le sais.

— Mais j'ai conclu un marché avec Cronos…

— Tu crois vraiment qu'il va le respecter ? dit Ava. James a raison. Calliope veut ta peau, et tant que ça la préoccupera, elle sera distraite. Et c'est une bonne chose car, une fois que tu ne seras plus là, plus rien ne pourra la détourner de son plan, et mieux vaut ne pas imaginer ce qui pourrait se passer.

— Tu n'as pas d'expérience, renchérit James. Pas de pouvoirs que tu saches déjà contrôler. Si tu rentres là-dedans, la meilleure chose qu'il puisse t'arriver, c'est que Calliope te tue rapidement.

— Je n'ai pas fait tout ce chemin pour rester les bras croisés pendant que vous vous faites massacrer, fulminai-je, les poings serrés.

— Alors pour quelle raison as-tu fait tout ce chemin ? ajouta Perséphone. Pour de multiples raisons, tu es inutile, et tu es assez intelligente pour le savoir, alors pourquoi être venue ? Tu ne seras bonne qu'à mourir là-dedans, et…

Elle s'interrompit, et ses yeux s'écarquillèrent brièvement.

— Oh, mon Dieu ! Tu comptais proposer un marché à Calliope, c'est ça ?

James me jeta un regard accusateur et Ava semblait sous le choc. Je sentis mes joues s'empourprer, mais ne baissai pas les yeux pour autant.

— Non, protestai-je avec autant de conviction que possible.

Visiblement incrédule, Perséphone secoua la tête.

— Tu es une idiote. Une idiote finie. Je me fiche du genre de marché que tu as conclu avec Cronos ou du fait que Calliope veuille ta peau. Dès que tu rentreras là-dedans, tout volera en éclats de toute façon. Tu penses maîtriser les choses, mais tu ne maîtrises rien du tout !

— Si tu meurs, Henry s'éteindra lui aussi, dit Ava. Tu es la seule raison pour laquelle il est encore en vie, et il ne pourra jamais survivre à la culpabilité si tu te sacrifies pour lui.

— Il faut que tu comprennes : si Henry disparaît, nous n'avons aucune chance contre Cronos, ajouta James. Même si je prenais sa place, je ne suis pas l'un des six membres originels. Je n'ai pas le pouvoir de contenir Cronos maintenant qu'il est éveillé, à l'inverse d'Henry. On ne peut pas se permettre de prendre ce risque.

Les larmes me piquèrent les yeux. Je battis des paupières pour les empêcher de déborder, mais en vain. Je m'essuyai les joues et les considérai tous les trois pendant que la frustration et la colère bouillonnaient en moi.

— Alors, c'est tout ? Je reste là, à attendre ? Et si vous mourez tous ? Qu'est-ce que je serai censée faire ?

— Ça n'arrivera pas, trancha Perséphone. Il n'existe qu'une seule façon de négocier avec Calliope, et c'est de lui donner ce qu'elle veut. Puisque nous ne pouvons pas te sacrifier, nous allons devoir lui offrir la deuxième chose qu'elle souhaite le plus.

— C'est-à-dire ? demandai-je d'un ton amer. Convaincre Henry de l'aimer et de la nommer reine à ma place ?

Perséphone prit un air exaspéré.

— Pas tout à fait. Je vais ouvrir la grille.

Sans nous laisser le temps de l'arrêter, elle cligna alors de l'œil et s'engouffra à travers le mur.

11

Ingrid

Ava se mit à genoux près des buissons et chercha à tâtons la faille dans le mur qui avait englouti Perséphone. Autour de nous, la forêt disparut pour être remplacée par un champ rempli de fleurs, mais j'étais trop paniquée pour y prêter attention.

— Dites-moi qu'elle ne pensait pas ce qu'elle disait ? demandai-je pendant que James laissait échapper une bordée de jurons dont je ne l'aurais jamais cru capable.

— Elle est folle, dit Ava avec consternation. Parfois, Calliope a l'air raisonnable, à côté d'elle. On était tous contents de se débarrasser d'elle quand elle a décidé de partir avec Adonis.

James se pencha au-dessus d'Ava et passa ses mains à l'endroit où Perséphone avait disparu.

— Non, *tu* étais contente de te débarrasser d'elle. Henry, lui, a pratiquement essayé de se pendre. Ah, c'est là.

Ses mains glissèrent sur la roche et Ava se remit sur ses talons avec un soupir de soulagement.

— S'il vous plaît, implorai-je. Laissez-moi venir avec vous. Je me cacherai pendant que vous discuterez avec Calliope, mais je ne peux pas rester là à attendre en sachant que toutes les personnes que j'aime sont peut-être en train de mourir là-dedans !

— Et moi, je ne peux pas te laisser franchir ce mur en sachant que tu n'en ressortiras jamais, répliqua James. Je suis désolé. Je sais ce que ça représente pour toi, et nous ferons tout ce qui est en notre pouvoir pour les libérer. Mais nous ne pouvons pas mettre ta vie en péril, pas quand cela implique aussi celle d'Henry. Alors s'il te plaît, ne nous rends pas les choses encore plus compliquées.

Je reçus ses paroles comme une gifle en pleine face. C'était moi qui avais eu l'idée de venir jusqu'ici ! Eux trois ne seraient même pas là si je n'avais pas insisté pour le faire. C'était encore moi qui avais réussi à nous débarrasser de Cronos… et maintenant, c'était moi le problème ?

— Je suis navrée d'être si difficile à gérer, persiflai-je. Navrée de ne pas être assez puissante pour représenter autre chose qu'un fardeau. Mais comment vous sentiriez-vous si vous aviez fait tout ce chemin pour vous entendre dire que vous êtes inutile et que vous ne pouvez rien faire ?

— Comme de la merde, répondit-il sans sourciller. Malgré tout, si j'étais à ta place, je comprendrais que c'est la meilleure chose à faire, même si c'est difficile à accepter.

Je clignai des yeux pour refouler mes larmes. Ce n'était pas juste. J'avais le droit de faire ce que je pouvais pour aider. Je ne voulais pas mourir ; mais la perspective de vivre dans un monde où le Conseil avait été balayé pour être remplacé par Cronos…

— Nous pouvons y arriver, dit Ava, les yeux rougis. James, Perséphone et moi. Nous pouvons y arriver à condition que nous n'ayons pas à nous soucier de toi. Je t'en prie, Kate. Henry t'aime. Donne-lui une bonne raison de rentrer à la maison.

Le peu de volonté qu'il me restait s'effondra, et j'essuyai mes larmes du revers de mes manches.

— Promettez-moi que vous sortirez de là.

Je ne reçus pas de réponse. James se pencha vers moi, et pour la première fois depuis des jours, je le laissai faire. Il déposa un baiser sur ma joue ; il n'avait pas besoin de parler pour que je comprenne ce que cela signifiait.

Au revoir.

Je les regardai disparaître dans le mur, Ava d'abord, puis James, qui se retourna une dernière fois afin de s'assurer que je ne les suivais pas. Dès qu'ils furent partis, je me laissai tomber sur le tapis de mousse à mes pieds. Un sanglot s'échappa de ma gorge tandis que le poids du chagrin et de l'impuissance m'écrasait. Je n'avais plus rien.

Perséphone allait ouvrir la grille, et dès cet instant, Cronos allait tous les tuer. Et je ne pouvais rien faire pour empêcher cela.

J'ignore combien de temps je restai là, assise à sangloter la tête entre les mains. J'étais oppressée, mon corps entier tremblait, mais malgré toute l'envie que j'avais de les suivre, je ne le pouvais pas. Quoi qu'il arrive, Calliope gagnerait la partie. Elle me tuerait dès l'instant où je franchirais ce mur, ou alors Perséphone libérerait Cronos, après quoi Calliope me tuerait.

Peu à peu, ma panique céda le champ à une irrépressible curiosité. J'avais *besoin* de voir ce qui se passait. Désespérée, je me concentrai pour essayer de guider mon esprit à l'intérieur de la caverne, mais je ne vis rien d'autre que la roche noire devant moi.

J'essayai encore et encore, jusqu'à ce que mes sanglots se transforment en grognements de frustration. Rien ne se passait. Pourquoi n'arrivais-je même pas à distinguer le visage d'Henry alors même que la vie de toute ma famille était en jeu ?

— Salut.

Je sursautai. M'attendant à moitié à voir apparaître Calliope, je me redressai vivement, prête à détaler ou à lui coller mon poing dans la figure, selon ce qui serait le plus adéquat. Au lieu de quoi, je me trouvai nez à nez avec une rouquine tenant un lapin dans ses bras.

— Qui es-tu ? demandai-je.

Elle avança d'un pas, et je reculai d'autant.

— Ingrid, dit-elle. Et toi ?

J'essayai de me détendre. Le champ fleuri devait bien provenir de quelqu'un. La plupart des autres occupants de l'Autre Monde nous avaient évités ou ne nous avaient pas vus, et lorsque nous leur avions parlé, l'échange avait généralement été assez bref et uniquement sous l'impulsion d'Ava. Cette fois, j'étais seule.

— Je m'appelle Kate, répondis-je. Désolée de te déranger. J'attends…

— James et Ava, dit-elle sans avoir l'air étonné. Je sais. Je vous ai vus.

— Comment connais-tu leurs noms ?

S'était-elle trouvée assez près de nous pour entendre notre conversation ?

— Parce qu'Henry me les a présentés.

Elle gratta son lapin entre les oreilles et le posa délicatement à terre. A petits bonds, il partit rejoindre un petit groupe d'animaux qui semblaient attendre qu'Ingrid revienne vers eux.

— Henry ?

Je tirai nerveusement sur mes manches.

— Comment… comment connais-tu Henry ?

— De la même façon que tu l'as connu, dit-elle gaiement. Tu es sa femme, n'est-ce pas ? Kate ? C'est de toi dont parlait Calliope.

Mon pouls s'accéléra.

— Calliope était là ? Quand ça ?

— Oh ! ça fait bien longtemps, dit Ingrid avec un haussement d'épaules. Mais elle est partie, même si elle n'était pas censée le faire. C'est ce que m'a dit Henry.

Henry, encore. Comment pouvait-elle le connaître ? Avait-il été amené à la juger ? Cela n'expliquait pas comment elle connaissait Calliope, ni ce qu'elle faisait ici.

Sauf si…

Mes yeux s'écarquillèrent.

— Tu es l'une des filles que Calliope a tuées, c'est ça ?

Son visage s'illumina, ce qui était tout sauf la réaction à laquelle je m'attendais.

— Tu as entendu parler de moi ? C'est incroyable. Tu sais que tu es mon idole, si l'on peut dire.

Calliope avait tué onze jeunes filles avant mon arrivée à Eden, mais l'Autre Monde était si vaste que je n'aurais jamais pensé tomber sur l'une d'entre elles.

— Vrai… vraiment ? bredouillai-je. Pourquoi ?

Elle me décocha un regard entendu.

— Parce que tu as gagné, et que tu l'as punie pour ce qu'elle m'a fait. Pour ce qu'elle *nous* a fait, je veux dire.

Elle soupira.

— C'est terrible, n'est-ce pas ? Qu'elle s'en soit sortie tant de fois. J'ai passé des lustres à me dire que j'étais la dernière des imbéciles pour être tombée dans son piège.

— Tu n'étais pas une imbécile, dis-je. C'est juste que… que c'est une déesse.

Elle sourit.

— Tout comme toi, maintenant. Raconte-moi : c'est comment ? Qu'est-ce que tu peux faire ? Peux-tu marcher sur l'eau ? Voler ? J'ai toujours voulu voler, tu sais. Ça doit être génial, tu ne crois pas ? Et vivre éternellement… bon, c'est vrai que l'Autre Monde est bien joli, mais ce n'est quand même pas la même chose qu'en surface.

Quel intérêt avais-je à être immortelle quand un Titan voulait me tuer ?

— Jusqu'ici, le fait d'être une déesse n'a rien eu de spécialement génial.

— Comment ça ?

J'hésitai un instant ; mais Ingrid était déjà morte, et elle ne pouvait pas partir d'ici. En plus, elle avait certainement entendu les rochers tomber, elle aussi. D'après moi, tout l'Autre Monde avait dû entendre ce fracas. Elle méritait bien que je lui donne une explication.

Je lui racontai donc tout. Une version courte, bien sûr, passant sous silence quelques détails, mais lorsque j'eus terminé, je vis que le sang s'était retiré de son visage ; elle prit un autre lapin dans ses bras pour se réconforter.

— Et ils sont entrés là en te laissant toute seule ? s'indigna-t-elle.

Je hochai la tête.

— C'est affreux. Ils pourraient déjà être morts, depuis le temps.

— Moui, marmonnai-je.

Je n'avais pas besoin qu'elle me le rappelle.

— Tu devrais quand même y aller, lança-t-elle, visiblement revigorée par cette idée. Tu as eu le dessus sur elle une fois, il n'y a pas de raison que tu ne puisses pas le refaire. Si quelqu'un le peut, c'est bien toi.

— Elle m'a quand même tuée, objectai-je. Je suis vivante uniquement parce que ma mère a troqué sa vie contre la mienne.

— Et alors ?

Ingrid fit un pas vers moi, et cette fois, je ne bougeai pas.

— Ça, c'était quand tu étais mortelle. Tu ne l'es plus. Tu es une déesse, toi aussi, et quelle importance que tu ne puisses pas contrôler tes visions ? Tu n'en auras pas besoin si tu rentres là-dedans.

— Mais si je la laisse me tuer, je n'ose même pas imaginer ce qu'Henry va faire, répondis-je. Or si Perséphone indique à Calliope comment libérer Cronos, les autres auront besoin d'Henry pour avoir une chance d'en réchapper.

Ingrid poussa un soupir.

— Je crois que tu ne comprends pas. Tu es l'une d'entre eux, maintenant. Qu'est-ce que ça peut faire, que Calliope soit plus puissante ? Elle n'a rien de si particulier, tu sais, et elle ne peut plus te tuer, désormais. Les dieux ne peuvent pas s'entretuer.

— Mais les Titans le peuvent.

— Tu as dit que tu avais passé un marché avec Cronos. D'après ce que j'ai compris, il est bien moins susceptible de te tuer, toi, que les autres. Tu t'es montrée gentille avec lui, et ce n'est pas toi qui l'as mis sous les verrous.

J'hésitais. Elle voyait juste, surtout si Calliope continuait à essayer de donner des ordres à Cronos. Lors de ma vision, il ne m'avait guère semblé disposé à le supporter beaucoup plus longtemps. J'étais tenaillée par l'envie d'envoyer tout valser pour me lancer à leur recherche, mais cela ne résolvait pas le problème d'Henry.

— S'il m'arrive quelque chose…

— Il n'y a aucune raison, dit-elle fermement. Tu as battu la reine des dieux, et maintenant tu es la reine de l'Autre Monde.

— Non, je ne le suis pas.

Je fusillai du regard une pauvre fleur qui ne m'avait rien demandé.

— Cronos a interrompu la cérémonie.

— Et alors ? Tu es reine malgré tout. Tu n'as pas besoin d'une stupide cérémonie pour le prouver.

En contemplant les fleurs qui se trouvaient à mes pieds, je constatai soudain qu'il s'agissait des mêmes que celles envoyées par Henry. C'était donc ici qu'il les avait prises — et c'était donc bien lui. Il avait voulu que j'arrive jusqu'ici. Il voulait que je l'aide.

— Je ne peux pas prendre un tel risque comme ça, objectai-je encore, tout en sentant ma détermination s'effriter. Je ne peux pas mettre en péril la vie d'Henry.

Ingrid me décocha un regard exaspéré.

— Regarde un peu les choses en face : James et Ava sont partis depuis des lustres, et ils ne sont pas encore revenus. Ils sont peut-être toujours en train d'essayer de piéger Calliope, mais il est également possible qu'ils aient été capturés, eux aussi. S'ils ne reviennent pas, que vas-tu faire ? Attendre que Calliope te balance leurs os à travers la faille pour que tu saches ce qui leur est arrivé ? Ou bien vas-tu te conduire en reine et combattre pour ton royaume ?

Mais ce n'était pas mon royaume. C'était celui d'Henry.

— Je ne mérite même pas d'être là, commençai-je d'une voix plaintive. Henry aurait dû me laisser mourir. Je ne mérite pas d'être une déesse, ou sa femme, ou sa reine, ou quoi que ce soit. Je ne l'ai jamais mérité. Je suis là uniquement parce qu'il ne restait plus que moi.

Ingrid pencha la tête comme un chiot intrigué.

— Bien sûr que si, tu mérites d'être là. Henry n'est pas bête. Il ne confierait jamais son royaume à quelqu'un qui n'en serait pas digne.

Pas si la seule alternative était de le perdre complètement, songeai-je ; mais je m'abstins de le dire.

Elle poussa un nouveau soupir dépité et tourna autour de moi, comme si elle me jaugeait.

— Tu n'as donc toujours pas compris ? Tu as été choisie parce que tu étais spéciale. Tout comme moi.

Elle repoussa ses cheveux derrière ses épaules.

— S'il n'y avait pas eu Calliope, je serais à ta place aujourd'hui, et tu sais quoi ? Eh bien moi aussi, j'aurais peur. Vraiment peur. Etre courageux ne signifie pas ne jamais avoir peur, tu sais. Cela signifie faire les choses malgré tout, parce qu'on sait que c'est ce qui doit être fait.

— Mais moi, je ne *peux* rien faire, me lamentai-je.

— Comment peux-tu le savoir sans avoir essayé ?

Elle s'arrêta en face de moi et fit un signe de tête en direction du mur.

— C'est toi qui as passé un marché avec Cronos,

pas eux. S'il s'est passé quelque chose, tu représentes peut-être leur dernier espoir. Va les aider. Prouve-toi que tu mérites tout ça. Donne à Henry des raisons de croire en toi.

— Et si je me fais tuer ?

Je donnai un coup de pied dans un caillou qui ricocha une ou deux fois avant d'aller percuter le mur de roche.

— Et s'ils se font tous tuer à cause de moi ?

— Et s'ils survivaient grâce à toi ?

Je comprenais pourquoi Henry l'avait choisie comme reine potentielle. Elle était fine — d'une finesse que je n'étais pas sûre de détenir un jour, quel que soit le temps qui s'écoulerait — et son optimisme était contagieux.

Peut-être avait-elle raison. Peut-être James et Ava — et même Perséphone, pour laisser mes sentiments de côté — étaient-ils en difficulté, et avaient-ils besoin de moi ? Si je franchissais ce mur, il y avait de grandes chances que le contrôle de ma vie m'échappe, mais finalement, n'était-ce pas déjà le cas ?

J'avais vécu sans nourrir d'attentes ou d'ambitions depuis si longtemps que j'avais oublié ce que cela faisait d'être responsable de ma propre existence. J'avais tellement donné de ma personne en luttant pour aider ma mère à rester en vie que je m'étais perdue en cours de route. J'avais fait ce qu'elle, Henry et tous les autres m'avaient dit depuis le début. Même les quelques choix que j'avais faits — comme ne pas rejoindre Henry à Eden lorsqu'il me l'avait demandé — s'étaient terminés en désastre et m'avaient forcée à aller dans une direction que je n'avais pas choisie. J'aimais Henry, et le Conseil était devenu la famille que je n'avais jamais eue. Et tant que je survivrais à la colère de Calliope, l'immortalité était un avantage non négligeable, du moins jusqu'à ce que tout le monde meure et que je me retrouve seule avec Henry. Mais je préférais ne pas trop y penser, à ce stade.

Cependant, j'avais fait tout cela parce qu'il le fallait. Parce que quelqu'un m'y avait forcée ou incitée. Toute ma vie, ma mère m'avait élevée pour faire de moi une candidate idéale aux épreuves ; les deux amis que je m'étais faits à Eden m'avaient approchée uniquement parce qu'ils devaient me guider vers Henry. Le Conseil avait gouverné l'intégralité de mon existence, d'une manière ou d'une autre. Et leurs attentes faisaient de moi un fardeau pour Henry. Mon mariage leur était dû. Ma naissance même était le fruit de leur décision.

James avait raison : rien dans ma vie n'avait vraiment été le résultat de mon propre choix. Mais cette fois, c'était possible, et j'allais faire le bon.

— Très bien, dis-je enfin. Je vais y aller. Si Calliope me tue, ce sera de ta faute.

Ingrid afficha un grand sourire.

— Ce qui veut dire que ce sera aussi grâce à moi quand tu leur sauveras la vie.

— Comment peux-tu être si sûre que je vais sortir de là vivante alors que tu ne me connais même pas ?

Elle posa son lapin par terre et me prit soudain dans ses bras. Je n'eus pas le temps de l'esquiver, ce qui aurait été inutile de toute façon. Ses bras minces dégageaient une agréable chaleur autour de moi, et j'avais bien besoin d'un peu de tendresse.

— Henry croit en toi. Ça me suffit.

— Merci, dis-je maladroitement. Je vais essayer.

Lorsqu'elle relâcha son étreinte, je passai ma main sur la pierre pour essayer de retrouver la faille. Au moment où le bout de mes doigts s'enfonçait dans la roche, Ingrid dit d'une toute petite voix :

— Kate ?

— Oui ? répondis-je en glissant toute ma main à l'intérieur.

Ça marchait. Ça marchait vraiment. Mon cœur se mit à battre plus fort, et mes doigts s'accrochèrent à la pierre froide pendant que le champ fleuri commençait à tourner autour de moi. Je n'avais qu'à faire un pas en avant, et…

Et soit j'en reviendrais, soit pas, mais en tout cas, je n'aurais pas à vivre en me disant que je n'avais même pas pris la peine d'essayer.

— Pourrais-tu revenir me voir, un jour ? demanda-t-elle. Quand tu auras un peu de temps, naturellement. Calliope est la seule compagnie que j'aie eue, à part Henry, et il ne vient pas très souvent non plus.

Même si elle ne me l'avait pas demandé, je serais venue.

— Bien sûr. Tu n'avais pas de famille ?

Elle secoua la tête et, pendant une fraction de seconde, son visage s'assombrit.

— Henry était ma famille. Je le connaissais depuis très longtemps avant…

Elle se racla la gorge et se redressa, arborant pour la première fois un sourire un peu forcé.

— Bref. Maintenant, il faut que tu vives, sinon je vais mourir d'ennui ici. Tu n'aimerais pas avoir ça sur la conscience, n'est-ce pas ?

Je ris doucement.

— Merci pour tout, Ingrid. A bientôt.

Je ne réfléchis pas davantage. Ignorant la petite voix qui, dans un coin de ma tête, essayait encore de m'en dissuader ou de me rappeler que James et Ava savaient mieux que moi ce que je devais faire, j'avançai dans le mur, et tout devint noir.

12

ENCHAÎNÉE

Cette fois, lorsque j'ouvris les yeux sur la caverne de Cronos, ce n'était pas une vision.

Je me figeai en découvrant la scène qui se jouait devant moi. Je m'attendais plus ou moins à un bain de sang, m'étant persuadée que la haine de Calliope se déchaînerait sur Perséphone.

Mais cette dernière était debout au centre de la caverne, parfaitement indemne. Elle faisait face à Calliope dans une attitude de défi, mains sur les hanches et regard buté. Aucune d'entre elles ne prononçait un mot. Pourquoi n'était-elle pas déjà en lambeaux, ou au moins blessée ? Et où pouvaient bien se trouver James et Ava ?

Les aînés du Conseil étaient toujours enchaînés ensemble à l'entrée d'une grotte ; pour autant que je puisse dire, ils étaient tous inconscients. Mais je n'en dénombrai que cinq, et ne vis aucun signe de la chevelure blonde d'Ava.

Soudain, je repérai Cronos. Le brouillard s'enroulait autour des barreaux de sa cage, et au lieu de chercher Perséphone, il montait vers le haut plafond pour former une sorte de flaque brumeuse à son sommet. Quelques mètres en dessous, suspendus par les bras à des volutes de brouillard, pendaient James et Ava.

Il n'était plus question de savoir si j'avais bien fait ou non d'enfreindre leur recommandation. Au mieux, Calliope les garderait en otages. Au pire, ils seraient morts dès qu'elle en aurait fini avec Perséphone. Je guettai un signe de vie sur les deux corps suspendus au plafond. Rien.

— Je n'ai pas toute ma journée.

La voix de Calliope fendit le silence, et je frissonnai. Son ton innocent de jeune fille était remplacé par la voix puissante et intense des dieux, du même genre que celle qu'Henry utilisait lorsqu'il était en colère. Cette voix était celle du commandement et imposait le respect ; j'avais beau être cachée dans un coin, le sentiment de devoir lui obéir m'envahit.

— Je ne sais pas ce que tu veux de moi, dit Perséphone d'un ton exaspéré.

A quoi jouait-elle ?

— Je t'ai déjà dit que je ne révélerai rien si tu ne les relâches pas. Tu ne peux pas me retenir ici, et je serai ravie de retourner dans mon petit coin de paradis et d'oublier tout ça.

Calliope jura, et une violente décharge électrique ébranla la caverne, provoquant un éboulis juste derrière Perséphone.

Au lieu d'adopter une attitude raisonnable comme tomber raide morte ou pousser des cris d'agonie, Perséphone se mit à rire.

— C'est tout ce que tu as en stock ? J'ai l'éternité

devant moi pour jouer à ces petits jeux, mais si tu ne sais faire que ça, on risque de vite s'ennuyer.

— Je ferai en sorte que Cronos les tue tous un par un, jusqu'à ce que tu me le dises, vitupéra Calliope. Je le ferai lentement, en m'assurant qu'ils sachent bien que c'est toi qui es responsable de leur mort.

— Si tu blesses un seul d'entre eux, le marché ne tient plus, et tu resteras coincée là, à servir de gardienne à un tas de corps inertes, et pour l'éternité, répliqua Perséphone. Je suis sûre que Cronos n'apprécierait pas beaucoup.

Le brouillard lui décocha alors un coup soudain, mais il passa à travers son corps sans que Perséphone ne bronche. Pour une raison qui m'échappait, il ne pouvait pas lui faire de mal, et elle devait le savoir. Voilà donc pourquoi elle avait accepté de nous suivre Ava, James et moi. C'était son plan depuis le début. A moins qu'elle ait seulement de la chance.

— Tu me prends pour une idiote ? lança Calliope d'un ton plein de mépris. Je sais exactement ce qui arrivera dès que j'aurai enlevé leurs chaînes, et ça ne se termine pas bien pour moi.

— Quoi qu'il arrive, ça ne se terminera pas bien pour toi, dit Perséphone. Tu as réussi à te mettre dans une situation impossible, et tu ne peux t'en prendre qu'à toi-même.

Calliope gronda, et de nouveau les murs tremblèrent autour de nous. Craignant que la caverne entière ne s'effondre, je fis un pas en arrière pour me rapprocher de la sortie. Immortelle ou non, je n'avais pas l'intention de me faire enterrer vivante pour les prochains millénaires.

Le tremblement cessa enfin, et Calliope reprit la parole, d'une voix si basse que j'eus du mal à l'entendre :

— Amène-moi Kate, et je les laisse partir.

— Laisse-les partir, et je le ferai, riposta Perséphone. Pardonne-moi de ne pas te faire confiance, mais tu ne t'es pas montrée très fiable, ces derniers temps.

Calliope se renfrogna.

— Je ne ferai rien tant que Kate ne sera pas là. Et si tu ne veux pas me l'amener, il est inutile de poursuivre cette discussion. Elle finira bien par venir, j'attendrai le temps qu'il faudra.

Bon sang. J'étais persuadée d'avoir fait le bon choix, et voilà que j'apprenais que c'était le seul susceptible de ruiner tout le plan de Perséphone. Car il était évident qu'elle avait un plan. Je me rapprochai doucement de la sortie. Si j'y parvenais sans que Calliope ne me voie, je me glisserais à l'extérieur et attendrais que Perséphone vienne m'y rejoindre. Ingrid me cacherait si je lui expliquais ce qui se passait, et nous pourrions alors unir nos forces toutes les trois. Si Perséphone était capable d'entrer dans la caverne, il en était sûrement de même pour Ingrid, et peut-être Calliope ne pourrait-elle pas la blesser, elle non plus. Elles pourraient créer une diversion pendant que je libérerai les autres, et…

Une décharge d'énergie me hérissa soudain les cheveux sur la tête, et le rocher derrière lequel je me cachais explosa. Je me couvris la tête instinctivement et me penchai pour éviter les débris qui volaient ; quelques éclats me percutèrent cependant, sans me blesser.

Puis, un silence de mort remplit la caverne.

Il fallait que je me sauve d'ici et au plus vite. Je griffai la roche comme une forcenée ; si j'avais encore été mortelle, je me serais arraché le bout des doigts jusqu'à l'os. Mais rien à faire, je ne retrouvais pas la sortie.

Le rire sardonique de Calliope résonna alors dans la caverne, et je cessai de me débattre. C'était inutile. Elle m'avait vue, et je ne pouvais plus m'enfuir.

— Eh bien, ça n'aura pas été long, dit-elle d'une voix chantante. Décidément, tu ne fais jamais rien comme il faut, Kate, pas vrai ? Tu n'arrives même pas à sauver ton précieux Henry.

En dépit de ma colère, je ne répondis pas. C'était exactement ce que Calliope souhaitait : me faire sortir de mes gonds. Je ne lui ferais pas ce plaisir.

— Héra, dit Perséphone.

Calliope leva une main pour la faire taire. Perséphone me décocha un regard noir, qui me semblait mérité.

— Voilà qui change certainement la donne, n'est-ce pas ? fanfaronna Calliope.

D'un signe de tête, elle m'invita à me rapprocher. Voyant que je ne bougeais pas, elle fit alors un geste brusque, et une force implacable m'attira vers elle, malgré mes tentatives dérisoires pour y résister.

Je n'étais qu'à environ un mètre d'elle lorsqu'elle

relâcha ce flux d'énergie. Déséquilibrée, je m'effondrai par terre. Elle me lança un violent coup de pied dans le ventre, chassant tout l'air de mes poumons.

— Ça, c'est pour ta bêtise, déclara-t-elle. Tu es vraiment lamentable, tu sais. Même pas une adversaire valable. C'est comme arracher les ailes d'une mouche et la regarder se démener.

— Je ne sais pas, je n'ai jamais essayé, soufflai-je avec peine. Je ne suis pas une garce sadique comme toi.

Elle me décocha un nouveau coup de pied, que je reçus cette fois en plein menton. Ma tête partit violemment en arrière ; si j'avais été mortelle, ce coup m'aurait brisé la nuque. Seulement, elle ne pouvait plus gagner aussi aisément désormais.

— Arrête ça, lança Perséphone. Elle n'y est pour rien, tout ce qu'elle a fait, c'est réussir un test stupide. Je sais que tu aimes Hadès, mais il y a tout un tas d'hommes mieux que lui ailleurs, fais-moi confiance.

— Te faire confiance ?

Calliope tourna autour de Perséphone.

— Et pourquoi diable te ferais-je confiance ? Tu l'as détruit. Tu as pris son amour et le lui as renvoyé en pleine face, comme Walter l'a fait avec moi. Tu n'as aucune idée de ce que cela peut faire, espèce d'odieuse petite…

— Non, dis-je en me remettant difficilement debout. Elle voulait juste être heureuse. Il n'y a rien de mal à ça.

— Il y en a quand on broie le cœur de quelqu'un au passage, répliqua Calliope en grondant. D'ailleurs, il ne s'agit même pas de ça, plus maintenant. Henry a fait son choix en validant la punition que tu m'as infligée. Crois-tu vraiment que je l'aurais enlevé et assommé si je pensais avoir encore une chance avec lui ?

— Donc, tu vas le tuer juste parce que j'ai décidé que tu devais affronter les conséquences de tes actes ? m'indignai-je. Tu plaisantes, ou quoi ?

Calliope me saisit par les cheveux et me tira la tête en arrière.

— En tout cas, je ne plaisante pas quand je dis que tu ne sortiras pas d'ici vivante. Si Perséphone ne veut pas me dire comment ouvrir cette maudite porte, alors je forcerai Henry à le faire.

Soudain, de l'autre côté de la caverne, dans l'ouverture de la cavité où les autres gisaient inconscients, le corps d'Henry se redressa brusquement. Dans un bruit métallique, ses chaînes se dessoudèrent des autres et traînèrent sur le sol tandis qu'il flottait vers nous. Une boule d'angoisse se forma dans ma gorge en voyant son buste ensanglanté, mais il était vivant. Tant que Calliope ne saurait pas comment ouvrir la grille, elle ne tuerait aucun de nous. Elle ne pouvait se le permettre. Henry ne l'ouvrirait jamais si j'étais morte.

— Réveille-toi, ordonna-t-elle.

Henry ouvrit les yeux.

Mon cœur s'emballa, et, pendant un long moment, nous nous dévisageâmes tous deux. Ses yeux avaient toujours cette étrange teinte de lune, mais ils n'avaient plus aucun éclat. Je cherchai un signe témoignant qu'il était toujours là, qu'il pouvait encore combattre, mais il semblait ne même pas me voir. Il avait renoncé.

— Henry ? murmurai-je.

Il cligna des yeux.

— Henry, je t'en prie… regarde-moi.

Il me regardait déjà, sans paraître me voir pour autant, ce qui me désarçonna totalement. Il n'était pas là. Quoi que lui aient fait Calliope et Cronos, il s'était retiré si profondément en lui-même que le reste du monde n'existait plus pour lui.

Calliope attrapa l'extrémité de sa chaîne nimbée de brouillard et lui en fouetta le visage. Je tentai de me débattre pour intervenir, mais elle me maîtrisait avec une force surhumaine. Une trace rouge apparut sur la joue d'Henry, qui finit par secouer la tête et revenir à lui. Il toucha son visage et grimaça. Je poussai un soupir de soulagement ; il était de nouveau parmi nous.

Cependant, au lieu de me regarder, son regard se fixa sur quelque chose derrière moi, et je vis une intense surprise se peindre sur son visage.

— Perséphone ?

C'était encore plus douloureux que la perspective de me faire déchiqueter par Cronos : il avait prononcé son nom avant le mien.

— Et regarde un peu qui vient de se joindre à nous, dit Calliope en me tirant les cheveux.

Le regard d'Henry passa de Perséphone à moi, et son expression me retourna l'estomac.

— Apparemment, on n'a pas beaucoup de plomb dans la cervelle, mais ce n'est pas vraiment une surprise, n'est-ce pas ? On peut dire que tu sais les choisir. Je n'ai rien eu à faire. Elles ont toutes les deux déboulé ici de leur plein gré, comme sur un plateau.

L'expression d'Henry se durcit.

— Qu'est-ce que tu veux ?

— Faut-il vraiment que je le répète ? soupira Calliope. Dis-moi comment ouvrir la grille, et je les laisserai partir.

— Henry, non, lançai-je. C'est un…

Calliope me plaqua sa main sur la bouche. Par réflexe, je lui léchai alors la main. Je l'aurais mordue si je l'avais pu, mais une bonne dose de salive suffit. Elle fit un bruit dégoûté et retira immédiatement sa main, me laissant le temps de finir ma phrase :

— C'est un piège ! Elle ne peut rien faire à Perséphone, et elle me tuera de toute façon.

Calliope essuya sa main sur ma chemise et tira encore un peu plus fort sur mes cheveux.

— Et alors ? De toute façon Henry n'a pas le choix.

Je me débattis de mon mieux, mais en vain. Calliope avait visiblement l'intention de m'arracher tous les cheveux plutôt que de me relâcher.

— Je t'en prie, l'implorai-je. Henry, tu ne peux pas faire ça, ça ne vaut pas la…

— Très bien, Calliope, dit-il posément. Je vais te

dire comment l'ouvrir, à condition que tu laisses d'abord Kate partir.

Calliope ricana.

— Et puis quoi, encore ?

— Tu dois m'offrir une garantie, reprit Henry. Que proposes-tu ?

Elle serra son bras autour de ma gorge, m'écrasant la trachée.

— A toi de voir. La grille, ou ta jolie petite femme ?

Un muscle se tendit au niveau de la mâchoire d'Henry, signe qu'il était sur le point d'exploser.

— Alors, Perséphone, proposa-t-il. Tu laisses Perséphone s'en aller, et je te dirai ce que tu veux savoir.

— Ça marche.

Calliope fit un geste vers Perséphone, mais celle-ci ne bougea pas.

— Tu es un imbécile, dit-elle à Henry. Ils ne peuvent rien me faire, et je ne compte pas partir.

— Peu importe, reprit Calliope. J'ai honoré ma part du contrat. Perséphone est libre de partir, et ce n'est pas ma faute si elle ne veut pas le faire. Tu dois quand même me dire comment ouvrir la grille. Cela me semble juste.

Henry ne dit rien. J'ouvrais la bouche pour protester, mais aucun son n'en sortit. Comment Calliope osait-elle parler de justice ? Libérer un Titan pour détruire le monde par pur esprit de revanche, tuer tous ceux qui se mettaient en travers de son chemin… y avait-il la moindre justice là-dedans ? Ma vue commença à devenir floue ;

dans un dernier effort désespéré, je lui écrasai les pieds de tout mon poids, mais elle bougea à peine. J'aurais donné n'importe quoi pour pouvoir briser les chaînes qui entravaient Henry.

— Allons, allons ! pressa Calliope en resserrant son étreinte. Kate est en train d'étouffer.

— Elle s'en remettra dès que tu la lâcheras, déclara froidement Henry.

Même les pires paroles de Calliope n'auraient pu me blesser davantage que les mots qu'Henry venait de prononcer.

La pièce commença à tourner autour de moi, et des taches noires apparurent devant mes yeux. Etait-ce l'effet des paroles d'Henry ou le manque d'oxygène dans mon corps ? Quoi qu'il en soit, je rassemblai le peu de forces qu'il me restait et essayai une fois encore de me dégager de son étreinte. En pure perte.

— Perséphone, va-t'en, ordonna-t-il.

— Certainement pas, répliqua-t-elle.

Un courant d'énergie commença à se matérialiser autour de lui, aussi sombre et dangereux que celui de Calliope.

— Tu vas faire ce que je te dis et partir sur-le-champ. Je suis ton roi, tu me dois l'obéissance.

Cette fois Perséphone tourna les talons. Je ne pouvais pas voir son visage mais je me doutais qu'elle était furieuse.

— Très bien, dit-elle en marchant à grands pas vers l'autre côté de la caverne, où se trouvait la faille pour ressortir. Venez donc me redemander de l'aide, pour voir, un de ces jours.

La tension sembla légèrement redescendre une fois qu'elle fut partie. Henry soupira et se concentra de nouveau sur Calliope.

— Afin d'ouvrir les grilles, un souverain de l'Autre Monde doit appliquer du sang sacrificiel sur chacun des barreaux, de son plein gré.

Il parla d'un ton monocorde, comme si cela n'avait plus d'importance à ses yeux, me faisant douter. Allait-il réellement tout lui révéler ? Calliope desserra son bras de mon cou, et je tombai à genoux. J'avais l'impression que mes poumons étaient en feu, et inspirai de profondes bouffées d'air frais pendant que mon corps recouvrait ses forces.

— Intéressant, commenta Calliope en enroulant le bout des chaînes d'Henry autour de mon cou.

Elles avaient l'air brûlantes, comme chauffées à blanc, mais au moins Calliope ne les serra-t-elle pas.

— Finalement, il te reste un soupçon d'intelligence. Dois-je tout de même te demander de le faire ?

Pendant un quart de seconde, il me sembla distinguer l'ombre d'un sourire sur le visage d'Henry. Le temps d'un battement de paupières, il n'y était plus.

— Tu me demandes de libérer l'être le plus puissant de l'univers, qui ensuite va sans aucun doute ravager le monde entier avant d'exterminer l'humanité et tous nous tuer, c'est bien ça ?

— C'est ça, dit Calliope, visiblement peu troublée

par le tableau qu'Henry venait de dépeindre. En échange de la vie de Kate.

— En échange de la vie d'une fille que j'ai rencontrée il y a un an, et que je n'ai vue que quelques minutes pendant les six derniers mois.

Quelque chose s'effondra en moi, et je luttai pour me maintenir debout. Il avait raison. Je n'en valais pas la peine. Je le savais avant qu'il le dise, mais l'entendre de sa bouche rendait la situation plus évidente. Même s'il m'aimait, je n'étais qu'une personne. Une vie. Il aurait été idiot de sa part d'ouvrir la grille pour me sauver, quels que soient ses sentiments.

Calliope soupira.

— Tu as peut-être réussi à rouler tous les autres, mais je te connais comme si je t'avais fait. Ton petit bluff ne marchera pas avec moi.

— Tu crois vraiment que je bluffe ? la défia Henry.

Calliope ne répondit pas.

— Parfait. Alors puisque Kate est convaincue que tu la tueras de toute manière, et puisqu'il est clair que tu n'as aucune intention de la laisser partir, je vais te faire une autre proposition : j'ouvrirai la grille une fois que tu auras relâché les autres.

Il leva les yeux vers le plafond, où Ava et James étaient toujours suspendus.

— Tous les autres, finit-il par ajouter.

Les yeux de Calliope se plissèrent, et elle tapota ses doigts contre sa cuisse comme si elle réfléchissait à cette éventualité.

— Tu ne vas pas te battre pour Kate ? interrogea-t-elle.

Henry confirma d'un signe de tête.

— Comment puis-je être sûre que ce n'est pas un piège ?

— Il n'y a aucune raison pour que ce soit un piège, rétorqua Henry. Cronos est ici, et Kate n'a guère d'importance aux yeux du Conseil. Qu'elle vive ou non, c'est toi qui auras le dessus. Tu sais mieux que quiconque que nous ne pouvons pas vaincre Cronos sans toi. Je demande seulement que ma famille nous soit rendue afin que nous puissions nous préparer à nous rendre dans la dignité.

J'en eus le souffle coupé, et cette fois, cela n'avait rien à voir avec les chaînes que Calliope m'avait mises autour du cou. Henry pensait ce qu'il disait. Qu'il ait tenté ou non de lui tendre un piège, il y avait tant de souffrance dans sa voix que je la ressentis comme si elle était mienne. Il savait que la cause était perdue. Calliope me voulait, et lui voulait retrouver ses frères et sœurs. Le marché était juste ; tout ce qu'il perdrait dans l'affaire, c'était une fille qu'il connaissait à peine.

J'allais vraiment mourir. Les innombrables heures que j'avais passées à me préparer à cette éventualité pendant notre excursion dans l'Autre Monde ne parvinrent pas à amortir le choc. Je n'avais aucune idée de ce qui arrivait aux dieux une fois qu'ils s'éteignaient ; mais étant donné que Perséphone avait dû devenir mortelle pour rejoindre Adonis dans l'Autre Monde, je présumais qu'il n'y avait pas de vie possible après la mort pour nous. Et je n'étais pas prête à ça. Pas encore. Pas comme ça.

— Henry, je t'en prie, dis-je d'une voix étouffée.

Mes doigts effleurèrent les siens, et même si son visage était aussi imperturbable que de la pierre, je vis sa pomme d'Adam bouger.

Il ne me regarda pas. J'étais venue ici en sachant que ma mort était une possibilité ; Calliope pouvait me mettre en pièces, et je ne retournerais peut-être jamais chez moi. Mais je ne m'étais jamais attendue à ce qu'Henry donne sa bénédiction. Auparavant, je m'étais raccrochée à l'espoir que, quelque part au fond de lui, Henry m'aimait. Cet espoir venait de voler en éclats. En même temps que le peu de force qu'il me restait pour empêcher Calliope de me prendre le reste de ma vie, une fois encore.

— Comme c'est touchant, dit Calliope. Très bien, Henry. Marché conclu.

Elle agita une main, et James et Ava commencèrent à descendre. J'entendis un grondement vers l'entrée de la grotte, mais avant que je puisse voir de qui il provenait, mon corps fut soudain attiré malgré lui vers la grille et le brouillard menaçant qui s'y enroulait. Henry aussi fut déplacé contre son gré et je vis qu'il essayait de résister en traînant des pieds sur le sol.

— Non, je t'en supplie, m'étranglai-je tandis qu'un vide béant se creusa tout au fond de moi, jusqu'à ce qu'il ne reste plus que l'instinct de survie brut.

J'agrippai les chaînes autour de mon cou, mais

elles me brûlèrent les mains, et toute tentative était de toute façon inutile. Que je meure sous la main de Calliope, ou qu'Henry libère Cronos et que celui-ci me tue, je n'avais aucune chance si Henry ne décidait pas de se battre. Et il s'apprêtait à ouvrir la grille. Non, ce n'était pas possible !

— Lorsque tu l'auras ouverte, les autres seront suffisamment éveillés pour pouvoir partir, annonça Calliope. A moins que tu ne veuilles me faire changer d'avis et que je les replonge tous dans le sommeil, je m'y mettrais tout de suite, si j'étais toi.

La bouche pincée, Henry ramassa un morceau de pierre nimbé de brouillard non loin de lui. Tout d'abord, je ne compris pas ce qu'il faisait ; mais lorsqu'il en pressa un angle tranchant contre sa paume, je fus frappée d'horreur. Il était vraiment en train de le faire.

Un sang écarlate coula dans sa main. Il l'appliqua alors contre le premier barreau de la grille en murmurant quelque chose que je n'entendis pas.

— Henry…

J'étais ravagée par les sanglots, maintenant, mais je m'en moquais. Il allait mener tout le monde au massacre.

— Ne fais pas ça. Je t'en prie. Je ferais n'importe quoi…

Il ne broncha pas. Lorsqu'il retira sa main, le barreau de pierre gronda et la roche se fendit là où il avait laissé une trace de sang. Calliope frémit, un sourire incrédule sur les lèvres, à mesure que son excitation croissait, elle relâchait son étreinte sur la chaîne qui m'étranglait. Un espoir fou me parcourut alors que je glissais mes doigts entre ma gorge et les chaînons. Aucune de mes paroles ne semblait arrêter Henry, mais si je pouvais m'échapper…

— Au suivant ! brailla Calliope.

Henry ferma les yeux et serra dans sa main le deuxième barreau. Au moment où il céda à son tour, je parvins à desserrer mes chaînes pour de bon ; tremblant de la tête aux pieds, Calliope était trop absorbée par le spectacle pour le remarquer. Pendant ce temps, le brouillard se déversait par les parties ouvertes de la grille, me dissimulant Henry. Je distinguais encore la silhouette de Calliope, mais elle aussi n'allait pas tarder à être totalement recouverte. A la différence du brouillard qui enveloppait les chaînes, celui-ci ne brûlait pas ; comme celui du désert, son contact me faisait l'effet d'une plume sur ma peau.

Enfin, je passai le nœud de chaînes par-dessus ma tête, m'en libérant complètement. Je n'avais plus qu'à trouver la sortie. Si Henry continuait à ce rythme — assez lent —, j'aurais le temps d'aider les autres à s'échapper, et peut-être parviendraient-ils à le ramener à la raison.

Seulement, mes pieds étaient rivés au sol. Pas par une force extérieure ; mais parce que je ne pouvais pas quitter Henry. Cronos allait le détruire. Il nous détruirait tous. Et je ne pouvais pas laisser cela arriver sans rien faire.

Ce fut sans doute la décision la plus difficile que j'aie jamais prise, mais je restai.

Il y avait dix barreaux en tout. Chaque fois qu'Henry en faisait tomber un, Calliope perdait un peu plus sa concentration, jusqu'à laisser la chaîne tomber complètement à terre. Elle se mit à sauter en l'air en applaudissant et en poussant de petits cris suraigus. Je sentis mon estomac se serrer. Nous y étions.

Le temps sembla s'arrêter, noyé dans le brouillard. Et à cet instant, dans le silence qui régnait, des murmures me parvinrent depuis la grotte. Mon cœur fit un bond dans ma poitrine : les autres étaient éveillés.

Alors qu'un septième craquement retentissait dans la caverne, Calliope éclata de rire, et quelqu'un me saisit par le poignet. Je me débattis un instant, mais tout à coup je sentis le métal froid d'une alliance contre ma peau. Henry ? Qu'essayait-il de faire ? Avait-il changé d'avis ? Il n'avait plus que trois barreaux à faire tomber, et il ne faudrait que quelques secondes à Calliope pour se rendre compte qu'il avait cessé d'ouvrir la grille. Nous étions cernés par Cronos, lequel allait sûrement tous nous exterminer si Henry se rétractait.

Il me posa alors une chaîne douloureusement chaude au creux de la main.

La silhouette de Calliope cessa de bouger.

— Continue, ordonna-t-elle. Je sais compter aussi bien que toi.

— Et si je ne veux pas ? lança Henry d'une voix plus hargneuse qu'à l'accoutumée.

— Regarde autour de toi, répondit Calliope. Et fais un peu marcher ta cervelle, Henry. Que crois-tu qu'il va se passer ? Cronos va t'écraser. Il va lentement réduire tes os en poussière, puis il repeindra les murs avec ton sang. Il fera la même chose avec ta femme, tes sœurs et tes frères, et quand il aura fini, il en fera de même à ceux qui n'ont pas eu le bon goût de venir jusqu'ici. Après réflexion, ce serait beaucoup plus amusant de te garder en vie pour que tu puisses assister à tout ça, tu ne crois pas ? Je comptais déjà montrer ce spectacle à Walter, et je suis sûre qu'il apprécierait un peu de compagnie.

— Ils sont aussi de *ta* famille, dis-je alors que la chaîne me brûlait la main, mais sans lâcher prise.

Si je ne pouvais pas la voir, elle ne pouvait pas me voir non plus. Elle ne pouvait pas voir ce qu'Henry avait fait. Cependant, Cronos, lui, était partout, et s'il était attentif…

— Non, objecta-t-elle vivement. Ils ne le sont plus. Le Conseil a régné bien assez longtemps, ils sont devenus une véritable caricature d'eux-mêmes et m'ont ridiculisée. Ils m'ont laissée tomber comme une vieille chaussette. As-tu la moindre idée de ce l'on peut éprouver alors ? Bien sûr que non, Kate. Toi, tu as gagné. Tu as tout ce que tu veux.

Pas tout, non. Je n'avais pas Henry, et je n'étais pas certaine que cela arriverait un jour. Mais je retins ma langue. Ce n'était pas le moment de lui donner une raison de plus de me détruire.

La silhouette de Calliope redevint visible tandis qu'elle se rapprochait d'Henry.

— Walter et toi allez endurer les souffrances que vous m'avez infligées pendant une éternité, et je jure que je vais en apprécier le moindre moment.

Je ne pus pas voir ce qu'elle lui fit, mais Henry poussa soudain un hurlement atroce. Ce cri m'engloutit peu à peu, jusqu'à ce que je ne ressente plus rien que le besoin incontrôlable d'y mettre fin. J'avançai alors vers elle sans réfléchir. La chaîne était comme du feu dans ma main ; je la fis tournoyer et la projetai de toutes mes forces. Un affreux craquement résonna dans la caverne lorsqu'elle s'abattit sur l'arrière de la tête de Calliope ; les maillons s'enroulèrent autour de son cou, brûlant au passage son joli minois.

Je m'attendais à ce qu'elle contre-attaque et crie comme une possédée, et m'étais préparé, à ne lui laisser aucune chance. Folle de rage, je la fouettai de nouveau avec ma chaîne. Je voulais la soumettre, lui faire mal. Plus jamais elle ne pourrait blesser Henry ou toute autre personne que j'aimais. Mais soudain quelqu'un arrêta mon bras vengeur.

— Ça suffit, dit Henry. Regarde.

Le cœur battant à cent à l'heure, j'avançai pour scruter le brouillard. Je serrai toujours la chaîne, prête à la frapper encore si elle me sautait dessus. Au lieu de quoi, mon pied heurta alors une masse chaude et solide.

Calliope.

Henry passa un bras autour de moi tout en tâtant la cheville de Calliope. Je contemplai son corps inerte, tiraillée entre horreur et satisfaction, un filet de sang coulait d'une entaille sur sa joue.

— Va-t'en ! lança-t-il d'une voix tonitruante malgré ses blessures.

Une sorte de chuintement strident résonna alors dans la caverne, et l'air devint subitement si chaud que j'eus l'impression d'être en train de bouillir sur place. De minuscules couteaux me piquèrent de partout avant de se faufiler sous ma peau pour se transformer en lave incandescente.

Je poussai un cri, incapable de résister à la douleur monstrueuse qui se répandait dans mon corps. Mes genoux lâchèrent, mais Henry me rattrapa, et ses chaînes tombèrent par terre. Sans un mot, il m'attira contre lui et enfouit mon visage contre sa poitrine. Brusquement, les coups de couteaux cessèrent, et une brise fraîche m'enveloppa.

— Tout va bien, dit Henry.

Il avait parlé d'un ton apaisant, celui que j'avais eu envie d'entendre depuis que j'avais posé le pied dans l'Autre Monde.

Lui aussi devait souffrir, j'imagine, mais il passa la main dans mes cheveux pour me rassurer.

— Tu es en sécurité.

La torture du brouillard pénétrant mon corps n'avait pas disparu, mais au moins restait-elle à un niveau supportable. Tremblante, j'ouvris un œil, et sursautai en découvrant un mur rouge. Qui

Cronos avait-il tué ? James ? Ava ? Ou avait-il tué Calliope, pour l'avoir déçu ?

A mesure que ma vue s'accommodait, je me rendis compte que nous ne nous trouvions plus dans la caverne. Nous étions dans le hall d'entrée du palais, avec les miroirs et les murs écarlates ; Calliope gisait à terre, et du sang s'écoulait de la blessure à l'arrière de sa tête.

Nous étions rentrés.

13

L'OMBRE

Pendant les secondes qui suivirent, et qui me semblèrent aussi longues que des heures, les autres membres du Conseil apparurent. Ava fut la première, suivie de Sofia. Toutes deux avaient les poignets affreusement écorchés. James apparut ensuite, peu avant Phillip, lequel tenait un tissu ensanglanté sur son œil. Enfin, je vis Walter, puis ma mère. Elle serrait la main de Perséphone.

A la vue de ma mère, pâle et éprouvée mais entière, j'eus envie de me précipiter vers elle. Mais quelque chose m'en empêcha ; je ne pouvais pas lui sauter au cou tant qu'elle tenait Perséphone de la sorte.

Ma mère surprit mon regard. Elle serra plus fort la main de Perséphone, et, à ma grande surprise, la lâcha alors pour avancer vers moi.

Je n'en demandais pas plus. Je m'élançai vers elle et la pris dans mes bras en enfouissant mon nez dans ses cheveux. Même après tout ce temps passé dans la grotte, elle sentait encore ce parfum de pomme et de freesia. Je décelai aussi une légère odeur de fumée sur elle, mais elle allait bien.

— Où est-elle ? demanda Walter en écartant les membres du Conseil, encore étourdis.

Il n'y avait nul signe de Dylan, d'Irène et de ceux qui avaient décidé de rester en retrait ; probablement œuvraient-ils encore en surface, sur l'île grecque. Du moins, je l'espérais.

— Ici.

Henry s'écarta en désignant Calliope. Walter s'agenouilla à côté d'elle — à côté de sa femme, me rappelai-je. Stupéfaite, je contemplai l'étrange tableau formé par ce couple, lui si vieux et elle si jeune d'apparence. Il repoussa une mèche de cheveux qui lui tombait sur les yeux.

— Oh ! ma pauvre amie, murmura-t-il.

Cet instant de tendresse ne dura pas. L'expression de Walter se durcit, et il la prit dans ses bras sans plus de précautions que s'il avait porté une pile de linge.

— Henry, as-tu un endroit où nous pouvons la garder ?

D'un geste, Henry l'invita à le suivre. J'avais envie d'aller avec eux, mais ma mère m'enlaçait toujours, et je ne voulais pas la lâcher non plus.

— Est-ce que tu vas bien ? dit-elle en s'écartant un peu pour me regarder de la tête aux pieds.

— Oui, je vais bien, répondis-je.

C'était un mensonge. J'avais mal partout, mon sang était comme de la lave en fusion dans mes veines, mais il était inutile de se plaindre. Les autres devaient probablement ressentir la même chose.

— Et toi, ça va ? Est-ce qu'ils t'ont blessée ?

Elle secoua la tête.

— Je n'ai rien. Tu as été très courageuse de venir nous chercher.

Je détournai les yeux vers la tache de sang sur le sol, là où gisait Calliope quelques instants auparavant.

— C'était stupide. Je suis désolée. Je ne voulais pas que ce genre de chose arrive, mais je n'ai pas pu… je n'ai pas pu rester à attendre sans rien faire.

— C'est normal, ma chérie.

Elle essuya tendrement mon visage avec sa manche et déposa un baiser sur ma joue.

— Tu ne serais pas vraiment toi si tu étais restée sans rien faire.

Du coin de l'œil, je vis alors Perséphone se diriger vers nous, et ma mère se redressa. Je refusai de lâcher sa main et, à mon soulagement, elle ne desserra pas son étreinte non plus.

— Kate est très courageuse, dit Perséphone sans l'ombre d'un ressentiment dans la voix.

Touchée, je m'apprêtais à lui répondre quelque chose de gentil quand elle ajouta :

— Un peu bête, dénuée de discernement et totalement naïve, mais courageuse.

A ces mots, une nouvelle vague d'amertume m'envahit. Pourtant, j'avais beau vouloir la détester, je n'y arrivais pas ; pas alors qu'elle avait pris tant de risques pour nous aider. Je doutais qu'elle sache que Calliope et Cronos ne pouvaient rien lui faire. J'aurais même parié que non, puisque Calliope elle-même l'ignorait. La peur qui s'était peinte sur son visage, dans sa chaumière, en apprenant que Cronos avait pu nous suivre, était une autre preuve. Mais elle l'avait fait malgré tout.

— Nous ne l'aurions jamais trouvée sans toi, dis-je à contrecœur.

A ces mots, ma mère — notre mère — tendit la main pour prendre celle de Perséphone.

— Je suis si heureuse que vous vous entendiez bien, dit-elle. J'aurais préféré que vous vous rencontriez dans d'autres circonstances, et je suis désolée de ne pas avoir été auprès de vous à ce moment-là.

En cet instant, il m'importait peu que ma mère n'ait jamais fait part de mon existence à Perséphone. Je n'oubliais pas que je n'étais que sa remplaçante, rien de plus qu'une pièce de rechange, mais pour le moment je préférais l'ignorer et me forcer à sourire. Après l'épreuve que ma mère venait de traverser, je ne pouvais pas lui refuser ce petit bonheur.

— Perséphone.

La voix d'Henry était à peine plus forte qu'un murmure, mais même dans le bourdonnement ambiant, elle me transperça comme la lame d'un couteau. Debout dans le hall, les bras couverts de sang, les vêtements déchirés, il m'ignora comme il l'avait fait dans la grotte pour ne regarder que Perséphone. Comme si les dernières semaines n'avaient jamais eu lieu. Comme si le dernier millénaire n'avait jamais eu lieu.

— Salut, Hadès, fit ma sœur. Ça faisait longtemps.

Henry se faufila entre les autres dieux pour venir nous rejoindre ; il posa une main légère sur le bas de mon dos, mais ne me regardait toujours pas.

— Est-ce que tu vas bien ? demanda-t-il.

Perséphone leva les yeux au ciel.

— Evidemment. Je ne peux pas mourir deux fois.

Henry sembla hésiter, et ma mère serra ma main un peu plus fort. Elle savait déjà ce qu'il allait faire, mais sa mise en garde subtile n'y changea rien. Henry embrassa tendrement Perséphone sur la joue, et une vague de nausée monta en moi quand elle lui rendit son baiser.

— Viens, me dit ma mère.

Henry et Perséphone ne nous accordèrent pas un regard tandis que ma mère m'emmenait hors du hall et dans le couloir, un bras autour de mon épaule.

— Cela fait très longtemps qu'ils ne se sont pas vus.

— Je sais, murmurai-je.

Comme si cela pouvait atténuer ma souffrance ! Le simple fait de mettre un pied devant l'autre représentait une véritable torture, mais je continuai d'avancer, désireuse de mettre autant de distance que possible entre eux et moi. Lorsque nous arrivâmes à la chambre, je marquai un temps d'hésitation, mais ma mère n'y prêta pas attention et ouvrit la porte.

— Tu dois te reposer, dit-elle en m'entraînant vers le lit.

Je voulus résister, mais elle avait l'air presque aussi fragile que lorsqu'elle était malade, et ma peur de la perdre se réveilla soudain, et je fus incapable de m'opposer à elle.

— Toi aussi, lui dis-je avec conviction.

Je m'assis au bord du lit.

— Assieds-toi.

Elle ne discuta pas. Nous nous installâmes alors toutes deux sur le lit comme nous l'avions fait mille fois par le passé, quand j'avais peur, étant petite, ou quand elle était tombée malade et que je ne pouvais supporter l'idée de la laisser seule une nuit entière. J'avais si peur qu'elle ferme les yeux pour ne jamais les rouvrir. J'avais du mal à faire le lien entre le passé et la situation actuelle. Mais le fait est qu'elle était immortelle maintenant, elle ne s'éteindrait sans doute jamais et je ne risquais plus de la perdre. Enfin, sauf si Cronos la tuait… Et je me battrais toute ma vie plutôt que de le laisser faire du mal à quelqu'un que j'aimais.

Le temps sembla se figer et je profitai de ce moment de tendresse. Je comptais chacune de ses respirations, tandis qu'elle me frottait le dos en décrivant de petits cercles. Pendant quelques minutes, je parvins à oublier que nous étions dans l'Autre Monde, et m'imaginai que nous nous trouvions à New York, comme une mère et sa fille parfaitement normales, sans rien de particulier. J'irais à l'université, maintenant. Si mère n'était pas tombée malade, peut-être aurais-je rencontré quelqu'un ; Henry ne m'aurait pas brisé le cœur, et je n'aurais jamais eu à vivre dans l'ombre de ma sœur.

J'aurais pu être heureuse. Ma vie aurait été fade et courte, mais sans complication. Et à ma mort, je serais venue ici ; une âme de plus sur laquelle Henry aurait dû veiller. Rien de tout cela ne serait jamais arrivé.

L'idée avait beau me plaire, je savais pourtant que ce n'était qu'une illusion. Je n'aurais même jamais existé sans l'histoire d'Henry et de Perséphone. Quels qu'aient pu être les événements et mes choix, ma vie n'aurait jamais été simple. Quand bien même je n'aurais pas appris l'existence des dieux, ma mère aurait succombé au cancer, et j'aurais été plus seule encore que je ne l'étais à ce jour.

Avec Henry, ma vie était différente. Ma vie avait un sens. Seulement, personne n'avait jamais pris le temps de se demander si c'était la vie que j'avais envie de mener. Personne, à part James.

En dépit de toute ma volonté et de tous mes efforts, je ne pourrais jamais rivaliser avec l'amour inconditionnel d'Henry pour Perséphone. Et maintenant qu'elle était revenue…

Je ne savais plus trop ce que je devais faire, ce que je devais croire.

— Maman ? murmurai-je. Pourquoi as-tu décidé de m'avoir si je ne devais être que la remplaçante de Perséphone ?

Elle ouvrit les yeux mais ne dit rien. Les secondes s'écoulèrent sans qu'elle ne prononce un mot. Son silence dura si longtemps que je crus un instant qu'elle ne répondrait pas, puis elle finit par m'embrasser sur le front :

— Tu crois vraiment n'être qu'une remplaçante de ta sœur à mes yeux ?

J'acquiesçai. Je ne voulais pas y croire, pourtant, après tout ce qui s'était passé, après avoir été assaillie par le doute si longtemps, je ne pouvais m'en empêcher.

Ma mère soupira.

— Si nous voulons discuter, allons d'abord faire un brin de toilette.

Elle descendit du lit et disparut dans la salle de bains, me laissant seule et avec encore plus de questions qu'auparavant. Je savais bien qu'elle m'aimait autant que ma sœur, mais que se serait-il passé si je n'avais pas réussi les épreuves ? M'aurait-elle laissée tomber ?

Elle revint avec des vêtements de rechange, et je fis l'effort de quitter le lit.

— Bien, fit-elle pendant que j'enfilais le pyjama qu'elle m'avait apporté. Maintenant, dis-moi ce qui t'embête.

Je ne savais pas par où commencer. Tout allait de travers depuis le jour où j'avais mis les pieds dans l'Autre Monde. Ava, ma mère ou les autres avaient beau me répéter qu'Henry m'aimait, ce n'était pas le cas, pas vraiment. Il en était incapable. Je n'étais pas Perséphone.

Mais ce n'était pas que ça. C'était beaucoup plus, et la meilleure façon était de commencer par le début.

— Chaque partie de ma vie a été planifiée, dis-je de but en blanc. Ma naissance, mon éducation… tout a été fait dans le but que je réussisse ces épreuves, pas vrai ?

Elle hocha lentement la tête, comme si elle ne voyait pas vraiment où était le problème.

— Bien sûr, trésor. Je voulais te donner toutes les chances de réussir, surtout après ce qui était arrivé aux autres.

Je tripotai machinalement le revers de mon haut de pyjama.

— Tu savais que quelqu'un essaierait de me tuer, et tu m'as laissée y aller malgré tout.

— Je…

Son front se plissa, elle était visiblement contrariée. Puis, elle parut se reprendre.

— Kate, ma chérie, je ne l'aurais jamais permis si je n'étais pas certaine que toutes les précautions possibles seraient prises. Avant toi, nous n'étions que quelques-uns à encadrer les épreuves. Avec toi, tout a changé. J'ai insisté dans ce sens, tout comme Henry. Il voulait te protéger. Nous le voulions tous. C'est la raison pour laquelle il y avait toujours l'un d'entre nous auprès de toi ; nous t'observions passer les épreuves, une à une.

Ma mère n'avait pas été présente au manoir d'Eden lors des épreuves, mais je lui avais parlé chaque nuit dans mes rêves. J'avais cru qu'il s'agissait d'un cadeau d'Henry, d'une occasion de lui dire au revoir, et peut-être l'était-ce en partie. Mais elle m'avait demandé de tout partager avec elle, et je l'avais fait — enfin, presque tout. Et c'était tout ce que je ne lui avais pas dit qui m'avait menée à la mort.

Elle s'installa derrière moi et commença à me démêler les cheveux avec douceur.

— Dès l'instant où tu es entrée à Eden, tu as été protégée. James, Ava, Sofia, même Irène et Dylan : ils étaient tous là pour toi. En partie pour te guider, mais surtout pour veiller à ce que rien ne t'arrive. Nous avions vu onze autres filles mourir par notre faute, et ne pense pas que cela nous ait laissés indifférents. Nous étions tous très attentifs, surtout Henry. A partir du moment où le Conseil a décidé que je pourrais t'avoir…

— Quoi ? Le Conseil a *décidé* que j'avais le droit de naître ?

— Oui, admit-elle en séparant mes cheveux en trois mèches avant de commencer à les tresser. Je te l'ai déjà dit, ma puce. Henry avait décidé de tout laisser tomber, et je ne pouvais pas le laisser faire une chose pareille. Alors plutôt que de nous mettre en quête d'une autre jeune fille…

— Tu as décidé d'en faire une.

Je déglutis péniblement tandis que les larmes me montaient aux yeux.

— Tu n'as jamais précisé que la seule raison pour laquelle j'existais, c'est que vous vous étiez tous assis autour d'une table pour en débattre.

Je levai les yeux vers le plafond, essayant vainement de contenir la vague d'angoisse qui me submergeait.

— J'étais uniquement censée devenir la femme d'Henry, alors que tu savais, tu savais *pertinemment* qu'il aimerait toujours Perséphone. Tu savais qu'il ne pourrait jamais éprouver la même chose pour moi, et tu l'as fait quand même !

Elle me serra dans ses bras.

— Kate…

Je fixai mes mains, refusant de lui rendre son étreinte. Elle pouvait bien nier ou tenter de justifier ses motivations, cela ne changerait rien aux faits.

— C'est vrai, concéda-t-elle enfin. C'est pour ça que tu es née. Nous venons tous au monde pour une raison, que ce soit l'amour, dans un but plus spécifique ou même par accident. Tu n'étais pas un accident, et je t'ai aimée dès l'instant où j'ai su que tu existerais. Même si ça n'avait pas été à ce moment-là, tu serais née un jour ou l'autre. Je voulais un autre enfant depuis longtemps, et je repoussais sans cesse l'échéance. Parce que j'avais honte, je m'étais convaincue que je ne méritais pas d'en avoir un autre. Je pensais que je ne te méritais pas.

— Pourquoi ? dis-je dans un hoquet. De quoi avais-tu honte ? De Perséphone ?

— En partie, avoua ma mère. J'avais honte du peu d'attention qu'elle portait au bien-être d'Henry, et de sa conduite égoïste. Mais je n'ai jamais eu honte d'elle, précisa-t-elle. Elle est ma fille, tout comme toi, et rien ne pourra jamais entamer l'amour que j'ai pour vous deux.

Je reniflai bruyamment.

— Mais elle était malheureuse avec lui. Ce n'est pas sa faute s'il est tombé amoureux d'elle, et si elle est tombée amoureuse de quelqu'un d'autre. On ne peut pas forcer deux personnes à être heureuses ensemble. Ça ne marche pas comme ça.

Elle se déplaça pour venir se mettre à côté de moi sur le lit.

— C'est ce que tu ressens ? Que je t'ai forcée à être avec Henry ?

Je fis signe que non, puis que oui, puis encore que non. Je ne savais plus où j'en étais !

— Je ne sais pas, marmonnai-je. En tout cas, je n'ai pas eu le choix de le rencontrer.

— Mais tu as eu le choix d'être avec lui ou non, ajouta-t-elle doucement. C'est vrai qu'il t'attendait, mais si tu ne l'avais pas aimé, si tu n'avais pas voulu le faire, personne ne t'y aurait forcée.

— J'ai quand même l'impression que tu l'as fait, dis-je d'un ton abattu. Je ne suis plus personne sans tout ça. Je n'ai pas eu le temps de… de savoir qui j'étais, et maintenant je ne sais pas comment continuer, comment être celle que tu veux que je sois.

Elle soupira et me serra un peu plus fort.

— La seule personne que je veux que tu sois, c'est toi-même. Tu n'es pas la remplaçante de Perséphone. Tu es ma fille, et je suis très fière de toi. Rien ne changera jamais ça. Tu es ma lumière, et si je n'avais pas cru que tu pourrais être incroyablement heureuse avec Henry, je n'aurais jamais laissé faire tout ça.

— La question n'est pas de savoir si je suis heureuse avec lui. Il aime Perséphone et rien ne pourra y changer.

— Non, pas pour le moment, reconnut-elle. Mais cela viendra. Henry est resté bloqué pendant un long moment, et il ne peut pas tirer un trait sur toute cette histoire en un clin d'œil. Par contre, il faut bien que tu comprennes qu'avant toi, il n'avait plus aucune raison d'essayer. Maintenant, il t'a.

J'eus un nouveau hoquet.

— Tu crois vraiment que je peux rivaliser avec elle ?

Elle m'ébouriffa affectueusement les cheveux.

— Si je t'avais eue avant, quand Henry n'était pas encore marié, c'est toi que je lui aurais offerte en mariage, pas Perséphone.

Je la regardai avec des yeux ahuris, et elle gloussa.

— Oh ! trésor. L'idée qu'une femme choisisse elle-même son mari est toute récente, tu sais. En y réfléchissant bien, dis-toi que Perséphone a passé des millénaires avec lui, mais tu sais quoi ? Toi, il te reste l'éternité, si c'est ce que tu veux.

Elle marqua une pause et chercha mon regard.

— Est-ce le cas ?

— Oui, c'est le cas, répondis-je à voix basse. Je le veux très, très fort.

— Alors laisse-toi le temps et les choses se feront. Etre avec Henry ne signifie pas que tu doives renoncer à être qui tu es. Ce n'est pas Henry qui te définit, ni l'Autre Monde ou l'immortalité. Tu te définis toi-même, et plus tu te conduiras avec sincérité, plus Henry t'aimera, lui aussi. Je te le garantis.

J'avais envie de la croire, et c'était même précisément ce que j'allais faire à partir de maintenant. Perséphone devrait bien retrouver Adonis, elle ne pourrait pas rester ici éternellement. Et peut-être le fait de l'avoir revu aurait-il un effet positif pour Henry ; cela pourrait lui donner l'occasion de se rappeler qu'elle n'était pas la fille heureuse et aimante dont il gardait le souvenir.

Moi, en revanche, je pouvais être celle-là. Je le voulais.

Je n'ajoutai rien d'autre et me blottis contre ma mère. Elle se remit à me frotter le dos et la tension me quitta peu à peu. Ma mère était toujours là, et un monde où elle était vivante et en bonne santé ne pouvait pas être si mauvais que ça.

Soudain, il y eut des coups frappés à la porte. Je sursautai et me redressai précipitamment.

— Oui ? lançai-je en essuyant mes yeux gonflés de larmes.

La porte s'ouvrit.

— Kate ?

C'était Henry. J'échangeai un bref regard avec ma mère, qui m'adressa un sourire d'encouragement.

— Entre… je t'en prie, dis-je

Il entra et ferma la porte derrière lui. Il était impeccable maintenant. Cela me surprit d'autant plus que toutes ses affaires de rechange étaient ici, dans notre chambre. Disposait-il d'un autre dressing dans le palais, au cas où il déciderait de ne pas vouloir rester avec moi ? Et qui l'avait aidé à nettoyer le sang sur sa peau claire, comme je l'avais fait moi-même plusieurs semaines auparavant ? Inutile de chercher bien loin pour trouver la réponse.

— Walter te demande, annonça Henry.

Ma mère se leva, mais il secoua la tête.

— Pas toi, Diane. C'est Kate qu'il veut voir.

Il y avait quelque chose de distant dans la façon dont il prononça mon nom, mais j'essayai de ne pas y prêter attention. Quelle qu'en soit la raison, cela avait sûrement quelque chose à voir avec Perséphone ; et plus je pensais à elle, plus je souffrais. Après notre périple dans l'Autre Monde, je voulais juste passer au moins une demi-journée sans me mesurer à elle, d'autant que l'équilibre n'était jamais en ma faveur. J'étais prête à attendre Henry comme lui-même m'avait attendue, mais hélas, cela ne signifiait pas pour autant que cette attente ne me ferait pas souffrir.

Déconcertée, je descendis du lit et m'excusai en me rendant à la salle de bains. Ma peau était à vif partout où elle avait été en contact avec le brouillard, et maintenant que j'étais un peu calmée, je devais bouger avec précaution pour ne pas hurler de douleur à chaque mouvement. Dans des circonstances normales, j'aurais adopté une autre tenue que mon pyjama pour aller voir le roi des dieux. Mais ce jour était tout sauf normal, et j'étais censée être ici chez moi, désormais. Si j'avais envie de me promener en pyjama, c'était mon problème. En outre, ma peau endolorie n'aurait supporté aucun autre type de vêtements.

Je me nettoyai doucement le visage en faisant un effort pour ne pas penser à ce que Walter pouvait me vouloir. J'allais sûrement me faire réprimander, mais il ne servait à rien de s'en inquiéter avant même de me trouver en face de lui. Henry ne le laisserait pas me bannir de l'Autre Monde. Du moins l'espérais-je. Et s'il le faisait... eh bien, ce serait la confirmation de toutes mes inquiétudes : Henry ne voulait pas de moi à ses côtés. Au moins, je serais fixée.

J'entendais ma mère parler tranquillement de l'autre côté de la porte, mais elle se tut dès que je sortis de la salle de bains.

— Quoi ? questionnai-je à brûle-pourpoint.

Elle secoua la tête.

— Rien, trésor. A tout à l'heure.

Il aurait fallu être aveugle pour ne pas remarquer le regard exaspéré qu'elle jeta à Henry. Je choisis pourtant de ne rien dire et le laissai m'accompagner dans le couloir.

— Comment te sens-tu ? demanda-t-il en croisant les mains dans son dos.

Rassemblant toute la détermination qu'il me restait, je glissai mon bras autour du sien et refusai de le lâcher même si je l'avais clairement senti se raidir. Un jour, cela changerait, et il fallait bien qu'il s'habitue un peu à moi d'ici là.

— J'ai connu des jours meilleurs, dis-je avec un ton faussement léger.

Il ne sourit pas.

— Est-ce que Théo t'a soigné ?

Il acquiesça d'un signe de tête.

— J'enverrai Théo dans notre chambre quand Walter en aura fini avec toi.

Cela me semblait de mauvais augure.

— Il est en colère ?

— Non, non, répondit Henry.

Je sentais encore cette distance en lui, et serrai son bras, heureuse qu'il ne le retire pas.

— Et toi ?

Son visage demeura impassible. Bien sûr, qu'il était en colère. Si ma mère avait dit vrai, il avait passé six mois à lutter comme un beau diable afin de me garder en vie lorsque j'avais passé les épreuves ; et moi, pour le remercier, je m'étais pratiquement jetée dans la gueule d'un Titan moins d'un jour après mon arrivée dans l'Autre Monde. Ce n'était certes pas la chose la plus maline que j'aie faite, mais je n'avais pas eu le choix. Ne pouvait-il vraiment pas comprendre ?

— Je ne m'excuserai pas, dis-je, rompant le silence. Pas de vous avoir recherchés, ma mère et toi. En revanche, je suis désolée de t'avoir fait peur et de ne pas avoir écouté James quand il me disait de rester hors de la caverne.

Il décroisa alors les mains de son dos et prit la mienne. Il ne la serrait pas fort, mais c'était déjà plus que je ne m'y attendais. Une bouffée d'espoir me submergea.

— Tu n'as pas à t'excuser, dit-il enfin. Je suis conscient de ne pas vous avoir laissé le choix, à toi et aux autres. C'est moi qui devrais commencer par présenter mes excuses pour vous avoir mis dans une telle situation.

Il se considérait donc comme responsable. Bizarrement, cela ne me soulagea pas vraiment.

— Mais ce n'était pas de ta faute. Tu ne pouvais pas savoir ce que fomentaient Calliope et Cronos, et tu as fait de ton mieux au vu des circonstances.

— Oui, dit-il doucement, je suppose. Ce qui rend encore plus stupide ce que Walter et moi nous apprêtons à te demander.

Nous nous arrêtâmes devant une porte, et je fronçai les sourcils.

— Qu'est-ce que tu veux dire ?

Henry lâcha ma main pour poser la sienne sur la poignée, mais il ne l'ouvrit pas tout de suite.

— Walter t'expliquera, mai, sache que, quoi qu'il arrive, je serai avec toi à chaque instant, dit-il d'un ton grave. Il ne t'arrivera rien.

Mon cœur s'accéléra. Que comptaient-ils me demander pour qu'Henry soit inquiet à ce point ? Evidemment que rien ne m'arriverait. Sauf si Cronos se trouvait à l'intérieur de cette pièce.

Lorsqu'il ouvrit la porte, je compris ce qu'il voulait dire, et toute la tension que j'avais réussi à évacuer en discutant avec ma mère se réveilla. Je me figeai, tandis qu'il passait un bras protecteur autour de mes épaules.

Le visage ensanglanté et strié de marques de chaînes, Calliope me fixait sans ciller.

Elle avait repris conscience.

14

L'INTERROGATOIRE

Le regard de Calliope me pétrifia sur place. Jamais je ne m'étais retrouvée face à une telle rage, à une telle haine. Je n'avais pas vraiment peur d'elle, mais n'importe qui aurait été impressionné.

Walter se tenait debout derrière elle, les mains sur les épaules de Calliope, dans un geste qui n'avait rien de protecteur. Elle était assise dans un fauteuil d'acier, et des bandes métalliques entravaient ses chevilles et ses poignets, la maintenant en place. Dans un angle, Phillip lui faisait face sans dire un mot, les bras croisés sur sa poitrine. Une profonde cicatrice argentée traversait son œil gauche, dont la pupille virait au blanc laiteux.

— Kate, dit Walter en m'accueillant avec un hochement de tête.

— Bonsoir, dis-je d'une voix plus tremblante que je ne l'aurais souhaité. Que se passe-t-il ?

— Désolé de te déranger, mais nous n'avions pas vraiment le choix.

Je vis son étreinte se resserrer sur les épaules de Calliope, et sa mâchoire se crispa.

— Il semble que Calliope refuse de parler en ton absence.

Mon sang se glaça. Je cherchai Henry du regard ; il hocha la tête en signe d'approbation.

— Pas… pas de problème, bredouillai-je, ce qui était tout sauf vrai.

Je pris une profonde inspiration pour me calmer. De toute évidence, l'heure était grave.

— Je suis à votre service.

Un fauteuil capitonné apparut alors à quelques mètres en face de Calliope, et Henry me fit signe de m'y asseoir. Je m'y installai, mal à l'aise, car je savais que si Calliope en avait la possibilité, elle me tuerait sur place.

— Voilà, Calliope, dit Walter. Elle est là, comme tu le demandais. Maintenant, dis-nous ce que nous voulons savoir.

Sa voix résonnait dans la pièce comme si des dizaines de personnes parlaient simultanément par sa bouche. Cela n'avait rien de comparable au ton que Calliope avait employé dans la caverne. Si Walter le voulait, j'aurais parié qu'il avait la capacité de détruire le monde par la seule force de l'esprit. Pas étonnant qu'il ait été nommé à la tête du Conseil.

Calliope demeura silencieuse, et Walter poussa un soupir. Ce soupir était celui d'un père lorsque son enfant s'obstine à ne pas répondre, pas celui d'un juge confronté au silence d'un prévenu. En dépit de tout son pouvoir, Walter n'en userait pas contre elle, j'en étais persuadée. Elle était sa famille.

Je ne savais trop quoi en penser. Walter lui avait fait endurer des choses terribles, intentionnellement ou non, et lui avait fait vivre un enfer. Cependant, comme James l'avait souligné, cela n'excusait pas Calliope pour ce qu'elle avait commis, et Walter était dans l'obligation de s'assurer que rien de tout cela ne se reproduirait. Comme nous tous.

— S'il te plaît, parle-nous, dis-je, soulagée de retrouver une voix plus assurée. Quoi qu'il se soit passé avec Cronos, tout cela est fini, maintenant, et personne ne va te faire de mal.

Je sentis Henry se raidir derrière moi. Si ça ne tenait qu'à lui, elle ne serait visiblement déjà plus qu'un tas de cendres.

Un sourire se dessina lentement sur les lèvres de Calliope, et ses yeux brillèrent de malice.

— Tu crois vraiment que c'est fini ? Henry a ouvert sept des dix barreaux de la grille. Ce n'était déjà qu'une question de temps avant que Cronos ne sorte complètement, mais maintenant, il sera libre avant le solstice d'hiver. Une fois sorti, il viendra me chercher, et il vous détruira tous pour se venger de l'avoir retenu captif.

Personne ne contredit Calliope. Les trois frères avaient les yeux rivés sur nous, et aucun ne prit la peine de lui rétorquer que le Conseil avait le pouvoir d'arrêter Cronos.

Tout simplement parce qu'ils ne l'avaient pas, ce pouvoir. Cronos s'échapperait de toute manière, ils n'avaient aucun moyen de l'en empêcher. A cause de moi, Cronos allait faire exactement ce qu'il voulait, et sans Calliope, le Conseil n'avait aucune chance de vaincre.

J'avais beau essayer de paraître courageuse, je me sentis pâlir et mes mains se crispèrent nerveusement sur mes genoux. Henry me frotta le haut du dos, mais son geste ne m'apporta aucun réconfort. Tout cela n'aurait donc servi à rien.

— Calliope, dit Walter avec douceur. Tu sais ce qui arrivera, non seulement à nous, mais au monde entier : Cronos le réclamera comme étant sa propriété, et il n'y aura plus personne pour protéger l'humanité.

Calliope eu un reniflement de mépris, mais ne répondit rien.

— Je t'en prie, poursuivit Walter. Joins-toi à nous, et ensemble nous pourrons de nouveau le vaincre. Tu sais que nous ne pouvons pas y parvenir sans tes talents, et si tu fais cela pour nous, nous pardonnerons tes crimes. Tout ce que tu as fait sera oublié, et ta punition sera levée. Tu seras bienvenue pour redevenir notre reine, et nous laisserons cet incident derrière nous pour continuer d'avancer.

— Et ensuite ? dit enfin Calliope d'un ton inhabituellement dénué de suffisance. Kate et Henry fileront un parfait bonheur ensemble, et je devrai te regarder briser ton serment envers moi chaque fois que tu croiseras une jolie fille ? Non, Walter. Je suis heureuse là où je suis. Cronos, lui, récompense ma loyauté. Tout ce que j'ai récolté avec toi, c'est un cœur brisé et toute ta ribambelle de bâtards.

— Et à ton avis, que va t'apporter ta loyauté envers Cronos ? rétorqua-t-il. Les cendres de ceux que tu aimes le plus, et la solitude jusqu'à la fin des temps, s'il ne se lasse pas de toi avant ? C'est ce qui t'attend si tu continues dans cette voie.

— J'aurai au moins la satisfaction de savoir que tu es mort. Et tu n'imagines pas comme cela me réconfortera.

— Dans ce cas, la conversation est close.

Walter se détourna de Calliope et s'adressa à ses frères :

— Que désirez-vous faire d'elle ?

— Je suppose que trouver un moyen de la faire disparaître serait trop te demander, dit Henry avec calme. Puisque la prison de Cronos sera bientôt vide, peut-être pourrait-elle y prendre sa place ?

— Excellente idée, répondit Walter.

Il considéra Phillip pour solliciter son approbation. Phillip opina du chef, et Walter frappa alors dans ses mains.

— Bien, alors c'est décidé. Calliope prendra la place de Cronos, et si nous le vainquons, elle le rejoindra en prison. Si entre-temps elle décide de rejoindre nos rangs et de nous aider à le combattre, nous reconsidérerons la situation et déciderons alors que faire. Tu peux y aller, Kate.

Je me levai, et vis que les yeux de Calliope étaient fixés sur moi. Tiraillée entre la compassion et la stupéfaction, je ne parvenais pas à partir. Elle allait nous détruire, elle le savait, et malgré tout, elle semblait contente. Walter lui avait offert une porte de sortie en échange de son aide, et elle s'obstinait encore à combattre le Conseil, tout en sachant pertinemment ce que cela signifiait.

— Tu n'es qu'une idiote, lançai-je alors sans pouvoir m'en empêcher. A cause de toi, non seulement l'intégralité du Conseil va mourir, mais également tous les êtres humains. Le monde ne sera plus qu'une terre de désolation, et que t'arrivera-t-il alors ? Tu t'éteindras. Tu disparaîtras avec nous tous. C'est vraiment ça que tu veux ?

— Je préfère encore disparaître que de passer un moment de plus en ta compagnie, répondit Calliope avec un calme surnaturel, comme si elle avait tout le contrôle de la situation.

Comme si Henry, Walter et Phillip n'étaient même pas dans la pièce avec nous.

— S'il faut en passer par là pour vous voir tous morts, qu'il en soit ainsi. Je suis prête à sacrifier mon existence.

Les mots se bousculèrent dans ma tête, des mots durs, cinglants, cassants, et je tentai en vain de trouver les plus appropriés. Seulement, rien au monde ne convaincrait plus Calliope de renoncer à son projet. Rien, sauf…

— Alors tue-moi, dis-je précipitamment avant que les frères aient le temps de protester. Fais-le maintenant. Si c'est ce que tu veux, et si ça signifie que tu les aideras à arrêter Cronos.

— Non, intervint Henry d'un ton sec.

Son étreinte se resserra comme un étau sur

mon épaule, mais je l'ignorai. C'était entre moi et Calliope, maintenant.

Elle rit, d'un rire sombre et sourd dénué de toute forme d'humour.

— Tu crois vraiment que c'est tout ce que je veux ? dit-elle d'une voix affreusement mielleuse. Parfait, Kate. Si tu as vraiment envie de devenir une martyre pour rien... Mais bien sûr, si ton offre tient toujours...

Un éclair aveuglant la parcourut soudain. Son corps se raidit, et au bout de quelques secondes sous tension, elle s'affaissa brusquement dans son fauteuil. A côté d'elle, Walter crépitait d'électricité.

Je m'attendais à ce qu'elle perde conscience — personne ne pouvait résister à ce genre de traitement —, mais quelques instants plus tard, ses yeux d'un bleu de glace s'ouvrirent et se braquèrent droit sur moi. C'était comme si elle pouvait lire et déceler la moindre de mes pensées, le moindre de mes secrets, tout ce qui faisait de moi la personne que j'étais. Ses lèvres se retroussèrent en un sourire cruel.

— Kate, s'alarma Henry. Viens, il faut y aller maintenant.

Au moment où je quittai Calliope du regard, elle poussa une sorte de crachement. Le son de sa voix s'éleva alors dans la pièce, me hérissant et me clouant au sol.

— Kate Winters, tu as ma parole, dit-elle tandis qu'une fumerolle s'échappait de sa bouche. Je te ferai subir ce que tu m'as fait subir, et je t'enlèverai ce que tu as de plus cher au monde, sans que tu puisses rien faire pour m'en empêcher.

Une étrange chaleur piquante m'envahit subitement, profondément menaçante, comme si elle n'était qu'à un degré près de se transformer en une douleur cuisante et insupportable.

— Qu'est-ce que… ? commençai-je.

Mais avant que j'aie le temps d'ajouter un mot de plus, Henry s'interposa entre Calliope et moi, et cette sensation disparut aussi vite qu'elle était venue.

— Emmène-la voir Théo, ordonna Walter.

Sans me laisser le choix, Henry me poussa hors de la salle et claqua la porte derrière lui. Il se hâta dans le couloir sans me lâcher le bras, me forçant à courir pour le suivre.

— Qu'y a-t-il ? demandai-je, le cœur battant. Qu'est-ce que c'était ?

— Je ne sais pas, dit Henry, avant de lâcher un juron. Je suis désolé, Kate. J'avais dit à Walter que ce n'était pas une bonne idée, mais il n'écoute jamais, et Phillip était d'accord avec lui.

— Ce n'est pas de ta faute.

Je fronçai les sourcils, et essayai de savoir ce que j'éprouvai, mais je ne ressentais rien de particulier.

— Elle ne peut pas me tuer, n'est-ce pas ? On ne peut pas se tuer, entre nous ?

— Elle ne peut pas te tuer, mais il y a d'autres choses qu'elle peut te faire pour te donner envie d'être morte.

Ça n'était guère rassurant. Nous tournâmes à un angle, et j'accélérai pour marcher à son côté.

— Qu'est-ce qu'elle peut me faire ? Je ne sens rien de différent, pour le moment. Je n'ai mal nulle part.

— Ça peut très bien ne pas être physique, dit Henry. De nombreuses manières, elle est la plus puissante de nous tous. Ne répète pas à ta mère ou à Sofia ce que je te dis, mais mes sœurs sont bien plus puissantes que mes frères. Nous avons l'avantage de la force brute, mais les capacités des déesses se concentrent sur la vie même.

Ma mère adorait la nature, je le savais ; elle avait une facilité déconcertante à faire pousser quoi que ce soit, où que ce soit. C'était normal pour elle, et si faire pousser un arbre au beau milieu de Manhattan représentait un pouvoir, celui-ci était fort agréable.

— De quoi veux-tu parler ? Tu me caches quelque chose ?

Je reconnus l'endroit où nous nous trouvions maintenant : le couloir qui menait à l'antichambre de la salle du trône.

— Ce n'est pas une chose en particulier, dit-il en ouvrant la porte. Plutôt ce dont elle est capable, en général. Si ses dons sont capables d'asservir Cronos, et si elle est à ce point persuadée qu'il ne lui fera pas de mal, c'est parce qu'elle a la capacité de contrôler la loyauté et l'engagement.

Bien sûr. Elle était Héra, me rappelai-je soudain. Et Héra était la déesse du mariage et des femmes.

Si elle avait le pouvoir de contrôler ces choses-là, alors…

— Tu crois qu'elle m'a fait quelque chose pour me rendre déloyale ? m'inquiétai-je.

Mais comment diable pourrait-elle m'amener à tromper Henry ? Etait-ce ce qu'elle signifiait en disant qu'elle m'enlèverait ce que j'avais de plus cher ?

— Je ne sais pas, avoua Henry en me faisant entrer dans la salle du trône, puis entre les piliers de l'allée centrale. Il y a une chance qu'elle n'ait pas eu le temps de faire exactement ce qu'elle voulait, mais ça ne ferait pas de mal de vérifier. La bonne nouvelle, c'est qu'elle ne t'a pas transformée en animal.

— Ah bon, elle fait ça ?

— Tout le temps. Elle adore les vaches, en particulier.

Eh bien, c'était toujours ça de gagné. Je n'appréciais pas vraiment la perspective de devenir un ruminant.

Il s'arrêta au bout de l'allée. Les autres membres du Conseil étaient attroupés et discutaient à voix basse, visiblement inquiets ; seuls quelques-uns jetèrent un coup d'œil dans notre direction.

— Théo, s'il te plaît.

Théo s'écarta du groupe et lâcha la main d'Ella. Lors de mon séjour à Eden, je n'avais pas remarqué à quel point ils étaient proches, mais maintenant, ils étaient rarement l'un sans l'autre. Pas étonnant qu'Ella ait été de si mauvaise humeur quand on lui avait demandé de passer tout son temps avec Calliope et moi.

— Es-tu blessée ? me demanda Théo.

Je secouai la tête négativement.

— Il est possible que Calliope lui ait fait quelque chose, dit Henry avant que j'aie le temps d'expliquer. Tu veux bien faire une petite vérification ?

Théo me fit signe de m'asseoir sur le banc le plus proche. Je m'exécutai et patientai sagement pendant qu'il passait ses mains autour de moi, dans un flot de chaleur dorée. Au bout de quelques secondes, il s'écarta, l'air préoccupé.

— Il y a des blessures superficielles suite à ce qu'il s'est passé dans la caverne, mais rien de plus. Elle va bien.

— Tu en es sûr ? demanda Henry.

Théo acquiesça.

Henry se détourna alors de moi et agrippa le dossier d'un banc ; il le serra si fort que le bois lui éclata soudain entre les doigts.

— Ça ne veut pas dire qu'elle m'a fait un truc mental, rassurez-moi ? dis-je la voix tremblante. Ou dois-je m'attendre à devenir folle ?

Henry ne broncha pas. A côté de moi, Théo regardait ses pieds.

— Il est plus vraisemblable qu'elle n'ait pas eu le temps d'aller jusqu'au bout, dit-il avec un coup d'œil vers Henry. Il ne sert à rien de s'inquiéter avant que quelque chose ne se produise.

— Et quand ça arrivera ? lança Henry avec hargne.

Théo fronça les sourcils, et Ella s'approcha pour lui prendre la main. Il parut se détendre à son contact.

— Alors, nous nous en occuperons le mieux possible. En tout cas, on ne peut rien faire tant qu'on n'aura pas identifié de problème.

— Génial, grinça Henry.

Sans prévenir, il retourna alors à grands pas vers la porte. Je me remis debout, bredouillai des excuses en passant devant Théo et Ella, et me précipitai après lui.

— Henry, je t'en prie… attends !

Avant que j'aie le temps de le rejoindre, il passa dans l'antichambre et claqua la porte derrière lui. Les murmures qui résonnaient dans la salle du trône cessèrent brusquement. Lorsque chacun eut compris ce qui venait de se passer, un bourdonnement léger remplaça les chuchotements ; je ne m'attardai pas pour les écouter.

Je me ruai dans le couloir, mais il n'y avait déjà plus signe d'Henry nulle part. Je fis demi-tour, pour voir s'il n'était pas dans l'antichambre. Mais celle-ci était vide.

Il était parti.

15

La mauvaise herbe et la rose

Je passai l'après-midi à arpenter le palais en quête d'Henry, mais personne ne l'avait vu. Plusieurs portes étaient verrouillées, et je pris soin d'éviter celle derrière laquelle se trouvait Calliope. Mais à moins qu'il ne se trouve avec elle ou qu'il ne se soit volontairement enfermé, il n'était pas dans notre aile privée.

De retour dans ma chambre, je m'attendais à moitié à le trouver sur le lit, en train de m'attendre. A la place, c'est Pogo qui m'accueillit avec un jappement joyeux, frétillant de la queue. En dépit de tout mon désarroi, je pris mon chiot dans mes bras pour le câliner. Il me lécha la joue avec enthousiasme. Si cela ne suffisait pas à chasser totalement mes doutes et mes inquiétudes, j'appréciais néanmoins de pouvoir les maintenir à distance quelques instants.

— Tu m'as manqué, dis-je en le grattant derrière les oreilles.

Ma mère n'était plus là. Probablement avait-elle rejoint les autres. Je m'assis en tailleur au milieu du lit que j'étais censée partager avec Henry.

— Attends un peu que je te raconte le mois que je viens de passer…

Mais avant que je prononce un autre mot, une sensation désormais familière me submergea : la pièce disparut autour de moi et tout devint noir. Seulement, cette fois, au lieu de réapparaître dans la caverne où Cronos tentait de s'extraire de sa prison, je me retrouvai debout au milieu d'une pièce à la lumière douce, qui s'étendait sur plus de cinq mètres dans chaque direction.

L'un des ses côtés était constitué d'une vaste baie vitrée qui donnait sur la caverne, et un feu crépitait dans une cheminée de marbre sur le mur opposé. Il n'y avait pas de rideaux, et le seul meuble présent était un fauteuil blanc. Henry y était assis, cramponné aux accoudoirs.

— Henry ? murmurai-je, ne sachant trop s'il pouvait m'entendre ou non.

Pendant un moment, à l'entrée du Tartare, j'avais cru qu'il le pouvait. Mais maintenant, alors que je caressais sa main de mes doigts fantomatiques, il ne cilla même pas.

Soudain, à l'autre bout de la pièce, la porte s'ouvrit. Perséphone trotta sur le sol de marbre, pieds nus et vêtue d'une simple robe de coton. Dans la lumière tamisée, elle était d'une beauté à couper le souffle, et je me mordis la lèvre pour refouler le pincement de jalousie qui me nouait le ventre. A l'exception d'Ava, je n'avais jamais rencontré quelqu'un qui me donne à ce point l'impression de n'être qu'une mauvaise herbe à côté d'une rose.

— Je me suis dit que je te trouverais sûrement ici, dit Perséphone.

— Je viens là pour réfléchir, répondit Henry d'un ton distant. Je croyais que tu t'apprêtais à repartir.

— J'ai décidé de rester un peu plus longtemps. Vous allez avoir besoin de toute l'aide possible. Surtout toi.

Elle prit la main d'Henry, celle que j'avais essayé de toucher juste avant.

— Mère m'a raconté ce qui s'est passé. Kate te cherche partout.

Henry haussa les épaules sans retirer sa main.

— Je préfère ne pas la revoir pour le moment.

— Pourquoi ça ? demanda Perséphone en s'asseyant sur l'accoudoir.

Exactement la question qui me brûlait les lèvres.

Pendant un long moment, il ne répondit pas.

— Elle aurait pu mourir, tout ça à cause de moi, je l'ai pratiquement jetée dans la gueule du loup, dit-il enfin d'un ton amer. Depuis que je la connais, je n'ai fait que la mettre en danger. Je ne peux pas continuer comme ça.

Etait-ce pour cette raison qu'il était parti en courant ? Parce qu'il pensait être un danger pour moi ? Cette hypothèse m'apaisa un peu. C'était ridicule d'imaginer que c'était sa faute, mais au moins maintenant que je le savais, nous pourrions en parler et arranger tout cela.

Perséphone leva les yeux au ciel ; pour une fois, j'étais d'accord avec elle.

— Ce que Calliope a essayé de faire n'est pas de

ta faute, et Théo a dit que les tests étaient clairs : il ne lui est rien arrivé.

Les veines du cou d'Henry étaient gonflées par la tension qui agitait son corps.

— Nous n'en sommes pas tout à fait sûrs. Et même si tout se passe bien, c'est aussi de ma faute si elle a dû être confrontée à la rage de Calliope, j'ai donné mon accord à Walter.

Et j'avais donné le mien pour y aller. Je n'étais pas totalement démunie ; Henry ne le comprenait-il pas ? Je n'étais plus mortelle. Calliope ne pouvait pas me tuer. Il allait bien falloir qu'il finisse par comprendre que je n'étais pas en sucre !

Perséphone passa ses mains dans la chevelure sombre d'Henry, et une boule se forma dans ma gorge. Je n'avais aucune envie d'assister à ça, mais je ne parvenais pas à détourner le regard, et je ne savais pas comment revenir dans mon corps. J'avais mal de les voir ainsi, si proches, malgré un millénaire de séparation. C'était comme si Perséphone n'était jamais partie, comme si Henry racontait à sa femme les péripéties de sa journée.

Ce rôle était censé être le mien, sauf que je ne pouvais pas le tenir, il se dérobait tout le temps à moi. Ma sœur, elle en revanche le connaissait suffisamment bien pour ne pas avoir à chercher pendant des heures l'endroit où il pouvait se réfugier.

— Elle a traversé des choses bien pires depuis ces dernières semaines, dit Perséphone. Ta nouvelle femme est forte, n'est-ce pas ?

— C'est sûr, répondit Henry. Quand elle a décidé

de faire quelque chose, il est impossible de la faire changer d'avis, quelles que soient les conséquences.

Perséphone sourit.

— Ça me rappelle quelqu'un d'autre. Elle t'aime, tu sais. Plus que je ne t'ai jamais aimé.

Un éclair de douleur parcourut les traits d'Henry, pour disparaître aussi vite qu'il était apparu.

— Elle ne me connaît pas. Quand elle apprendra qui je suis vraiment, elle s'en ira.

— Comme moi ?

Il regarda par la grande baie vitrée sans dire un mot.

Perséphone glissa alors de l'accoudoir pour venir s'asseoir sur ses genoux, et passa ses bras autour de son cou comme si elle ne l'avait jamais quitté. Ma gorge se serra. Je ne voulais pas être là. Je ne voulais pas voir ça. Je me fichais bien que Perséphone ne l'ait pas beaucoup aimé, et de ce que pouvaient en dire ma mère, James ou Ava. Henry était toujours amoureux d'elle, et il la préférerait toujours à moi.

Lorsqu'il l'enlaça à son tour, un sanglot monta dans ma poitrine, et je me détournai vers la baie vitrée. Mais même là, je voyais encore leur reflet dans la vitre, et malgré tous mes efforts, je ne parvenais pas à regarder ailleurs. C'était fichu. Notre relation — notre mariage — était morte avant même qu'il lui ait donné une chance.

— Parfois, je me demande comment les choses se seraient passées si j'étais restée, dit-elle. Si nous avions pris notre temps au lieu de nous précipiter. Notre vie de couple aurait-elle été différente ?

— Elle aurait été plus heureuse, répondit doucement Henry. Plus épanouie.

— Peut-être, murmura Perséphone. Ou peut-être pas.

Tous deux restèrent silencieux quelques instants, et quand Perséphone reprit la parole, elle se pencha vers lui jusqu'à ce que leurs lèvres ne soient plus qu'à quelques centimètres d'écart. Je fermai les yeux.

— Tu mérites d'avoir quelqu'un qui te corresponde, dit-elle. Ce qui s'est passé entre nous n'était pas de ta faute. Nous sommes deux personnes bien différentes, et même si tu as tout fait pour te convaincre que je suis la seule femme pour toi, ça ne veut rien dire si ce n'est pas partagé.

Je retins mon souffle. Elle le faisait exprès. Elle le mettait au supplice. Pourquoi ? Pour qu'il ne s'accroche plus à elle ? Pour me faire de la place ? Le cœur d'Henry était déjà bien assez abîmé. Comment allais-je pouvoir en rassembler tous les morceaux si elle s'amusait encore à le briser de la sorte ?

— Arrête, implorai-je, tout en sachant que c'était inutile.

Ne voyait-elle pas ce qu'elle était en train de lui faire ? Bien sûr que si. Je ne connaissais Henry que depuis un an, et ça me sautait aux yeux. Elle, elle le connaissait depuis des millénaires.

— Es-tu vraiment heureuse avec Adonis ? demanda enfin Henry.

Perséphone sourit faiblement.

— Quand je m'éveille et que son visage est la première chose que je vois, je sais que je vais passer une merveilleuse journée. Ça ne changera pas, quel que soit le temps qui s'écoule.

Henry passa ses doigts dans la chevelure de Perséphone, sans qu'elle lui oppose la moindre résistance.

— Regrettes-tu parfois d'être partie ?

Elle ne répondit pas tout de suite. Au lieu de quoi, elle prit son autre main et entrelaça ses doigts avec les siens.

— Parfois. Le soleil me manque — le vrai, pas celui de ma vie après la mort. Ma mère me manque. Notre famille. Les saisons, le changement…

Elle posa ses lèvres sur la main d'Henry.

— Parfois, même toi, tu me manques. Adonis a de la chance. Il est comme toutes les âmes — il ne se rend pas vraiment compte de ce qui se passe, ou que le monde qui l'entoure est artificiel. Moi, oui ; et il arrive que ça me pèse.

Henry caressa sa joue du revers de la main, et ses yeux quittèrent la baie vitrée pour se poser sur Perséphone. Il la regarda alors comme il m'avait regardée le soir où nous avions couché ensemble, et ma poitrine se serra douloureusement. Pourquoi ne pouvais-je pas me réveiller ?

— Tu pourrais revenir.

Perséphone lui adressa un petit sourire triste.

— Et Kate ? Tu ne lui ferais pas ça, je te connais.

Tu arrives peut-être à la berner, mais moi je sais ce que tu ressens pour elle.

Henry resta silencieux, et mon cœur se mit à battre si fort que je crus qu'il allait exploser. Le ferait-il ? Etait-il en train de lui demander de revenir en tant que reine, en tant qu'épouse ? Pouvait-elle encore faire cela ?

Les questions tourbillonnaient dans mon esprit. Prise de vertige, je m'appuyai contre la baie vitrée en espérant de tout mon être que le verre allait disparaître et me laisser chuter. Au moins n'aurais-je plus à entendre tout cela. Je songeai à partir par la porte, mais si je ne pouvais rien contre le verre, je ne serais pas plus avancée en passant par là, non plus.

— Kate représente beaucoup de choses pour moi, dit enfin Henry. Mais elle n'est pas toi.

Voilà, c'était dit ! Bouleversée, je me laissai glisser par terre et serrai mes genoux contre ma poitrine. J'avais tout fait pour me convaincre que cela pourrait marcher, qu'avec le temps et un peu d'efforts, tout rentrerait dans l'ordre. Mais c'était impossible. Aurait-il prononcé ces paroles s'il avait su que je risquais de les entendre ? Bien sûr que non. Il n'était pas cruel. Sauf que je les avais quand même entendues.

— Hadès…

Soudain, Perséphone se pencha, et l'espace entre eux se réduisit jusqu'à ce que leurs lèvres se touchent.

Mon ventre se contracta, et j'enfouis ma tête entre

mes mains. Ça ne pouvait pas être vrai. J'étais en plein cauchemar, pas dans la réalité. J'avais dû m'endormir sans m'en rendre compte, rien de plus. J'allais bientôt me réveiller, et alors, Henry serait là, à me regarder dormir, et il s'excuserait d'être parti en courant. Nous parlerions, il m'embrasserait, et tout irait bien.

Combien de temps cela dura-t-il ? Je ne voulais pas le savoir, mais lorsque Perséphone parla de nouveau, j'étais déjà ravagée par la souffrance. Pourquoi ne pouvais-je pas revenir ? Quelle part de moi tenait vraiment à assister à ce spectacle pour me faire endurer une telle torture ?

— Le truc, c'est que je ne suis pas moi, non plus, dit-elle doucement. Je ne suis pas la personne que tu aimes. Cette personne n'a jamais existé, et tu te détruis en me projetant à sa place. Nous avons passé une seule bonne journée ensemble, tout le reste était horrible. J'étais malheureuse, et le temps que je comprenne que je ne voulais plus être ta femme, tu t'étais persuadé que tu m'aimais. Mais ça n'a jamais été vrai. Tu es tombé amoureux d'une chimère.

Les larmes coulèrent sur mes joues et tombèrent sur mon jean. A bout de force, je me pinçai fortement l'intérieur du bras, mais rien, aucune douleur ; j'étais coincée.

— Dis-moi, poursuivit Perséphone. Etait-ce le genre de baiser que tu as passé les mille dernières années à imaginer ? Ton cœur s'est-il arrêté de battre ? La pièce a-t-elle tourné autour de toi pendant que tout le reste s'évanouissait ?

Henry ne répondit pas tout de suite, me mettant au supplice. Le souffle coupé, je relevai la tête. Perséphone était toujours sur ses genoux, et ils se regardaient avec une telle intensité que je m'attendais à ce qu'il l'embrasse de nouveau. Pourtant, je remarquai alors qu'une certaine distance s'était installée entre eux. Elle semblait s'éloigner, et lui la maintenir à une coudée de distance.

Pendant que les secondes s'égrenaient, une lueur d'espoir s'immisça en moi. Je me levai en tremblant afin de me rapprocher. Plus que tout maintenant je voulais voir, et surtout, je voulais entendre sa réponse.

Mais lorsque j'avançai vers eux, il se pencha de nouveau vers elle et elle ne fit aucun geste pour le repousser. J'entendis presque le bruit de mon cœur qui tombait en morceaux quand soudain le monde se volatilisa autour de moi ; et Henry et Perséphone disparurent.

Je passai le reste de la nuit à pleurer dans mon lit avec Pogo couché en boule à mon côté. Toutes les demi-heures environ, il se réveillait et venait lécher mes joues humides avant de se rendormir. Je n'avais pas cette chance.

Quelle que soit la leçon que Perséphone avait eu l'intention de donner à Henry, cela avait eu l'effet inverse ; et même si elle quittait le palais demain matin, cela ne changerait rien au fait qu'il l'aimerait toujours plus que moi. Je voulais la détester pour ce qu'elle avait fait, pourtant, ce n'était pas elle qui avait fait irruption dans notre mariage. C'était moi qui étais allée la chercher, qui l'avais convaincue de revenir dans son ancienne vie, alors que je savais très bien quelles conséquences le fait de la revoir pourrait avoir sur Henry. Elle n'avait fait qu'essayer de décourager ses sentiments — d'une manière tordue qui avait lamentablement échoué, mais elle avait essayé.

Et maintenant, j'avais totalement perdu Henry.

Le bruit de la porte qui s'ouvrait me tira d'un demi-sommeil. Pogo s'étira, et lorsque je me redressai pour m'asseoir, il sauta sur mes jambes, visiblement décidé à ne plus me laisser partir sans lui.

Henry se tenait dans l'encadrement de la porte. Pendant un long moment, nous nous contentâmes de nous dévisager. Ses traits étaient marqués par la fatigue, les coins de sa bouche tiraient tristement vers le bas, et il semblait ne pas avoir dormi depuis des semaines.

Finalement, il entra dans la chambre et referma la porte. Sans m'adresser la parole, il se dirigea vers son dressing et commença à trier ses vêtements. Je m'essuyai les joues pour m'assurer qu'il ne restait plus de trace de ma crise de larmes, mais elles étaient sèches depuis des heures.

Une fois qu'il eut pris une chemise propre en tout point semblable à celle qu'il portait, je m'attendis à ce qu'il dise quelque chose, mais il disparut sans mot dire dans la salle de bains, comme si je n'étais pas là. Signifiais-je vraiment si peu de chose pour lui que je ne méritais même pas un bonjour ?

Pendant qu'il se changeait, je me demandai quelle attitude adopter. Je n'allais quand même pas continuer à faire comme si tout allait bien. Non ? Une certaine lâcheté m'incitait à ne rien faire ; cependant, je savais que dans ce cas, je serais aussi malheureuse que Perséphone l'avait été, et je ne voulais plus souffrir. Je ne pouvais pas passer ma vie à attendre qu'il oublie le fantôme de ma sœur.

Lorsqu'il sortit de la salle de bains, ma décision était prise. Je détestais les mots que j'allais prononcer, mais il fallait que je les dise, et il fallait qu'Henry les entende.

— Je ne peux plus continuer comme ça.

Je parlai à voix basse, presque en murmurant, mais Henry s'arrêta net, à mi-chemin entre la salle de bains et la porte de la chambre. Il ne me regarda pas ; ses poings se serrèrent, et je vis nettement les veines de son cou saillir. La culpabilité m'envahit brusquement. Je faisais la même chose que Perséphone : je renonçais. Avant même que nous ayons tenté notre chance ensemble, j'abandonnais la partie.

Non. C'était Henry qui avait baissé les bras. C'était lui qui avait commencé en refusant de me toucher ou de me traiter comme sa femme. C'était lui qui nous avait menés à notre perte ; je ne faisais que renoncer à essayer de tout arranger. Je ne pouvais rien faire de plus. Aucun mot de ma part ne pourrait résoudre la situation, il avait déjà abandonné notre couple, et ce depuis longtemps.

— Plus continuer quoi, exactement ? demanda Henry.

Chacun de ses mots était empreint d'une immense fatigue, comme s'il lui coûtait un effort monumental. J'avais les mains moites, et fus soudain prise d'une envie irrépressible de retirer mes paroles, de m'excuser et de l'implorer de me parler pour que nous puissions tout arranger. Mais il ne le ferait pas. Quand bien même il le ferait, les choses seraient de nouveau les mêmes le lendemain, et ni lui ni moi ne serions plus jamais heureux. Je ne pouvais pas lui faire ça. Ni me faire ça, à moi.

— Tout ça, dis-je doucement. Nous deux. L'année dernière, quand nous étions... avant notre mariage, je croyais que ce que nous vivons aujourd'hui serait parfait, et que vivre avec toi, t'aimer pour le reste de l'éternité, me rendrait plus heureuse que je ne l'avais jamais été. Mais j'ai beau vouloir t'aimer de toute mon âme, tu ne me laisseras pas le faire, et je ne peux pas continuer comme ça.

Henry ne bougea pas. J'avais envie qu'il vienne sur le lit, qu'il me prenne la main et me fasse ses excuses. Au lieu de quoi, il fixait obstinément la porte.

— Puis-je savoir ce qui a précipité cette décision ?

Voilà, nous y arrivions. A la chose que je n'étais pas censée avoir vue. La chose qui avait tout fait basculer.

— Tu as embrassé Perséphone.

Plusieurs émotions traversèrent simultanément son visage. Le choc, la honte, l'humiliation, la colère, la douleur — le soulagement ? Oui, le soulagement, aussi.

— Je ne pensais pas qu'elle te le dirait. Je suis désolé.

Silence de mort. Je m'attendais à presque tout, sauf à ça.

— C'est tout ce que tu as à me répondre ? explosai-je. Que tu es désolé que je l'aie appris ? Perséphone ne m'a rien dit, Henry. C'est ce soi-disant *don* que je possède. J'étais dans la pièce avec vous. J'ai vu la moindre seconde de cette maudite scène ! J'ai entendu tout ce que tu lui as dit. Je t'ai *regardé* le faire !

Je battis des paupières pour m'empêcher de craquer, bien que la bataille fût perdue d'avance. Cela lui importait peu. Il n'allait même pas feindre d'avoir fait quelque chose de mal.

— Tu sais ce que James m'a dit à la fin de l'été ? Il a dit que j'avais le choix, et il a été le seul à m'en parler, parce que tous les autres étaient tellement préoccupés par ton bonheur qu'ils se fichaient bien du mien ! Je lui ai dit que j'avais déjà fait mon choix en t'épousant, mais il a insisté pour que je patiente encore. Je ne comprenais pas ce qu'il voulait dire, sur le moment. Maintenant, c'est chose faite.

— James.

Ce nom sonna avec angoisse et dégoût dans la bouche d'Henry.

— Je ne suis pas étonné qu'il t'ait poussée à

douter de toi. Et ce pour des raisons purement égoïstes, j'en suis certain.

— Je ne doute pas de moi, rétorquai-je. Je doute de *toi*. Je t'ai donné toutes les occasions possibles de me montrer que tu avais envie que je reste ici avec toi, et tu ne m'as rien donné en retour. Tu te défiles dès que tu risques de passer plus de deux minutes dans une pièce avec moi. Tu ne me touches pas, tu m'adresses à peine la parole, tu ne m'as même pas embrassée depuis que je suis revenue, sans parler de me traiter comme ta femme. Comme ton égale. James m'avait prévenue que tu te comporterais comme ça, et j'ai été assez bête pour m'obstiner à croire qu'il avait tort.

Il était un peu cruel de lui renvoyer ainsi le nom de James à la figure, mais je ne pouvais pas m'en empêcher. A part ma mère, de toutes les personnes au monde, Henry était celui qui était censé me comprendre et me connaître le mieux ; et non James.

— Alors peut-être devrais-je vous laisser vivre votre vie, dit Henry d'un ton qui me donna la chair de poule. C'est ça que tu veux, Kate ? Ma permission d'être avec James ? Je te la donne. Pendant le printemps et l'été, tu peux faire ce que tu veux avec qui tu veux.

— Et pendant l'automne et l'hiver ? Je dois faire la potiche en attendant le jour où tu daigneras m'aimer ?

— Je t'aime déjà.

— Alors montre-le-moi.

— J'essaie, dit-il d'un ton sec. Excuse-moi si ce n'est pas assez bien pour toi.

Je levai les yeux au ciel.

— En effet Henry, ton attitude ne sera jamais assez bien pour moi. Pour la bonne raison que tu ne fais rien ! Franchement, en ce moment même, on dirait que la dernière chose que tu aies envie d'être, c'est mon mari. Tu peux bien me répéter que tu m'aimes, mais si tu te conduis exactement à l'inverse, alors je ne peux plus croire la moindre de tes paroles !

Ma voix s'érailla.

— Bon sang ! Est-ce que ça va tout le temps être comme ça ? Dis-le-moi, maintenant. Epargne-moi ce chagrin si tu te penses incapable de me regarder de la façon dont tu regardes Perséphone.

— Je ne peux pas contrôler mes sentiments envers elle d'un simple claquement de doigts, dit-il en serrant les dents. Elle a fait partie de ma vie pendant très longtemps.

— Je sais. Je *sais* que tu l'aimes. Je ne te demande pas d'oublier son existence ; je te demande de la remiser dans le passé, à sa place, et de vivre ton avenir avec moi, pas avec un fantôme.

La gorge d'Henry se serra.

— C'est ce que j'essaie de faire.

— Mais tu ne le fais pas.

Je passai une main nerveuse dans mes cheveux tandis que la frustration me submergeait.

— Henry, tu l'as embrassée !

— C'est elle qui m'a embrassé.

— Peu importe !

Je frappai mon matelas du poing, et Pogo se réfugia sous mon oreiller.

— Tu ne comprends rien, ou quoi ? Ce baiser, tu l'as voulu. Tu l'as apprécié. Tu en voulais encore, quand ça a été fini. Tout ce qu'elle a essayé de te démontrer — en gros, qu'elle ne t'aime plus —, tu ne l'as pas compris, non plus ? Moi, je t'aime, et tu vas me perdre parce que tu as trop peur, ou parce que tu te désintéresses trop de moi, ou… je ne sais pas. Je ne sais pas pourquoi tu ne me laisses pas t'aimer comme je le voudrais.

J'attendis qu'Henry réponde quelque chose, n'importe quoi pour m'aider à le comprendre, mais il demeura silencieux. Je passai désespérément en revue toutes les excuses que j'avais pu lui trouver depuis mon retour. Toute chose qui pourrait expliquer pourquoi l'homme que j'aimais se transformait en étranger.

Etait-ce parce qu'il se sentait coupable, comme je l'avais entendu dire à Perséphone ?

— Est-ce parce que tu crois que Calliope me tuera au moment où tu t'autoriseras à ressentir de vrais sentiments pour moi ? Parce que je te signale que je suis immortelle, maintenant, Henry. Elle ne peut plus me tuer.

— Cronos le peut.

Il parla d'une voix si étranglée que je compris à peine. Mais nous y étions : il avait une bonne excuse. Je me radoucis.

— Sauf qu'il ne l'a pas fait.

Je glissai au bord du lit pour ne plus me trouver qu'à deux pas de lui, mais il ne bougea pas.

— Il nous a pourchassés, et lorsqu'il a eu l'occasion de me tuer, il ne l'a pas fait.

Henry releva enfin les yeux vers moi. Son regard était plein de confusion, mais je poursuivis. Si je le laissais changer de sujet, je n'aurais peut-être jamais plus l'occasion de lui dire ce que je ressentais.

— Tu n'as pas besoin de passer tout ton temps à me protéger, maintenant. Je suis censée être ta partenaire, pas un fardeau, et si je ne représente que ça pour toi, alors je préfère ne pas rester ici. Je veux que tu m'aimes. Je veux avoir hâte de revenir ici à chaque automne. Je veux que l'hiver devienne ma saison préférée, parce que je la passerai avec toi. Alors dis-moi que c'est ce qui va se passer, Henry. Dis-moi que les choses vont aller mieux, que tu ne penseras pas à Perséphone chaque fois que tu me toucheras. Dis-moi que tu vas m'aimer aussi fort que tu l'aimes, et que je ne passerai pas le reste de ma vie comme une pâle copie de tes souvenirs de ma sœur.

Silence.

— S'il te plaît, murmurai-je. Je t'en supplie. Sinon... sinon, je vais partir. Et je ne veux pas dire juste pour l'été. Je vais quitter l'Autre Monde, et je ne reviendrai pas.

Il tressaillit, et je compris instantanément que je venais de dire ce qu'il ne fallait pas. Trop tard.

— Peut-être est-ce mieux ainsi, répondit-il. Tu

seras plus en sécurité à la surface, et les autres pourront te protéger.

— Je n'ai pas besoin de protection !

Je pleurais pour de bon, maintenant. J'avais la gorge nouée et la voix étranglée, mais malgré tout, je poursuivis :

— J'ai besoin de savoir que je ne serai pas malheureuse pour le restant de mes jours.

— Je ne dois pas être ta seule source de bonheur, dit Henry avec sévérité. Si c'est comme ça…

— Ce n'est pas comme ça. Tu n'es pas tout ce que j'ai. J'ai ma mère, Ava, et…

— James, termina-t-il pour moi.

J'avais envie de lui dire qu'il se trompait, mais je ne voulais pas non plus lui mentir. Et James était mon meilleur ami.

— Oui, je suis au courant. Je ne te fournirai pas d'excuse pour partir. Si c'est ce que tu veux faire, la porte est par ici. Je suis sûr que James sera heureux de t'avoir rien que pour lui. Maintenant, si tu veux bien me pardonner, j'ai des préparatifs à faire.

J'ouvris la bouche pour lui dire où il pouvait se mettre ses suppositions, mais ses derniers mots me prirent de court.

— Des préparatifs pour quoi ? Qu'y a-t-il donc de si important pour que tu doives partir au milieu de cette discussion ?

— Toutes mes excuses, répliqua-t-il froidement. Je pensais que tu avais déjà pris ta décision de me laisser tomber et que cela ne t'intéressait pas.

J'attrapai un oreiller derrière moi et le lui lançai

rageusement à la figure. Sans sourciller, il le fit dévier de trajectoire bien avant que le projectile ne le touche.

— Tu es un pauvre type ! aboyai-je. Si c'est comme ça que tu traitais Perséphone, eh bien, je comprends qu'elle t'ait quitté ! Elle a même été bien bête d'attendre si longtemps avant de le faire !

Une douleur indescriptible se lut sur le visage d'Henry ; je portai vivement mes mains à ma bouche en réalisant ce que je venais de dire.

— Oh ! mon Dieu. Je suis désolée. Je ne voulais pas…

— Si, tu le voulais, rétorqua-t-il. Tu pensais le moindre mot que tu as dit.

J'enfouis ma tête dans mes mains et étouffai un sanglot hoquetant. Je respirais avec peine, et je n'avais qu'une envie : me rouler en boule sur mon lit et pleurer. Mais ce n'était pas possible. Pas sous les yeux d'Henry. Pas au moment où nous nous parlions enfin.

— Je déteste ça, murmurai-je. Je déteste me disputer avec toi. Je ne demande pas la lune, je te le promets. Je veux simplement que tu m'aimes, que tu me désires, que tu passes du temps avec moi, que tu me *parles.*

— Et tu espères y arriver en te comportant de cette manière ? dit-il. Tu crois que me dire ce genre de choses suffira à me faire oublier les millénaires que j'ai déjà vécus ?

— Comparé à quoi ? Au fait de ne rien dire du tout ? J'ai essayé de te donner du temps. J'ai essayé de risquer ma vie pour sauver la tienne. J'ai essayé tout ce à quoi je peux penser, mais si tu ne me parles même pas…

— Henry.

Je levai les yeux en entendant la voix de Walter. Il avait passé sa tête par la porte et m'ignora scrupuleusement pour ne regarder qu'Henry. Je ne savais trop si je devais lui en vouloir ou lui en être reconnaissante.

— Nous allons commencer, dit-il.

Henry acquiesça d'un bref hochement de tête. Dès que la porte se referma, Henry poussa un soupir qui semblait avoir été contenu pendant des siècles.

— Nous pourrons continuer cette discussion plus tard, si tu le souhaites, mais je dois y aller, maintenant. Nous préparons notre plan de bataille.

Il hésita un instant, puis continua :

— Les Titans sont plus forts durant les solstices, et nous pensons que Cronos se sera totalement échappé d'ici fin décembre, alors nous n'avons plus beaucoup de temps.

Je fermai les yeux. Si je n'avais pas été assez stupide pour me rendre dans la caverne, Perséphone aurait géré la situation, et rien de tout cela ne se produirait.

— Ça ne te dérange pas que je ne parte que dans un jour ou deux ? Je voudrais dire au revoir à tout le monde.

Henry resta un instant interdit, puis il hocha la tête.

— Prends le temps qu'il te faudra.

Il avait presque franchi la porte quand je lui lançai :

— Je pourrai revenir te voir de temps en temps ?

Alors qu'il se retournait pour me faire de nouveau face, je crus distinguer l'esquisse d'un sourire sur ses lèvres, mais elle s'évanouit avant que je puisse en être sûre.

— Quoi qu'il se passe entre nous, Kate, je voudrai toujours être ton ami. C'est…

Il marqua un bref silence.

— C'est plus que je n'ai jamais eu auparavant.

Plus que ce que Perséphone lui avait donné. Ses mots me réconfortèrent quelque peu, même si la distance dans sa voix m'empêchait quand même de lui sourire.

— Je viendrai te voir.

— Alors je ferai ce que je peux pour que tu ne trouves pas un palais vide à ton arrivée.

Je sursautai.

— Que… quoi ?

Que voulait-il dire ? Croyait-il qu'il ne reviendrait pas ? Ou qu'il allait s'éteindre ? Mourir dans la bataille contre Cronos ? S'en souciait-il seulement ?

— Henry, qu'est-ce que tu…

Avant que je puisse terminer, un bruit de tonnerre résonna soudain dans la pièce, et Henry disparut subitement, me laissant seule avec mes peurs et mes questions sans réponse. Je me ruai vers la porte et l'ouvris à toute volée, espérant le trouver derrière elle. Peine perdue.

J'étais seule. Et c'était fini.

16

LE CHAMP DE BATAILLE

Henry ne revint pas après sa réunion du Conseil.

Je passai toute ma journée dans notre chambre à l'attendre, ressassant inlassablement ce que je pourrais lui dire à son retour, mais rien ne semblait approprié. Je lui avais déjà tout dit, je lui avais demandé de me traiter comme une égale, de me laisser une chance de l'aimer, insister une nouvelle fois ne ferait que l'éloigner davantage.

A moins d'un miracle, j'allais devoir partir. J'avais trié les vêtements que je voulais emporter, et toute la journée je songeai à ce j'allais faire et où j'allais aller. Je ne connaissais personne en surface, et je ne savais pas comment les autres dieux y vivaient. Y avaient-ils une demeure, comme Henry ? Le mont Olympe existait-il réellement ? Avaient-ils des mortels qu'ils aimaient, et qu'ils allaient voir de temps en temps ?

Une partie de la raison pour laquelle je souhaitais repousser mon départ était que je souhaitais donner à Henry l'occasion de prendre conscience de ce qui avait cloché entre nous, et peut-être d'arranger les choses. Nous ne deviendrions pas un couple parfait en une journée, je le savais ; mais il y avait une chance qu'il veuille essayer. Au bout du compte, c'était tout ce que je désirais.

En outre, je repoussais aussi l'échéance simplement parce que je ne savais pas quoi faire. Bien sûr, je pourrais le demander à ma mère, à Ava ou James. Mais ils étaient tous occupés à planifier une stratégie qui permettrait de sauver le monde et les dieux contre un Titan, et n'avaient vraiment pas besoin d'un souci supplémentaire. Je ne désirais pas vraiment abandonner le Conseil et tourner le dos à ma vie d'immortelle, seulement, je ne savais pas où aller ni comment y aller, ce qui constituait déjà une assez bonne raison de rester.

La journée s'écoula lentement. Chaque fois que j'entendais des pas dans le couloir, je retenais mon souffle et attendais que la porte s'ouvre, mais ce n'était jamais Henry. Ma mère vint me voir deux fois ; une fois après la réunion, pour me dire qu'elle allait être moins disponible car elle allait devoir aider les autres à préparer la contre-attaque en attendant l'arrivée de Cronos, et la seconde pour me souhaiter bonne nuit. Mon moral baissait au fil des heures, et je finis par renoncer à tout espoir de voir Henry ce soir-là.

Je n'étais pas fatiguée, mais Pogo l'était. Il se blottit sur l'oreiller près du mien et commença à ronfler tandis que je fixais le plafond en tentant d'imaginer comment tout cela allait se terminer. Henry viendrait-il me dire au revoir ? Serait-il vraiment d'accord pour que je revienne lui rendre visite ?

Les autres dieux allaient-ils m'ignorer maintenant que je renonçais à mon rôle de reine ? Ma mère ne le ferait pas, et je pouvais compter sur Ava quand elle s'ennuierait ou se sentirait seule, mais les autres ? J'avais des doutes même au sujet de James, à moins qu'il ne décide de me faire la cour lorsque je ne serais plus mariée. Le laisserais-je faire ? Je n'en savais rien, et je me méprisais d'avoir tant de doutes. De nourrir même la simple pensée de faire quelque chose susceptible de blesser Henry, que nous soyons encore ensemble ou pas.

A minuit passé, le poids écrasant de la réalité me tomba dessus : lorsque j'aurais quitté l'Autre Monde, il était possible que je ne revoie jamais Henry. Je ne serais plus dans son royaume, encore moins accessible que ne l'avait été Perséphone, et j'étais sûre qu'il ne se mettrait jamais à ma recherche. En dépit de toutes ses promesses et de son autorisation à lui rendre visite, je ne le verrais, au mieux, que lors des réunions du Conseil — s'il ne décidait pas de s'éteindre totalement.

Je sanglotai doucement au creux de mon oreiller. Tout ce que j'avais accompli depuis mon arrivée au manoir d'Eden avait eu pour seul but d'éviter que cette situation ne se produise. J'avais fait tout ce qui était en mon pouvoir pour sauver ma mère et Ava de la mort, avant même de savoir qu'elles étaient des déesses, mais si j'avais échoué pour toutes les deux, je n'avais pas échoué avec Henry. Grâce à moi, il existait encore, parce que je l'aimais, parce que je l'avais épousé et avais accepté de gouverner l'Autre Monde avec lui. Et maintenant, voilà que je lui reprenais tout cela.

J'avais envie de rester. Et lui avait besoin que je reste, seulement, je ne pouvais plus vivre de cette manière. Il fallait qu'il le comprenne ; il avait voulu disparaître quand Perséphone l'avait quitté, et il avait accepté de rester après la mort de la onzième fille uniquement parce que le Conseil lui avait demandé de faire une ultime tentative. Mais il n'avait pas demandé à m'avoir, moi. Il m'avait dit de partir, et j'allais donc le faire.

Au milieu de la nuit, j'entendis un nouveau bruit de pas, et cette fois personne ne frappa, mais j'entendis la porte s'ouvrir et se refermer. Je me redressai sur mes coudes et plissai les yeux dans l'obscurité.

— Henry ? dis-je, ébahie.

Il était revenu — une demi-journée plus tard que prévu, certes, mais je n'allais pas faire la difficile.

Il retira ses chaussures et les rangea dans son placard.

— Désolé de te déranger. Rendors-toi.

J'aurais eu un peu de mal à le faire, étant donné que je ne dormais pas auparavant, mais je retins ma langue et le regardai faire, certaine qu'il allait partir une fois qu'il aurait pris ses affaires. Mais à ma grande surprise, il enfila un pyjama de soie et se dirigea vers son côté du lit. Mon cœur se mit à battre la chamade : finalement, il allait dormir ici.

— Il fait trop chaud ? demanda-t-il en s'installant. Tu ne t'es pas mise sous le drap.

Il essayait manifestement de maintenir le maximum de distance entre nous dans le grand lit. M'évitait-il, ou voulait-il seulement me laisser assez d'espace ?

— Je ne dormais pas, lui dis-je. Est-ce que tout se passe bien au Conseil ?

— Aussi bien que possible à ce stade. Nous avons tous décidé des rôles que nous allions jouer, et nous avons fixé un planning jusqu'au solstice d'hiver.

C'était dans pratiquement deux mois, mais l'entreprise nécessitait une énorme préparation, peut-être ce délai ne serait-il pas suffisant ? Combien de temps fallait-il pour préparer un piège capable de retenir un Titan ?

— Puis-je faire quelque chose pour vous aider ?

— Je croyais que tu partais.

— Si je peux être utile, je ne suis pas obligée de partir tout de suite.

— Tu peux faire une chose.

Il me tourna le dos.

— Reste à l'écart, tiens-moi au courant s'il se passe un truc bizarre, et surtout ne va pas voir Calliope. A part ça, si je pense à quelque chose de particulier, je te tiendrai informée.

Je laissai ma tête retomber sur l'oreiller, et ne pris pas davantage la peine de me glisser sous les couvertures.

— Très bien, dis-je en essayant de dissimuler ma déception.

Je n'étais bel et bien qu'un fardeau pour lui,

quelqu'un dont il fallait s'assurer qu'elle ne le mettrait pas encore un peu plus dans le pétrin.

— Dans ce cas, que je parte plus tôt ou plus tard que prévu, ça ne changera pas grand-chose pour toi.

Il resta silencieux. Les minutes s'écoulèrent, et je restai les yeux grands ouverts dans le noir, cherchant quelque chose à lui dire. N'importe quoi, du moment que ça puisse l'aider à comprendre que j'avais envie de rester, mais pas dans ces conditions. Pas s'il ne voulait pas de moi ici.

— Je n'ai jamais été avec James, dis-je alors. Quoi que tu puisses penser sur ce qui est arrivé en Grèce, sache que c'est faux. Nous y étions entre amis, rien de plus. J'ai attendu que tu te montres, là-bas. Je t'ai cherché partout où nous allions, persuadée que tu allais me faire une surprise ; mais ça n'est pas arrivé, et ça m'a fait mal. C'était comme si tu n'avais pas du tout envie de me voir.

Je tendis la main vers la sienne, mais je retins mon geste à la dernière seconde. Je ne pourrais pas supporter de me faire rejeter physiquement en plus de tout le reste, pas maintenant.

— Je ne te quitte pas pour lui. Je ne te quitte pour personne, et je n'aurais même jamais eu l'idée d'aller voir ailleurs. Tu es tout ce que je pouvais espérer — et j'aimerais… j'aimerais représenter la même chose pour toi.

Un silence assourdissant s'abattit sur la chambre. Le cœur battant, j'attendais qu'il dise quelque chose, qu'il me réponde ; mais il ne daigna même pas se retourner pour me regarder, et tous mes espoirs s'évanouirent. Je me détournai alors de lui et enfouis mon visage dans mon oreiller en essayant de me convaincre qu'il était épuisé et avait dû s'endormir sans entendre mes dernières paroles.

— Bonne nuit, murmurai-je en fermant les yeux, même si j'étais sûre de ne pas trouver le sommeil de sitôt.

Quand bien même j'arriverais à m'endormir, ce ne serait que pour faire des cauchemars où je verrai Calliope, Henry en train d'embrasser Perséphone. Je préférais ne pas avoir à revivre ça. Mieux valait attendre d'être épuisée au point de sombrer dans un sommeil sans rêves.

La chambre était fraîche, et, sans couvertures, je sentis un frisson me parcourir. Soudain, le matelas bougea derrière moi, et Henry passa un bras autour de ma taille avant de presser son visage contre mon dos. Son corps était chaud, et sa main chercha la mienne.

— S'il te plaît, ne pars pas, dit-il, ses lèvres effleurant mon cou.

Je frissonnai de nouveau, mais cette fois pour une tout autre raison.

Ni lui ni moi ne prononçâmes un autre mot de toute la nuit.

Je restai.

Les semaines passèrent sans que nous reparlions de ce que j'avais dit à Henry, ou de ce qu'il m'avait dit. Parfois, il ne revenait pas de la nuit ; le lendemain, je le voyais alors réapparaître, l'air exténué, et je m'efforçais de croire qu'il consacrait tout ce temps à son travail. Les rares moments durant lesquels nous nous voyions étaient cordiaux, mais rien de plus. Le soir, je l'attendais avant d'aller me coucher, et lorsqu'il arrivait enfin, il m'enlaçait sans dire un mot. Il ne m'embrassait et ne s'excusait jamais, mais il voulait que je reste, et pour le moment, cela me suffisait.

Je me fis discrète pendant que les autres se préparaient à la guerre. J'explorais le palais, et découvris que chaque pièce était plus ou moins au même emplacement qu'au manoir d'Eden, ce qui me rendait les choses à la fois plus faciles et plus ennuyeuses. Un jour, je tentai de dénombrer le nombre de pièces qu'il y avait, mais je m'arrêtai après en avoir perdu le compte par deux fois.

Ava ou James venaient me voir de temps en temps, et nous passions la journée ensemble, à parler de tout et de rien et je faisais semblant d'ignorer leurs mines défaites. La bataille à venir leur pesait, c'était évident, mais chaque fois que j'abordais le sujet, ils m'assuraient avoir déjà traversé des épreuves bien pires.

J'évitais Perséphone comme la peste, et ne m'en cachais pas. Dès qu'elle entrait dans une pièce, j'en sortais, généralement avec une excuse toute faite. Les rares occasions où je ne pus m'échapper, je gardai la tête baissée et restai muette, elle-même ne m'adressa pas la parole. Si elle se sentait coupable — ou si elle pensait avoir fait ce qu'il fallait —, je ne voulais pas le savoir.

Malgré mon sentiment d'inutilité, j'éprouvai une relative satisfaction à l'idée de ne plus représenter un fardeau pour personne. Je lisais, j'explorais les lieux, et je tenais ma parole envers Henry. Je passais aussi des heures incalculables à tenter d'exploiter mon don. A deux reprises, j'eus des flashes, mais pas à l'endroit où je le voulais. Quand j'avais voulu me rendre à la caverne de Cronos, j'avais atterri à la chaumière de Perséphone, où j'avais vu Adonis s'occuper des fleurs en attendant qu'elle revienne. Et lorsque j'avais voulu voir ce qui se passait dans une réunion du Conseil, je m'étais retrouvée dans la salle aux baies vitrées où Henry avait embrassé Perséphone. Ou plutôt, où Perséphone avait embrassé Henry. Enfin, bref.

A ces deux exceptions près, je n'y arrivais pas. A quel moment je me trompais, je l'ignorais ; et malgré les encouragements de ma mère, qui persistait à dire que je finirais par y parvenir, je me sentais vraiment nulle. Pas étonnant que les autres ne voulaient pas de mon aide lors de la bataille. Je n'en aurais pas voulu, non plus.

Plus nous approchions du solstice d'hiver, plus je devenais anxieuse. Même si personne ne le disait ouvertement, tous ces préparatifs étaient de ma faute. C'était à cause de moi qu'Henry avait été forcé d'ouvrir la grille. S'il leur arrivait quoi que ce soit, j'en serais personnellement responsable, et je ne supporterais pas cette culpabilité.

Ingrid était mon unique autre sujet de discorde avec Henry. Il ne voulait absolument pas que je m'approche de la prison de Cronos, alors que j'insistais pour tenir ma promesse et aller la voir. Nous trouvâmes finalement un compromis : Henry fit venir Ingrid au palais un après-midi, une semaine avant le solstice.

Tandis que les autres s'affairaient à leurs préparatifs, Ingrid et moi allâmes nous promener dans les jardins de joyaux, qui s'étendaient jusqu'au bord d'un fleuve noir, lequel traversait les murs de pierre de part en part de la monstrueuse caverne : le Styx.

— Quand je pense que j'étais à deux doigts de vivre ici pour toujours, dit Ingrid avec un soupir.

Nous nous arrêtâmes sous un arbre doré aux branches duquel pendaient des rubis gros comme des pommes.

— Tu en as, de la chance.

— Je n'appellerais pas ça de la chance, répondis-je en enfouissant mes orteils dans le sable noir. Plutôt du népotisme.

Elle rit, et tandis qu'elle s'installait contre le tronc de l'arbre doré, je cueillis un rubis et le portai à mes narines. Rien. Si Henry pouvait créer de tels joyaux, pourquoi n'y ajoutait-il pas l'illusion d'un parfum, tant qu'à faire ? J'avais gardé dans un bocal de cristal les fleurs qu'il avait laissées sur mon chemin dans l'Autre Monde, et même après tout ce temps, elles sentaient toujours cette odeur de bonbons. En même temps, celles-là étaient des vraies. Ou presque.

J'hésitai un instant, puis me lançai :

— Qu'aurais-tu fait si Henry ne t'avait jamais aimée autant que tu l'aurais voulu ?

— On ne peut pas choisir la façon dont quelqu'un nous aime, répondit Ingrid en trempant un doigt de pied dans le fleuve, avant de le retirer en frissonnant. Il m'a choisie pour les épreuves parce qu'il pensait qu'il pourrait m'aimer vraiment, avec le temps. Il ne t'aurait pas choisie sans croire la même chose, tu sais.

— Ça n'en prend pas trop le chemin, marmonnai-je.

Ingrid m'interrogea du regard, et je lui racontai tout ce qui s'était passé depuis le retour de la caverne de Cronos. Notre dispute, ce qu'il m'avait dit, comment il m'avait demandé de partir — puis son changement d'avis, lorsqu'il avait compris qu'il ne s'était finalement rien passé entre James et moi. La cordialité de nos échanges depuis lors, qui ne ressemblaient cependant pas du tout aux rapports qu'entretiennent un mari et sa femme. Et ma crainte que ce ne soit jamais le cas.

Lorsque j'eus terminé, Ingrid avait passé un bras autour de moi, et je gardai les yeux rivés sur la pierre précieuse dans ma main, comme si elle contenait les réponses à toutes mes interrogations.

— J'ai rencontré Henry quand j'avais sept ans, dit-elle en jouant avec une mèche de mes cheveux. C'était au début du XXe siècle, et mes parents étaient des immigrés allemands. Nous n'avions pas d'autre famille en Amérique ; alors, après leur mort, j'ai vécu dans un orphelinat à New York.

— J'ai grandi à New York, moi aussi, ajoutai-je sous le petit sourire d'Ingrid.

— Je crois qu'Henry a un faible pour les New-Yorkaises, commenta-t-elle. Et pour les filles qui n'ont pas beaucoup de famille. Il doit avoir l'impression que ce sera plus facile pour nous de l'aimer si nous sommes déjà isolées.

Je secouai la tête en signe de dénégation. Elle avait raison, bien entendu, mais je n'aimais pas me rappeler à quel point Henry ne s'aimait pas lui-même.

— Même si j'avais eu une grande famille qui m'attendait en ville, je l'aurais aimé quand même.

— Essaie donc de lui faire entendre ça, lança Ingrid avec un air désabusé. Il a toujours été comme ça, tu sais. Persuadé qu'il ne mérite pas d'être aimé, même par moi, qui ai grandi avec lui. Il n'avait pas son apparence actuelle, il ressemblait à un garçon de mon âge, et c'est ce que j'ai cru pendant longtemps. C'était mon meilleur ami. On se baladait dans les rues, on discutait de tout ; parfois, même, on volait des pommes chez le marchand, et on se fourrait dans des situations impossibles !

De petites rides de joie se dessinèrent autour de ses yeux.

— Il a rendu ma misérable petite vie digne d'être vécue. C'est le jour où j'ai quitté l'orphelinat qu'il m'a avoué qui il était, et il m'a emmenée dans sa maison, en forêt. C'est très joli. Tu y es déjà allée ?

J'acquiesçais.

— Le manoir d'Eden.

— C'était la première vraie maison que j'avais depuis la mort de mes parents.

Ingrid prit ma main et entrelaça ses doigts menus avec les miens. Ses os me semblaient aussi fins que ceux d'un oiseau. J'avais peur de les briser si je les serrais trop fort.

— Il m'a parlé de Perséphone. Il m'a dit qu'elle était son passé, et qu'il voulait que je sois son futur.

Elle secoua la tête.

— C'est un peu ridicule comme souvenir, maintenant, mais c'est comme ça. Et chaque fois qu'il vient me rendre visite, je pense à ça, à la façon dont il me l'a dit en le pensant vraiment, pas juste pour me faire plaisir. Il nous a toutes aimées à sa manière, Kate. Moi, les autres qui sont mortes, toi… et regarde combien d'entre nous il a perdues. Regarde ce qu'il a traversé avec Perséphone. Il se croit responsable de tout ça, tu sais, et cette culpabilité ne va pas disparaître en deux jours. Peux-tu vraiment lui en vouloir de garder un peu ses distances ?

Non, je ne le pouvais pas. Et je n'avais pas pensé qu'il puisse avoir aimé les autres filles comme il déclarait m'aimer. Tous ces deuils… La même chose que j'avais vécue avec ma mère, mais multipliée par douze, sauf qu'il ne pouvait même pas accuser le cancer.

— C'est toi qui aurais dû réussir, dis-je doucement. Je crois que vous auriez été très heureux ensemble.

— Probablement.

Le sourire d'Ingrid s'évanouit comme son regard se perdait dans les eaux sombres.

— Mais ça n'a pas été le cas, et on ne peut pas revenir en arrière. Je veux qu'il soit heureux, Kate.

— Moi aussi, marmonnai-je. Je fais tout pour ça, honnêtement. Mais je ne suis pas sûre qu'il veuille vraiment de moi.

— Il souffre. Henry n'a jamais été très doué pour exprimer ses émotions, et parfois, il faut savoir se montrer patiente. Je ne veux pas dire par là que tu ne l'es pas, ajouta-t-elle hâtivement. Juste qu'avec lui, il faut l'être plus que la moyenne.

— Je reste avec lui, dis-je. Pour l'instant, tout du moins. Mais je ne sais pas quoi faire d'autre. Je ne sais pas comment arranger les choses.

— Et si ça n'avait pas besoin d'être arrangé ?

Ingrid me considéra avec de grands yeux ronds.

— Et si c'était déjà parfait sous les apparences ? Les apparences sont toujours trompeuses, tu le sais.

Je battis des paupières, décontenancée. Où voulait-elle en venir ?

— Je ne comprends pas.

— Tu crois que le problème est qu'Henry ne t'aime pas, expliqua Ingrid pendant que je haussais les épaules. Mais je te dis — et *tout le monde* te dit — qu'il t'aime. Tu as donc le choix : soit accepter que tu as tort et laisser Henry t'aimer à sa manière, ou bien vous rendre tous les deux malheureux jusqu'au jour ou tu réaliseras enfin qu'il t'aime quand même.

— Ce n'est pas vraiment un choix, grognai-je.

— Bien sûr que si ! Tu peux choisir d'être heureuse ou d'être malheureuse, et c'est entièrement entre tes mains. Henry n'a rien à voir là-dedans.

— Et si tu te trompais ? rétorquai-je. Ou si tu surestimais ce qu'il ressent ?

— Alors, tu devras donner à Henry l'occasion de tomber vraiment amoureux de toi. Tu devras le séduire.

Le visage d'Ingrid rayonnait.

— Ce serait marrant aussi, tu ne trouves pas ?

J'effleurai la surface froide du rubis entre mes doigts. Il avait une forme parfaite de pomme.

— Il est trop accaparé par la bataille. Ils le sont tous.

— Plus pour très longtemps. Tu peux ravaler toute ta rancœur, tous tes doutes et regarder les choses de son point de vue à lui. Vous n'en serez que plus heureux, tous les deux. Tu n'as rien à faire de particulier. Contente-toi de songer à ce qu'il vit, sois toi-même et donnez-vous une chance d'être heureux. Tout le reste rentrera dans l'ordre.

Je restai silencieuse. C'était bien ce que j'avais essayé de faire, seulement, rien n'avait changé. La nuit que nous avions passée ensemble à Eden... aphrodisiaque ou non, mon désir d'être avec lui avait été dévorant, et c'était le premier sentiment authentique que je m'étais autorisée à éprouver depuis mon arrivée au manoir. Cette passion-là était vraie. Et la façon dont il m'avait embrassée…

J'avais été tellement certaine que c'était vrai pour lui aussi. Je voulais retrouver cela. Je voulais retrouver ces baisers, ces caresses, ces regards. Je voulais qu'il me regarde de nouveau avec ces yeux-là.

— Que crois-tu qu'il se passerait si je me pointais simplement vers lui pour l'embrasser ? demandai-je.

Ingrid eut un petit rire amusé.

— Oh ! je crois qu'il te laisserait faire. Si ça se trouve, il n'attend que ça ! Peut-être attend-il un signe, comme toi, alors c'est un cercle vicieux ? Vous tournez l'un autour de l'autre, encore et encore.

— Dans ce cas, il serait bon qu'un de nous deux fasse le premier pas, murmurai-je.

Ingrid me serra dans ses bras en souriant.

— Ça y est, elle a compris !

Je m'en serais mieux sortie si Henry m'aidait un peu, s'il me faisait part de ce qu'il ressentait au lieu de me laisser m'imaginer les choses, mais j'allais quand même essayer. A compter de cet après-midi, je cessai de m'inquiéter des moments de silence entre nous pour l'observer. Il ne m'ignorait pas, ne cherchait pas maladroitement à combler les silences. Son regard était lointain, son front plissé par les soucis, et je finis par admettre que ce n'était pas nécessairement à cause de moi. C'était à cause de la bataille, de Calliope, de Cronos — tout, sauf moi. Parce qu'avec moi, au moins, il souriait.

Et au lieu de ruminer sur toutes les fois où il ne

me touchait pas, je gravai dans ma mémoire tous les instants où il le faisait. Son bras autour de moi quand nous dormions, le bout de ses doigts caressant ma joue, même la façon dont il me regardait après une journée particulièrement longue. Il ne m'embrassait pas ; il ne me serrait pas dans ses bras. Il ne me disait pas qu'il m'aimait. Mais je finis par me convaincre que c'était le cas malgré tout. Il faisait de son mieux, à sa manière, et je devais m'en contenter pour le moment. Sans quoi nous serions tous deux malheureux, et il ne le méritait pas. Ni moi, d'ailleurs.

Pendant la dernière semaine avant le solstice d'hiver, j'attendis le moment propice pour tenir ma promesse faite à Ingrid et lui donner un vrai baiser. Seulement, Henry passait de plus en plus de temps enfermé en réunion avec les autres membres du Conseil, et lorsqu'il venait se coucher, il s'effondrait dès qu'il m'avait souhaité bonne nuit. Je ne m'étais pas rendu compte qu'il pouvait être si fatigué, mais lorsque j'en parlai à ma mère lors des rares moments où je parvenais à la voir, sa réponse fut succincte :

— Nous ne nous fatiguons pas de la même manière que les humains. Nous, c'est uniquement lorsque nous utilisons nos pouvoirs que nous nous vidons de notre énergie.

Ceci expliquait pourquoi je n'avais plus jamais envie de dormir. Je n'y parvenais que lorsque Henry était à mon côté. Il avait besoin de plus de sommeil qu'il ne s'en accordait, et je refusais de le réveiller tôt le matin ou de le maintenir éveillé le soir, quelle que soit mon envie de lui faire part de mes sentiments. Ce n'était pas le moment pour ça, d'ailleurs ça ne le serait qu'après la bataille. Pour peu qu'il y ait un *après* bataille…

Je refusais systématiquement d'envisager le pire. Il devait survivre. Il n'avait pas le choix. Si Cronos ne l'avait pas tué dans la caverne, il ne le tuerait pas maintenant. Il ne tuerait aucun des dieux. Je devais me persuader que tout allait bien se passer.

Quelques heures avant le solstice d'hiver, le Conseil se rassembla. Leurs trônes formaient un cercle parfait, aligné avec celui d'Henry et le mien, tout en diamants noirs et blancs. J'hésitai à y prendre ma place, après tout, je n'avais pas contribué aux préparatifs de la bataille et j'étais exclue de son déroulement, mais Henry insista.

Avant le lancement de la réunion, Perséphone se percha sur l'accoudoir du fauteuil de notre mère, parfaitement à l'aise, comme si elle l'avait déjà fait mille fois auparavant. Elle me regarda brièvement, et je pris soudain conscience que mon trône avait été le sien autrefois, lorsqu'elle était reine. Parfait.

— Frères et sœurs, fils et filles, commença Walter.

Il balaya la pièce du regard avec gravité, prenant le temps d'examiner chaque visage, et ignora le trône vide de Calliope comme s'il n'existait pas.

— Nous avons passé des mois à préparer ce moment, que voici arrivé.

Henry était assis très droit, le menton relevé, l'air impassible. Il avait des cernes violacés sous les yeux, semblables à ceux de ma mère pendant sa dernière année de vie humaine, et les rides de son visage étaient plus creusées que jamais. La peur s'empara soudain de moi, et je m'efforçai de ne pas songer à l'horrible possibilité : qu'il succombe durant la bataille. J'aurais dû lui donner plus de temps pour dormir. J'aurais dû insister pour qu'il prenne une autre chambre, afin que je ne le gêne pas. J'aurais dû faire tant de choses que je n'avais pas faites, et auxquelles Ingrid ou Perséphone auraient sûrement pensé !

— Notre ennemi est fort, nous ne pouvons le nier, continua Walter. Mais nous l'avons battu une fois, et je sais que nous allons de nouveau y parvenir.

Le coin de la bouche d'Henry frémit. Walter mentait. Même moi, je savais que, sans Calliope, les chances de réussite étaient infimes, et elle était enfermée à double tour au cœur du palais, refusant toujours de coopérer. Son intervention pendant le premier affrontement avait constitué le pivot de leur victoire, et sans elle, c'était la défaite assurée. Tout ce que j'espérais, c'était qu'ils ne pousseraient pas les hostilités jusqu'au point de non-retour.

— Je voudrais proposer un toast, déclara Walter.

A côté de lui, Xander fit un geste, et des verres de vin apparurent soudain devant chacun d'entre nous, flottant dans les airs.

— A toutes les personnes ici présentes, avec mon plus grand amour. Quoi qu'il arrive ce soir, sachez que je suis fier de chacun d'entre vous. Nous sommes une famille, et nul ne sera oublié.

La nausée me saisit en entendant ces paroles. Je fis de mon mieux pour murmurer quelque chose en même temps que les autres et boire une gorgée de vin. Ils se préparaient donc à mourir. Peut-être pas tous, mais cette simple possibilité me tourna la tête. Si un seul d'entre eux ne revenait pas… je ne pourrais pas vivre avec ce poids sur la conscience.

Après cela, plus personne ne dit rien. Ils restèrent tous assis en silence, à regarder la pendule dont le tic-tac nous rapprochait inéluctablement de minuit. Je contemplai les visages autour de moi. Ma mère. Henry. Ava. James. Tous allaient risquer leur vie. Egoïstement, je me demandai ce qui m'arriverait si aucun d'entre eux ne survivait. Resterais-je dans le palais sans moyen sûr de retourner à la surface, ou Cronos viendrait-il me trouver pour terminer le travail ? Si je devais être la seule à rester, j'espérais qu'il vienne et qu'il me tue.

Juste avant que la pendule ne sonne les douze coups de minuit, Henry me prit la main. Sa peau était chaude, et, à la différence de la mienne, sa paume était sèche. Pendant un instant, il me serra fort, et un horrible doute m'assaillit. Etait-il en train de me faire ses adieux ?

— Je t'en prie, reviens, murmurai-je à son oreille.

Il eut un léger hochement de tête, si léger que je me demandai si je ne l'avais pas imaginé, puis il lâcha ma main.

Ensuite, Henry se leva, et tous l'imitèrent. De l'autre côté du cercle, Ava serrait les mains de Nicholas ; je détournai le regard. Je connaissais le

Conseil depuis un an seulement. Eux se connaissaient depuis l'aube de l'humanité. Tout ce que je ressentais devait être dérisoire par rapport à ce qu'ils devaient éprouver.

Lorsque l'heure fatidique commença à sonner, Henry avança au milieu du cercle, et les autres le rejoignirent. Ma mère m'adressa un petit sourire triste. Je levai la main en guise d'au revoir.

Quand les douze coups eurent fini de retentir, ils avaient disparu.

Je m'effondrai sur l'accoudoir de mon trône, la tête entre les mains, incapable de refouler les profonds sanglots qui m'échappaient. Anéantie par mon impuissance, je poussai mon esprit vers la bataille et luttai de toutes mes forces pour essayer de les voir. Il fallait que je sache ce qui se passait.

Soudain, quelqu'un me toucha l'épaule, et je sursautai si fort que je manquais tomber de mon siège. Ma vision était floue, mais je distinguai une blonde avec les mains posées sur les hanches ; l'espace d'un instant, terrorisée, je crus que c'était Calliope. Ce serait le moment idéal pour elle de me tuer, maintenant que les autres étaient partis.

— Ça va aller, dit-elle.

Je poussai un profond soupir de soulagement en reconnaissant la voix d'Ava. J'essuyai mes yeux, et distinguai bientôt les traits de son visage.

— Ava ?

Le rouge me monta aux joues. Elle venait de

me surprendre en piètre position : effondrée et en sanglots.

— Qu'est-ce que tu fais là ? Tu ne devrais pas être avec les autres ?

— Il fallait bien que quelqu'un s'assure que tu n'allais pas encore nous courir après, dit-elle.

Ça avait beau être de l'humour, ses mots me frappèrent de plein fouet.

— Et puis, je n'ai jamais été très douée pour la bagarre. Je suis plus du genre à faire l'amour que la guerre. Regarde-moi dans quel état tu t'es mise… Comment as-tu réussi à faire ça en trente secondes ?

Un mouchoir surgit de nulle part, et je la laissai m'essuyer les joues et le nez. Ce geste était si maternel que je fondis de nouveau en larmes, et elle me frotta affectueusement le dos.

— Allez, viens t'asseoir par là.

Elle me mena vers un banc capitonné, nous éloignant des trônes.

— Ne t'inquiète pas comme ça. Ils sont tous excellents dans leur tâche, et notre plan est bien rodé. Ils seront revenus avant que tu ne t'en rendes compte, je te le promets.

Son intention était adorable, mais elle n'en savait rien, et je ne pouvais pas croire ce faux espoir.

— S'il arrive quoi que ce soit, ce sera ma faute, gémis-je entre deux sanglots. C'est moi qui ai causé tout ça.

— Oh ! Kate.

Ava me prit dans ses bras.

— Ne me dis pas que tu le penses vraiment. Bien sûr que non, ce n'est pas de ta faute. La seule personne responsable, c'est Calliope, et quand nous en aurons fini avec elle, elle ne fera plus jamais de mal à personne.

— Mais ils ne peuvent pas vaincre Cronos sans elle ! m'écriai-je. Et s'il les tue tous ? Walter a dit que…

— Papa adore le mélo, rétorqua Ava.

Comme j'aurais aimé pouvoir la croire !

— Je ne dis pas que la partie va être facile, mais chacun d'entre eux fera tout pour sauver les autres. Quel genre de famille serions-nous dans le cas contraire ?

Je n'avais pas de réponse à cela. Des choses graves pouvaient arriver. Tout l'amour du monde n'y pouvait rien. Sinon, ma mère n'aurait jamais souffert du cancer. Je fermai les yeux et essayai de me détendre. Est-ce que pour une fois, mon don allait se montrer coopératif et me montrer ce que je voulais voir ? Quelles que soient les souffrances dont je pourrais être témoin, cela vaudrait infiniment mieux que de rester ici à attendre, ça c'était sûr.

— Tu essaies de les voir ? demanda Ava, me coupant dans ma concentration.

J'ouvris les yeux et hochai la tête. A quoi bon mentir.

— Ne le fais pas, ma chérie, dit-elle en prenant ma main entre les siennes. Ce n'est pas la peine de voir ça.

Une boule se logea dans ma gorge.

— Je ne peux… je ne peux pas rester ici à attendre, dis-je d'une voix rauque. Comment peux-tu rester si calme alors qu'ils peuvent tous mourir ?

— Je suis calme parce que je sais à quoi m'attendre, répondit-elle. Même si tu pouvais maîtriser ton pouvoir, tu es tellement habituée aux batailles des mortels que tu ne comprendrais pas ce qui se passe, de toute façon. Henry va avoir besoin de toi quand il reviendra, il vaut mieux ne pas t'épuiser avec des visions.

Je baissai les yeux vers le sol de marbre et une pensée désagréable me vint à l'esprit. Perséphone se trouvait à ses côtés pendant la bataille. Et si quelque chose arrivait à un membre de sa famille, ce n'est pas auprès de moi qu'il trouvera du réconfort.

— Il aura Perséphone.

— Arrête, s'il te plaît, gronda Ava. Dès qu'elle en aura l'occasion, elle courra retrouver son Adonis.

— Je n'en suis pas si sûre.

J'hésitai un instant.

— Elle l'a embrassé.

— Quoi ? Qui ?

— Perséphone, dis-je. Elle a embrassé Henry.

— Quand ça ? demanda Ava, incrédule. Elle le déteste, comment aurait-elle pu…

— Elle essayait de lui prouver que leur amour n'avait été que le fruit de l'imagination d'Henry.

J'appuyai ma tête contre le dossier du banc.

— C'était le soir de notre retour. Ils étaient seuls

dans cette pièce avec de grandes baies vitrées, il était assis, et elle est venue sur ses genoux. Ils ont parlé un peu, et elle l'a embrassé. Je n'ai pas voulu voir, ajoutai-je au cas où elle croirait que je les avais espionnés. Je n'ai juste pas pu le contrôler. Mais je l'ai vu aussi clairement que je te vois. Ce n'était pas un simple petit bisou, et je sais qu'Henry a aimé ça.

— Oui, j'imagine, laissa échapper Ava.

Elle dut se rendre compte de l'ineptie de sa réponse, car elle se hâta d'ajouter :

— Est-ce que ça va mieux, entre vous ? Je veux dire, est-ce que vous faites souvent… tu sais quoi ?

Je fronçai les sourcils.

— Quoi ? Tu veux dire… Non, jamais. Nous n'avons pas… Rien, depuis l'autre fois. Mais comment peux-tu… ?

Je m'interrompis. A quoi bon discuter ! Il était normal qu'elle pose ce genre de question. C'était du Ava tout craché.

— Il… m'enlace la nuit, si on peut dire, mais nous ne nous sommes même pas embrassés.

Elle eut l'air plus que surprise.

— Non, tu es sérieuse ? Mon Dieu, Kate, pourquoi ne m'en as-tu pas parlé avant ?

— Mais j'ai essayé, rétorquai-je, interloquée.

Voilà que ça allait être de ma faute !

— Qu'est-ce que tu pouvais y faire, de toute façon ? Le forcer à me désirer ? Non, merci, mais je n'ai pas envie que ça se passe comme ça.

Elle leva les yeux au ciel.

— Franchement, tu crois que je ferais ça ? Je sais que l'amour ne marche pas comme ça, mais j'aurais pu lui donner un petit coup de pouce, mine de rien. Sans me servir de mes pouvoirs, précisa-t-elle en voyant mon regard outré. Un jour, tu apprendras à me faire confiance. Enfin, de toute façon, l'autre folle ne devrait pas traîner dans le coin pendant des lustres, que vas-tu faire quand elle aura dégagé ?

J'avais beau ne pas aimer Perséphone, elle était tout de même ma sœur, et la grossièreté d'Ava à son égard me déplaisait.

— Pourquoi vous détestez-vous à ce point ? demandai-je. J'ai compris que tu aimais bien Adonis, toi aussi, mais tu n'as pas assez de jouets comme ça ?

— Tu as vu Adonis, répondit Ava avec un sourire coquin. Oserais-tu le comparer à un simple jouet ?

— Non, mais…

— Exactement. C'est moi qui l'ai vu la première, et elle me l'a piqué, tout simplement. Tu peux même demander à papa.

— Je n'ai pas envie de parler de ça à Walter, dis-je d'un ton sec. Adonis n'a-t-il pas son mot à dire, dans l'histoire ?

Ava se mordit la lèvre et eut la décence d'avoir l'air un peu contrite.

— Il nous voulait toutes les deux. C'est pour ça que Perséphone a renoncé à son immortalité, tu sais. Elle voulait l'avoir pour elle toute seule dans l'Autre Monde, au lieu de devoir le partager avec moi.

Quelle histoire ! Non seulement Henry avait été abandonné par sa femme, mais il avait dû assister à ses disputes de gamines avec Ava.

— Je ne sais pas ce que je ferai quand elle sera partie, repris-je. Mais tant qu'il voudra que je reste, et tant qu'il fera des efforts pour que notre couple fonctionne, je ne l'abandonnerai pas comme Perséphone l'a fait.

— Je sais que tu ne ferais pas ça, dit Ava en posant sa tête sur mon épaule. C'est en partie pour ça qu'on t'a choisie, tu sais.

— Oui, eh bien, ça doit être à peu près ma seule qualité. A part ça, je suis totalement inutile.

— Tu n'es immortelle que depuis neuf mois. Laisse-toi un peu de temps avant d'estimer que nous nous sommes trompés. Ce qui n'est d'ailleurs pas le cas, ajouta-t-elle.

J'hésitai à lui confier ce que je n'avais dit à personne jusqu'ici, pas même à ma mère. Mais j'avais besoin de le dire à Ava. Si elle pouvait vraiment m'aider, il fallait qu'elle sache tout.

— J'étais sur le point de le quitter.

Ava resta interdite quelques instants. Quand elle parla enfin, elle avait une toute petite voix.

— Je sais. Je suis heureuse que tu ne l'aies pas fait.

Comment cela, elle « savait » ?

— Tu le savais ? Mais comment ?

— Henry nous l'a dit, répondit-elle. Juste après que tu lui en aies parlé.

Je m'efforçais de garder mon calme. Bien sûr, que tout le monde le savait. Aucun d'entre eux n'était fichu de garder un secret.

— Personne n'a essayé de m'en dissuader. En as-tu parlé avec Henry ? Est-ce pour ça qu'il…

Je m'éclaircis la gorge, avant de reprendre.

— C'est pour ça qu'il m'a demandé de rester, n'est-ce pas ?

— Pas du tout ! s'indigna-t-elle. Kate, arrête un peu avec ça, tu veux ? Personne n'a rien dit à Henry, et personne ne t'en a parlé parce que James a insisté sur le fait que ce choix t'appartenait.

J'étais bouleversée et les mots venaient avec difficulté, mais il fallait que je parle.

— Cette nuit-là, quand Henry est revenu… Je lui ai dit qu'il n'y avait rien entre James et moi. Et c'est alors qu'il m'a demandé de rester.

— Vraiment ? fit Ava avec un grand sourire. Eh bien alors, c'est ça !

— Quoi, « ça » ?

Elle soupira.

— Tu es adorable. Pas futée, mais adorable. Henry croyait que tu voulais être avec James parce que tu avais passé l'été avec lui. Il te donnait donc l'occasion de partir.

Ça, je le savais déjà, ou du moins l'avais-je soupçonné. Ce qui ne rendait pas pour autant les choses plus faciles à entendre.

— Mais je n'ai aucune envie d'être avec James.

— Et une fois qu'il l'a compris, il t'a demandé de rester, parce que c'est réellement ce qu'il veut.

Ava me décocha un de ses sourires mutins.

— Tu vois ? reprit-elle. Parfois les choses ne sont pas si noires.

J'avais l'impression qu'on venait de m'ôter un poids de ma poitrine.

— Tu le crois vraiment ?

Elle me colla un baiser sonore sur la joue.

— Non. Je le *sais*.

L'attente était une torture. Pendant les heures qui suivirent, nous parlâmes de tout et de rien. Lorsqu'un silence s'installait, j'essayais en vain d'avoir une vision du champ de bataille. Chaque fois que l'horloge sonnait, je me demandais qui manquerait à l'appel lorsque le Conseil reviendrait — en admettant que quiconque revienne. Ava ne cessait de me répéter « pas de nouvelles, bonnes nouvelles » ; au bout de combien de temps admettrait-elle que les choses avaient pu mal tourner ?

A sept heures moins le quart, je sentis soudain quelque chose me picoter la nuque. Ava et moi étions appuyées l'une contre l'autre, à moitié assoupies, et je m'éveillais toutes les cinq minutes pour voir s'ils n'étaient pas revenus. Lorsque j'ouvris un œil, je vis alors une étrange brume autour de nous, et je crus un instant que j'étais en train de rêver.

C'est alors que j'entendis un rire et le bruit de talons claquant sur le marbre ; mon sang se glaça dans mes veines.

— Bonjour, dit Calliope en apparaissant devant nous. Comme vous êtes mignonnes, là, toutes les deux.

Brusquement, la brume se transforma en brouillard et nous engloutit totalement.

17

UN PARFUM DE CENDRE ET DE SANG

J'ouvris la bouche pour crier, mais aucun son n'en sortit.

— Pas la peine…

La voix de Calliope chuchota dans le brouillard, résonnant tout autour de moi.

— Personne ne peut t'entendre ici, de toute façon.

Je cherchai Ava du regard, mais elle n'était plus là.

— Qu'as-tu fait d'Ava ? dis-je en luttant pour rester debout.

Mes genoux tremblaient, mais je ne voulais pas donner à Calliope la satisfaction de me voir m'écrouler.

— Tu la retrouveras bien assez vite, dit-elle en surgissant du brouillard, en face de moi. Je t'avais dit que Cronos me libérerait. N'est-ce pas merveilleux quand tout finit par rentrer dans l'ordre ?

Une chaleur inquiétante se répandit en moi, la même que celle que j'avais ressentie devant Calliope lorsque Walter me l'avait présentée enchaînée.

— Qu'est-ce que tu veux ? grondai-je en me tenant le ventre.

Qu'était-elle en train de me faire ? Il devait bien y avoir un moyen d'arrêter ça.

— Je t'ai déjà dit ce que je voulais, dit-elle. Je vais te faire mal comme tu m'as fait mal. Je vais te prendre ce que tu possèdes de plus cher, et tu ne pourras rien faire pour m'en empêcher.

Elle me frôla la joue, et son contact me fit l'effet d'une brûlure.

Je repoussai brutalement sa main.

— Où est Henry ? Que lui as-tu fait ?

— Moi ? Rien, dit-elle avec des yeux faussement innocents. Tu ne me fais pas confiance ? Kate, il faut vraiment que tu apprennes à être moins suspicieuse. Tu vas te faire des cheveux blancs si tu continues comme ça ; tu n'as pas envie de passer l'éternité sous les traits d'une vieille dame, n'est-ce pas ?

Soudain, le brouillard gronda, et Calliope m'adressa un clin d'œil.

— Ah, ça me rappelle que j'ai ici quelqu'un qui souhaite te rencontrer.

Un homme aux cheveux noirs apparut alors à son côté, mais il n'était pas d'une apparence solide comme elle. Le brouillard semblait en effet onduler à travers lui, comme s'ils ne formaient qu'un seul être ; et lorsqu'il avança vers moi, je vis que ses yeux étaient du même gris que celui qui nous entourait.

Cronos.

— Kate, ma chérie, murmura-t-il d'une voix posée et profonde comme un grondement de tonnerre.

Il effleura ma joue du bout de ses doigts, et ce

toucher aussi léger qu'une plume se répercuta dans mon corps tout entier.

— J'ai tellement attendu ce moment.

Le pire, c'est qu'il ressemblait terriblement à Henry. Certes, il était plus vieux. Mais la forme de son visage, la couleur de ses cheveux lui tombant aux épaules, même sa façon de bouger — tout en lui me rappelait Henry.

Henry était le plus âgé des frères. Avait-il été créé à l'image de Cronos ? Ou bien était-ce Cronos qui essayait de lui ressembler ? Je ne voyais pas bien pourquoi, mais c'était une hypothèse.

— Cronos, dis-je d'un ton crispé en joignant mes mains tremblantes. Qu'as-tu fait d'eux ?

— Ils sont tous relativement sains et saufs, je te l'assure, ma chère.

Cronos sourit, et la chaleur quitta subitement mon corps.

— As-tu aimé mes petits cadeaux ?

— C-cadeaux ? bredouillai-je. Quels cadeaux ?

Cronos prit ma main entre les siennes et recouvrit ma paume. Lorsqu'il les retira, je tenais au creux de la mienne une fleur jaune et bleu au parfum sucré.

Le brouillard sembla se rassembler autour de moi tandis que l'air quittait mes poumons. C'était Cronos qui m'offrait ces fleurs, depuis le début !

— Mais… pourquoi ? Tu n'as même pas… Je ne…

Il se pencha vers moi, frôlant ma joue de ses lèvres, et soudain mon esprit se figea, comme s'il était embrumé lui aussi.

— Je peux te donner tout ce que tu as toujours désiré, ma chérie, murmura-t-il.

Ses mots me pénétrèrent avec une chaleur étourdissante, pour se graver si profondément en moi que je ne pouvais pas les ignorer.

— Un foyer, une famille, et je t'aimerais bien plus qu'il ne le pourra jamais. Tu ne seras jamais un second choix pour moi. Tu pourrais être mon éternelle.

Pendant qu'il parlait, Calliope disparut, nous laissant seuls dans le cocon de brouillard. Mes yeux se fermèrent, et je me sentis vaciller tandis que mon corps me hurlait de m'éloigner de lui. Pourtant, une partie de moi ne le voulait pas. Il disait la vérité ; c'était évident. Il m'aimerait toujours. Et la façon dont il prononçait mon nom, dont il s'insinuait déjà en moi…

— Viens avec moi, ma belle, murmura-t-il. Donne-moi ta main, et je t'emmènerai loin d'ici. Dans un endroit aussi exquis que toi, où tu pourras admirer le ciel. Et où tu ne manqueras jamais d'amour.

Je frémis. Ce serait si simple. L'éternité au soleil, avec quelqu'un qui m'aimait — que demander de plus ?

Ma main n'était plus qu'à quelques centimètres de la sienne quand une décharge d'énergie me repoussa soudain sur le banc. Cronos gronda et pivota pour faire face à un ennemi que je ne pouvais voir ; j'essayai de me relever, mais cette même force me retenait assise.

Une silhouette avança vers nous, et une nouvelle vague d'énergie pure déferla sur la salle du trône.

— Je ne te le dirai qu'une fois, Cronos, lança une voix sombre et menaçante. Ecarte-toi tout de suite de ma femme.

Je repris mon souffle comme si je remontais à la surface après avoir été immergée trop longtemps, et le brouillard se volatilisa autour de moi. Etourdie, je me pliai en deux, avec l'impression qu'on venait de me décocher un violent coup de poing dans les entrailles. Mais il ne s'agissait pas de Cronos et de l'étrange pouvoir qu'il avait eu sur moi. C'était Calliope ; et cette fois, son coup avait atteint son but.

— Henry, m'étranglai-je tandis qu'il s'agenouillait près de moi. Je suis désolée... Cronos, je n'ai pas... Je ne voulais pas... Et Calliope, elle s'est échappée...

Il me prit dans ses bras et m'allongea délicatement sur le banc.

— Calme-toi. Tu n'as rien fait de mal. Comment te sens-tu ?

Je regardai ces yeux qui brillaient comme des rayons de lune, et, l'espace d'un instant terrifiant, je ne ressentis rien pour lui. Pas d'amour. Pas d'amertume à l'idée de ce que Perséphone lui avait fait subir. Le vide.

Puis tout revint alors brutalement : l'amour, l'admiration, le respect, et même le désir, refermant cette effroyable parenthèse. Comment Cronos avait-il fait une chose pareille ? Comment avait-il pu anéantir mon amour pour Henry, même brièvement ?

Je jetai mes bras autour de son cou et enfouis mon visage au creux de son épaule. C'était l'œuvre de Calliope, et non de Cronos. Tel était son pouvoir — celui qu'Henry redoutait tellement.

— Je t'aime, murmurai-je en respirant son odeur.

Il sentait la cendre et le sang.

— Je t'aime tant. Je suis désolée, je ne voulais pas…

— Tout va bien, maintenant. Tu es en sécurité, dit-il en me frottant le dos comme Ava l'avait fait peu auparavant.

Ava ! Oh ! mon Dieu.

— Où est Ava ?

Une autre main fraîche vint se poser sur ma nuque. Maman.

— Ava est là-bas, avec Walter, trésor, dit-elle avec un signe de tête vers un attroupement flou, quelques mètres plus loin.

Les épaules d'Ava tremblaient comme si elles étaient agitées de sanglots, et Walter l'enlaça en lui murmurant des mots que je ne pouvais entendre.

— Nicholas a été capturé.

Mon cœur s'emballa, et je dus faire un effort surhumain pour refouler la nausée qui m'envahissait.

— Est-ce que tous les autres… ?

— Nous sommes vivants, dit une autre voix.

James.

Henry releva les yeux vers lui.

— Est-ce que le piège a tenu bon ?

— Oui. Il n'est pas parfait, mais il nous fera gagner du temps. Que se passe-t-il ?

— Calliope s'est enfuie avec Cronos, annonça Henry.

James jura dans sa barbe et s'assit lourdement à côté de moi. Sans lâcher Henry, je pris la main de James et la serrai. Il me la serra en retour.

— Et maintenant ? dit-il à Henry.

— Nous attendons. Est-ce que les autres arrivent ?

— Ella est blessée, répondit James. Théo et Sofia s'occupent d'elle. Les autres vont bien.

Je replongeai mon nez au creux de l'épaule d'Henry et pris plusieurs inspirations fébriles pour tenter de me calmer. Cronos et Calliope étaient pris au piège. Henry, ma mère et James étaient indemnes, et tout allait bien se passer.

A ceci près qu'Ava venait de perdre son mari.

Finalement ils arrivèrent tous, les uns après les autres. Certains étaient ensanglantés, d'autres exempts de toute égratignure. Perséphone revint avec Dylan, sans un cheveu de travers. Mais Ella…

Elle apparut en même temps que Théo, un peu en retrait. Elle gisait sur le sol, tremblante et pâle comme un linge au milieu d'une mare de sang. Je me pétrifiais. Quelle horreur ! Elle n'avait plus de bras gauche. Théo avait mis ses mains de chaque côté de sa tête et cherchait son regard, le front plissé par l'angoisse. Même lorsque les autres se rassemblèrent autour de lui, il ne la quitta pas un instant des yeux. Je pressai mon visage contre la poitrine d'Henry, incapable de soutenir la vue de ce spectacle.

— Est-ce que Calliope t'a blessée ? demanda Henry tout bas.

Je hochai la tête. Ce n'était pas une blessure physique, mais je savais que ce n'était pas de cela dont il parlait.

— C'est parti, maintenant, mentis-je.

Le brouillard mental avait certes disparu en même temps que Calliope et Cronos, mais une douleur demeurait à l'endroit où cette chaleur dévorante s'était immiscée en moi.

— Je vais bien.

Henry resta silencieux. Lui avouer la vérité ne ferait aucune différence. Il ne pouvait rien y faire. Peu importait ce que Calliope m'avait fait. Quoi que ce fût, j'étais vivante, et entière.

— Le Conseil se rassemble dans cinq minutes, annonça Walter. Théo, emmène Ella dans sa chambre et veille sur elle là-bas. Je connais déjà ta décision.

Théo ne lui répondit pas, mais en un clin d'œil, Ella et lui avaient disparu, ne laissant qu'une flaque écarlate derrière eux. Un silence de mort tomba sur la salle du trône jusqu'à ce que ma mère se lève et agite la main, faisant disparaître le sang du sol.

Si seulement tout pouvait être aussi simple. Peut-être alors pourrais-je faire comme si nous n'étions pas tous en train de plonger tête la première dans les prémices d'une guerre sans merci.

***

Cette fois, Henry ne me prit pas la main.

Quand Walter se leva pour s'adresser à ce qu'il restait du Conseil, je laissai ma main posée sur l'accoudoir mais il ne fit pas un geste vers moi. Il m'avait à peine regardée depuis que je lui avais confirmé que Calliope m'avait fait quelque chose, et c'était dur de ne pas pouvoir lui déballer toute la vérité. Mais je me moquais de ce qu'elle m'avait fait, Henry était vivant, et cela seul comptait.

— Nous allons continuer à combattre Cronos, déclara Walter.

Henry détourna les yeux de ses frères.

— La tâche ne sera pas aisée, et après ce qui s'est passé aujourd'hui, je n'obligerai aucun d'entre vous à coopérer, ajouta Walter. Si vous ne vous sentez pas prêts ou si vous n'avez pas envie de risquer votre vie pour cette cause, vous pouvez partir, et nul ne vous en tiendra rigueur.

J'étais certaine que personne ne se rétracterait, vu la façon dont le Conseil semblait soudé. C'est donc avec stupéfaction que je vis Dylan et Xander se lever. Tous deux adressèrent un petit hochement de tête au Conseil, puis Dylan sortit le premier de la salle du trône. Je savais déjà qu'il pensait la bataille perdue d'avance, mais je n'aurais jamais imaginé que lui ou quelqu'un d'autre puisse ainsi abandonner le reste du Conseil.

Apparemment, les autres non plus. En l'absence de Théo et d'Ella, nous n'étions donc plus que dix, et j'aurais parié que Perséphone n'avait guère l'intention de s'attarder. Si Henry s'obstinait à m'exclure de la bataille, ils ne seraient donc plus que huit.

— Très bien, dit Walter. Le piège que nous avons construit tiendra jusqu'au prochain solstice d'hiver, et entre-temps, j'ai bien l'intention de…

— Frère, intervint soudain Henry. Si tu le permets.

— Je t'en prie, répondit Walter.

Henry se leva avec solennité.

— Sœurs et frères, déclara-t-il en fixant les colonnes dressées derrière les bancs. Je suis au regret de vous dire que j'ai décidé, moi aussi, de me retirer de la bataille.

Une rumeur parcourut le reste de l'assemblée. Moi-même, je n'en croyais pas mes oreilles. C'était impossible ! Ava, qui avait l'air d'une petite fille recroquevillée dans son immense trône de coquillages, commença à pleurer.

Walter fit un geste comme pour avancer d'un pas, puis parut changer d'avis à la dernière seconde.

— Nous comptons sur toi, dit-il lentement. Ensemble, avec le temps, nous avons une chance. Mais sans toi…

— C'est l'Autre Monde qui est mon royaume, pas celui d'en-haut. Je vais en sceller les accès et m'assurer que Cronos restera enfermé jusqu'au prochain solstice d'hiver, mais ma décision est prise, dit Henry. Je vous demande à tous de comprendre que je ne l'ai pas prise à la légère.

Ma mère se leva à son tour. Elle avait la même expression que lorsque j'avais décidé de me teindre les cheveux en violet à onze ans, et de me faire tatouer quand j'en avais eu quatorze. Dieu merci, ni l'une ni l'autre de ces lubies ne s'étaient concrétisées.

— Henry, nous sommes tous effrayés par les risques, mais si tu refuses de nous aider, nous allons perdre. Tu le sais sûrement. Le sang que Cronos a déjà répandu…

— Je le déplore, et nos blessés ont toute ma compassion, coupa Henry. Toi mieux que quiconque, tu devrais pourtant comprendre pourquoi je fais ce choix, Diane. Kate est la cible de Calliope, et c'est un véritable miracle qu'il ne lui soit rien arrivé aujourd'hui. Je l'ai déjà mise en péril par deux fois ; je ne veux pas qu'il y en ait une troisième.

Avant même de m'en rendre compte, j'étais debout devant l'assemblée ; la colère avait d'un coup remplacé mon chagrin et ma culpabilité.

— Ne me prends pas comme excuse pour abandonner le reste de ta famille ! Calliope me pourchassera, que tu te battes avec eux ou non. Je ne compte pas rester les bras croisés à te regarder ne rien faire, je n'ai pas envie que tout le monde s'en prenne à moi quand le Conseil aura perdu.

— Personne ne s'en prendra à toi, ma chère, intervint Walter. Henry, sans toi, la défaite est inévitable. Personne d'autre n'est capable d'arrêter Cronos, et si Calliope ne réalise pas son erreur dans l'année qui vient…

— Je suis désolé, reprit Henry. Je ne changerai pas d'avis. Kate, tu n'es pas une excuse. Si je me retire et si je scelle l'Autre Monde, quelle que soit l'issue de la guerre, je pourrai assurer ta sécurité tout en continuant à exercer mes devoirs envers les morts.

— Mais pourquoi ne pas te battre quand même ? répliquai-je. Tout le monde va mourir si tu ne le fais pas !

— Tout le monde peut aussi mourir si je le fais. Je ne risquerai pas ta vie. Nous avons déjà eu un aperçu de ce que Calliope est prête à faire pour te détruire, et étant donné l'intérêt que Cronos te porte, ce serait beaucoup trop dangereux.

Perséphone se leva avant que j'aie le temps de répliquer.

— Et les autres Titans, alors ? Si Henry…

— Quels autres Titans ? demandai-je, le cœur battant.

Perséphone me dévisagea.

— Veux-tu bien me laisser finir ? Si Henry ne veut plus nous aider, qu'il en soit ainsi. De toute évidence, rien de ce que nous pourrons dire ne le fera changer d'avis.

Ses yeux brillèrent et se posèrent sur Walter.

— Père a dit que nul ne serait jugé s'il se retirait. Et avant que tu te mettes dans tous tes états, Kate, sache que nous ne sommes pas les seuls à pouvoir le combattre. Tous les autres Titans n'ont pas été emprisonnés. Avec un peu de chance, ceux qui sont encore libres seront peut-être partants pour nous aider.

— Les chances que les autres Titans acceptent

de combattre à nos côtés après ce que nous leur avons fait sont infinitésimales, dit Walter avec une expression plus dure. Il ne serait pas non plus très raisonnable de fournir des alliés potentiels à Cronos.

— Ça ne vaudrait quand même pas le coup d'essayer ? insista Perséphone.

— Rhéa pourrait nous aider, lança James, qui était resté silencieux jusqu'alors. Je sais où elle se trouve.

— Nous n'avons pas le temps de lui faire la cour, objecta Walter. Nous devons nous préparer, et la convaincre de se liguer contre son congénère risque de prendre du temps.

— Alors laissez-moi le faire, dis-je avec une bravoure un peu exagérée. Je veux faire quelque chose.

— Kate…, commença Henry, avant que je lui coupe la parole.

— Non. Tu as pris ta décision, laisse-moi prendre la mienne. Puisque tu ne veux pas participer, il faut bien trouver quelqu'un d'autre pour le faire.

— Henry a raison, dit Walter. Tu n'as aucune expérience des Titans. Tu es nouvelle ici, et un seul mot inapproprié…

— Alors envoyez quelqu'un avec moi.

— Nous ne pouvons nous passer de personne, répliqua sèchement Walter. Si tu veux y aller…

— Vous pouvez vous passer de moi.

Ava parla doucement et sans conviction, mais sa voix domina celle de Walter et l'interrompit. Ils se regardèrent, et quelque chose sembla circuler entre eux.

— Très bien, fit Walter.

J'éprouvai un regain d'espoir. Enfin, je n'allais plus être inutile ! Même si Rhéa ne voulait pas nous aider, au moins aurais-je l'occasion de rattraper le fait que c'était à cause de moi qu'Henry s'était désisté. Je ne pouvais pas rester sans rien faire quand ils risquaient tous de périr par ma faute, quoi qu'ils en disent.

Le visage d'Henry s'assombrit jusqu'à devenir presque méconnaissable.

— Kate, je t'en prie. Quel que soit ton sentiment de responsabilité dans cette histoire, que crois-tu que je ressentirais s'il t'arrivait malheur ? Ce serait de ma faute.

De tous les arguments qu'il avait à sa disposition, il choisissait cette voie-là ? Parfait ; j'avais ma réponse.

— C'est bien ça le problème, Henry. Justement, je ne sais pas ce que tu ressens pour moi. Apparemment, tout le monde ici a son opinion à ce sujet, mais c'est de ta bouche seulement que j'ai besoin de l'entendre. Et malgré toutes mes supplications, tu t'obstines à ne rien me donner. Tout ce que tu fais, c'est risquer la vie de ceux que j'aime pour me protéger. Que crois-tu que je ressente, *moi*, face à ça ?

Il sembla abasourdi quelques instants, mais se reprit très vite, et lorsque qu'il me répondit son expression était de nouveau impassible.

— Avant de te rencontrer, j'étais prêt à m'éteindre.

S'il t'arrive quoi que ce soit, je renoncerai et rien n'y personne ne m'en empêchera cette fois.

Je crus tout d'abord l'avoir mal entendu. Il m'avait déjà manipulée — comme l'ensemble du Conseil l'avait fait — mais il ne m'avait jamais fait de chantage avec sa propre vie. Je pensais que c'était une limite qu'il n'oserait franchir. Visiblement, j'avais tort.

— Excuse-moi de ne pas m'en inquiéter, dis-je d'un ton sarcastique qui réduisait à néant tous nos efforts des dernières semaines. Maintenant que Perséphone est de retour dans ta vie, j'imagine que tu vas vouloir rester là tant qu'il y aura une nouvelle chance qu'elle t'embrasse.

Henry se figea, et j'entendis ma mère marmonner derrière moi :

— Encore ? *Perséphone !*

Folle de rage soudain, je décidai de tout déballer :

— Je sais que je ne suis pas elle et que je ne le serai jamais, mais tu sais quoi, Henry ? C'est une bonne nouvelle, parce que, contrairement à elle, je ne vais pas te trahir. Je ne vais pas tomber amoureuse de quelqu'un d'autre et décider que tu n'en vaux plus le coup, parce que tu es tout pour moi. Tant que tu voudras de moi ici, je resterai ; mais malgré tout mon amour, je ne te laisserai pas me manipuler de la sorte. Ce n'est pas juste envers moi, ni envers le Conseil, et tu dois arrêter ça avant de nous détruire complètement. Si tu veux être malheureux, très bien. Si tu veux l'embrasser même si elle ne t'aime pas, très bien. Et ce quand bien même si tu ne m'as pas accordé le moindre baiser pour me souhaiter bonne nuit depuis mon arrivée. Vas-y ! Mais dans ce cas, s'il te plaît, laisse-moi tranquille pendant quelques années — que dis-je, pendant des siècles. Mais surtout, n'essaie pas de m'empêcher d'aider ma famille à sauver sa peau et celle du monde !

Je me tournai vers Walter pendant qu'Henry me dévisageait, bouche bée. Cette fois, il n'avait plus son mot à dire.

— Si tu veux bien m'excuser, je vais aller me préparer. Plus vite nous aurons un autre Titan dans nos rangs, plus nous aurons de chances de gagner.

Walter opina du chef, et je descendis de l'estrade pour traverser le cercle et sortir la tête haute. Il n'était pas question qu'ils me voient craquer.

Personne ne me suivit. Lorsque j'eus refermé la porte de la salle, je m'y appuyai et fermai les yeux en tentant d'apaiser les battements de mon cœur. J'avais fait ce qu'il fallait. Henry ne m'avait pas laissé d'alternative ; même s'il se retirait maintenant du jeu, au moins serait-ce pour de bonnes raisons, et non parce qu'il pensait que je ne l'aimais pas.

La porte s'ouvrit soudain derrière moi, me faisant trébucher. Perséphone se glissa dans l'entrebâillement et referma hâtivement la porte ; dans ce bref laps de temps, j'entendis des éclats de voix. A l'intérieur, ils se disputaient.

— Eh bien, on peut dire que tu sais soigner tes sorties, dit-elle avec un petit sourire qui s'éteignit rapidement. Je suis désolée pour ce que tu as vu. Je ne le savais pas du tout.

Comme si ses excuses pouvaient arranger les choses.

— Ce n'est pas grave, marmonnai-je en sentant malgré tout la tension me quitter. Je sais pourquoi tu l'as fait.

— C'est vrai ?

Elle s'assit sur l'un des bancs et m'invita d'un geste à la rejoindre. Je pris place à l'autre bout, aussi loin d'elle que possible.

— Je sais ce qu'il éprouve pour moi. Ça n'a jamais été un secret, et quoi que j'aie pu faire pour l'en décourager, ses sentiments n'ont fait que grandir. C'est l'une des raisons pour lesquelles j'ai décidé de renoncer à mon immortalité, ajouta-t-elle. J'étais bien consciente que cela finirait par devenir totalement insupportable pour lui, et je l'avais déjà suffisamment fait souffrir comme ça.

Cette histoire était bien jolie, mais je ne la croyais pas. Perséphone était tout sauf altruiste. Peut-être n'était-elle pas aussi égoïste que je l'avais pensé au départ, mais j'en avais vu assez pour être sûre que mes premières impressions ne pouvaient pas être totalement fausses.

— Tu fais le bon choix, dit-elle, faisant écho à mes pensées précédentes. Je comprends pourquoi Henry se retire du combat, mais il le fait pour les mauvaises raisons.

— Tu veux dire qu'essayer de me garder en vie n'est pas une raison valable ?

— Oui, c'est exactement ça, dit-elle.

Je fis la grimace. Mais je renonçais à me disputer avec elle. Elle avait raison.

— Que ça te plaise ou non, tu n'es qu'une personne. Et Cronos va anéantir le monde entier s'il s'échappe de l'île où nous l'avons piégé.

— Tu crois que je ne le sais pas ? rétorquai-je. Si je pouvais me sacrifier et mettre un terme à tout ça, je le ferais. Sauf que Calliope veut leur peau à eux tous, maintenant. Pas la peine de me rappeler à quel point la situation a dégénéré à cause de moi.

Perséphone soupira.

— Excuse-moi. Apparemment, je suis incapable de trouver les mots qu'il faut…

Elle pourrait facilement y remédier en cessant de me traiter comme si je ne connaissais rien à rien. C'était certes un peu le cas, mais elle n'était pas obligée de me le faire tout le temps remarquer.

— Bref, reprit Perséphone après quelques secondes de silence. Je voulais juste m'assurer que tu savais pourquoi je l'avais embrassé. Je suis désolée.

Je détournai le regard. Je n'avais aucune envie d'avoir cette conversation.

— Je ne t'en veux pas de l'avoir embrassé. J'en veux à Henry d'en avoir eu envie.

— Tu le savais pourtant, même avant que ça ne se produise, dit-elle. Et moi aussi. Mais tu sais quoi ? Il n'y a pas pris plaisir.

Je la regardai en biais.

— Comment ça ?

— Ah, apparemment tu n'as donc pas tout

entendu, dit-elle avec un soupçon de suffisance. C'est bien ce que je pensais. Sinon, tu ne te serais pas mise dans un tel état.

Je réprimai une geste de colère. Décidément, elle avait l'art de me pousser à bout…

— Viens-en aux faits, tu veux ?

Elle leva les yeux au ciel.

— Ton caractère te jouera des tours, un de ces jours. Bon : j'ai demandé à Henry si c'était aussi agréable qu'il l'espérait, et il a reconnu que non. Il lui a fallu un moment, mais je crois qu'il a compris que notre relation n'a jamais rien eu d'authentique.

Je ne répondis pas. Même si j'avais tort, cela ne changeait rien à la façon dont il m'avait traitée ces derniers mois. Il avait eu *envie* de l'embrasser.

Perséphone joua avec une de ses mèches blondes, qui remonta en une spirale parfaite quand elle la relâcha. Probablement n'avait-elle jamais été mal coiffée de sa vie entière.

— Notre histoire n'a pas marché à cause de moi : j'étais trop jeune, trop effrayée. Je n'étais pas prête pour le mariage, et je le savais avant de l'épouser. Il aurait été plus judicieux de le repousser d'une centaine d'années et d'apprendre d'abord à se connaître. Si j'avais fait ça, qui sait ce qui serait arrivé ? Mais je n'ai pas attendu, et nous en avons tous deux payé le prix.

— Henry plus que toi, maugréai-je.

— Henry plus que moi, reconnut-elle. J'ai dû porter ce poids pendant toute ma vie après la mort. Depuis que je l'ai quitté, j'ai toujours espéré que quelqu'un viendrait lui donner une nouvelle chance. Quelqu'un comme toi, dit-elle en me touchant le bras.

Je m'écartai légèrement d'elle, et elle reposa sa main sur ses genoux.

— Ce n'est pas parce que ça n'a pas marché entre nous que je ne l'aime pas, continua-t-elle. Pas de la façon qu'il le voudrait, bien sûr, mais je me soucie quand même de ce qui lui arrive. Et je suis heureuse qu'il t'ait trouvée. Je suis heureuse que mère ait décidé de retenter le coup avec une fille dont elle puisse enfin être fière.

A cet instant, une grande partie de mon ressentiment envers Perséphone s'évanouit, et je tendis timidement mon bras vers elle. Si j'avais eu mille difficultés à supporter la pression des attentes que nourrissait ma mère à mon égard, je n'avais jamais songé combien il avait pu être dur pour Perséphone d'aller à leur encontre.

— Elle est fière de toi. Elle l'a dit elle-même. Et… elle sait que tu méritais une chance d'être heureuse. Je le sais, moi aussi, ajoutai-je. J'aimerais juste qu'Henry puisse me regarder de la façon dont il te regarde.

Perséphone prit ma main dans la sienne.

— Tu devrais te réjouir du contraire. Quand il me regarde, il souffre. Mais quand il te voit…

Elle eut un petit sourire.

— L'espoir renaît en lui. Je ne suis pas étonnée que tu ne le remarques pas. Il m'a fallu un certain temps pour le comprendre, moi aussi. Mais j'ai passé des centaines d'années avec lui, et je connais ce regard. Je l'ai vu le jour où nous nous sommes mariés. On n'oublie pas la première fois que quelqu'un vous regarde de cette manière.

Je me mordis la lèvre. J'avais envie de la croire. Vraiment. Elle connaissait très bien Henry ; elle n'avait rien à gagner à me mentir, et si elle était honnête, alors oui, je *devais* la croire.

— Comment dois-je faire ? Comment puis-je l'amener à m'aimer ?

— Sois simplement toi-même.

Perséphone me tapota la main et se leva.

— Il ne lui faudra pas longtemps pour se rendre compte de sa chance. Je dois y aller, maintenant.

— D'accord.

Je repoussai mes cheveux derrière mes oreilles.

— Je passerai sûrement te voir avant de partir.

— Je ne crois pas.

Elle sourit brièvement et, en cet instant, elle ressembla tellement à ma mère que je la regardai à deux fois pour être sûre que c'était bien elle.

— Je pars dès la fin de la réunion. Je suis restée ici assez longtemps, et même si ça m'a amusée de combattre Cronos, Adonis me manque. Je reviendrai s'ils ont besoin de moi, ajouta-t-elle. En attendant, je rentre chez moi.

— Ah.

Je me sentis soulagée, puis immédiatement un peu coupable. Les choses avaient beau avoir été terribles avec elle au début, et, en dépit de ma rancune pour ce qu'elle avait fait à Henry, elle faisait de son mieux, je devais bien le reconnaître. Et elle était tout de même ma sœur.

— Merci. Pour tout.

— De rien.

Elle posa la main sur la porte, mais hésita avant de l'ouvrir.

— Tu peux venir me voir, si tu veux. Ça me ferait plaisir. Je n'ai jamais eu de vraie sœur avant, et ce serait chouette de mieux te connaître. Malgré tout l'amour que j'ai pour Adonis, il peut être un peu… ennuyeux, parfois.

Je lui fis un petit sourire. Cela ne me surprenait pas outre mesure.

— Ça me ferait plaisir aussi. Je suis désolée d'avoir déboulé comme ça chez toi et de t'avoir dérangée.

— Je ne regrette rien.

Elle me fit un clin d'œil et disparut pour retourner dans la salle du trône.

La porte se referma, étouffant la clameur qui montait toujours des rangs du Conseil. Je n'étais pas sûre de ce que j'éprouvais pour Perséphone, mais au moins aurions-nous désormais l'occasion d'apprendre à nous connaître par nous-mêmes. Si je survivais.

Une heure plus tard, j'avais étalé la moitié de ma garde-robe sur le lit, et Pogo était enseveli sous une pile de pulls. J'ignorais où Ava et moi allions nous rendre, et devais donc me préparer à toute possibilité. Où pouvait donc bien vivre un Titan sans se faire remarquer ? Au sommet d'une montagne ? En Antarctique ? Dans le désert du Sahara ? Les possibilités étaient infinies ; il me fallait être parée à toute éventualité.

— Tu crois que tu vas pouvoir vivre sans moi quelques mois de plus ? dis-je à Pogo comme il sortait la tête de mes vêtements.

Il poussa un petit jappement, et je souris malgré moi.

— Tu vas lui manquer, dit soudain une voix derrière moi.

Je sursautai et laissai tomber les bottes que j'essayais de fourrer dans mon unique valise.

Je pensais qu'il m'éviterait ; mais il était là, le buste droit et le regard ombrageux.

Henry.

18

PIÉGÉE

Ma bouche devint toute sèche, et pour masquer ma fébrilité, je ramassai les bottes avant de les jeter sur le lit. J'étais tellement convaincue qu'il ne voudrait plus entendre parler de moi que je n'avais absolument pas réfléchi à ce que je pourrais lui dire. Je n'avais pas vraiment de raison de m'excuser, à part peut-être de l'avoir interpellé devant tout le monde ; mais c'était bien la seule chose que je regrettais.

— Désolée pour le bazar, j'étais en train de…

— Faire tes valises, je vois.

Il agita une main, et ma valise surchargée sembla soudain se vider. Je m'apprêtais à protester quand je réalisai qu'il n'avait rien fait disparaître ; ma valise était seulement devenue plus profonde.

— C'est un mauvais moment à passer ?

Me quereller avec lui était bien la dernière chose dont j'avais envie.

— Je n'ai que quelques minutes, dis-je en pliant un jean. A propos de quoi vous disputiez-vous, tout à l'heure ?

Henry arbora une moue ennuyée.

— De ce que tu peux imaginer. Diane n'était pas contente après moi, pas plus que Walter. Je suppose que toi non plus, malgré notre précédente discussion.

J'hésitai à mentir, mais au fond cela ne servirait à rien.

— Non, en effet, répondis-je. Nous n'avons jamais… été au bout des choses. Mais je ne veux pas essayer de te forcer à ressentir des sentiments que tu n'as pas envie d'éprouver. Je pensais tout ce que j'ai dit. Je ne te quitterai pas, sauf si tu ne veux plus de moi ici.

— Je veux que tu restes, et pourtant tu es en train de faire tes valises, trois mois plus tôt que prévu, dit-il posément.

Je me figeai.

— Tu sais très bien pourquoi, marmonnai-je. Je reviendrai dès que j'aurai trouvé Rhéa.

— Pour combien de temps ?

Je retirai délicatement la botte que Pogo serrait entre ses dents.

— Aussi longtemps que tu le voudras.

— Alors, ça sera pour très longtemps.

Je souris, soulagée par cet aveu.

— Parfait.

Il avança vers moi et me toucha la joue.

— J'aime te voir sourire. Ça veut dire que j'ai fait quelque chose correctement. J'ai bien peur que ça n'arrive pas si souvent.

— Ne t'en fais pas.

J'appuyai ma tête contre sa main, et il me caressa la joue de son pouce.

— Perséphone m'a raconté que tu n'avais pas trouvé ça aussi bon que tu l'espérais. Son baiser, je veux dire.

Quelque chose frémit un instant dans son regard, et disparut avant que je puisse l'identifier.

— Non, en effet. J'éprouve peu de satisfaction à donner de l'affection à quelqu'un qui ne m'en rend pas.

— Oui… moi non plus.

Je posai ma main sur la sienne et pressai mes lèvres contre sa paume.

— Ça fait mal d'être celui qui aime le plus.

Henry se rapprocha, ne laissant plus que quelques centimètres entre son corps et le mien. Je frissonnai malgré la chaleur qu'il dégageait.

— Si je n'avais pas été enchaîné, j'aurais mis Calliope en pièces dans la caverne. Et si Walter l'avait permis, je l'aurais encore fait au moment où j'étais seul avec elle dans le palais.

Je ris doucement.

— Est-ce censé être un genre de déclaration romantique ?

— C'est censé être la vérité.

Il me fixa, et je retins mon souffle.

— Si j'étais un homme meilleur, je serais capable de te témoigner l'amour et l'affection que tu mérites. Mais comme je ne le suis pas, je ne peux t'offrir que ce que j'ai à donner. En tout cas, sache que ce n'est pas parce que je ne montre rien que je ne ressens rien.

C'était exactement ce que tout le monde avait essayé de me dire depuis septembre, mais le fait de l'entendre de la bouche d'Henry me permit enfin de le croire.

— Je pense que je comprends, murmurai-je. Je ne veux pas que tu fasses semblant d'être ce que tu n'es pas.

— Alors crois-moi quand je te dis qu'il n'y a personne d'autre avec qui je préférerais être.

Il passa une main dans mes cheveux et me caressa doucement la nuque.

— Pas même Perséphone. Elle appartient à mon passé, et je n'ai jamais fait partie de son avenir. Je me suis battu pour elle autrefois, mais se battre pour quelqu'un ne sert à rien si cette personne n'est pas heureuse avec vous.

— Et moi, alors ? Ai-je raison de me battre pour toi ? demandai-je.

Il passa ses bras autour de ma taille ; nous étions maintenant si proches que je sentais son souffle contre ma joue.

— Non, dit-il.

Mon ventre se noua subitement. Mais avant que la panique ne m'envahisse, il continua d'une voix douce et rassurante.

— Tu n'as jamais eu à te battre pour moi, depuis le début. Je suis à toi, et je l'ai été depuis la première fois où je t'ai vue.

Tout ce qui m'avait rendue malade d'inquiétude,

mes affreuses pensées, mes doutes — fondés ou non —, tout cela aurait pu être évité si Henry m'avait simplement dit ces mots au mois de septembre. J'aurais même pu comprendre le baiser de Perséphone, si je n'avais pas été laissée seule avec mes peurs pendant tout ce temps. Peut-être que si nous en avions parlé plus tôt, elle n'aurait même pas eu à l'embrasser comme elle l'avait fait. Je laissai échapper un soupir de soulagement.

— J'aurais aimé le savoir il y a trois mois.

Il esquissa un sourire.

— Oui, je comprends. Je suis désolé de ma conduite. Je tâcherai de faire mieux, à l'avenir.

Il déposa un baiser sur mon front.

— Je t'en prie, ne pars pas.

En cet instant précis, partir était bien la dernière chose dont j'avais envie. Je l'enlaçai à mon tour.

— Tu sais que je dois le faire. Je ne peux pas rester là, les bras croisés ; et sans l'aide de Rhéa, vous pourriez tous mourir. Le jeu en vaut la chandelle. Tu le sais bien.

Henry soupira.

— Tu es vraiment têtue comme une mule.

— Apparemment, ce serait de famille.

Il sourit, et je repris timidement :

— Quand je reviendrai… tu serais d'accord pour que je reste ?

Son front se plissa.

— Pourquoi cette question ? Je ferais n'importe quoi pour que tu ne partes pas, mais ça ne signifie pas que tu ne seras pas la bienvenue à ton retour.

— Non, je voulais dire…

J'hésitai un instant.

— Notre contrat. Est-ce que je dois vraiment partir à chaque printemps, ou est-ce que je peux rester ici avec toi ?

Il s'immobilisa, comprenant enfin. Je retins mon souffle en attendant sa réponse, et il s'écarta légèrement pour pouvoir me regarder dans les yeux. Il ne risquait pas d'y débusquer l'ombre d'un mensonge.

— Tu veux rester ici toute l'année ? Avec moi ?

— Avec toi. Comme ta femme.

— Comme ma femme, répéta-t-il pendant que son regard se perdait dans le vague.

Je me mordis la lèvre.

— Est-ce possible ? On n'enfreindrait pas les règles ou je ne sais quoi, si je restais ici toute l'année ?

— C'est moi qui pose les règles, ici. Si tu souhaites rester, tu le peux.

Il prit mon cou entre ses mains chaudes.

— Je serais très heureux si cela arrivait, mais je veux que tu le fasses uniquement si tu es certaine que c'est bien ce que tu désires. C'est un peu triste, ici ; mais tu aurais la possibilité d'aller faire un tour en surface dès que tu en aurais envie.

Il hésita, comme s'il ne savait trop s'il pouvait se permettre d'aborder le sujet.

— Perséphone disait qu'une fois qu'on avait vu le soleil, il était impossible d'être vraiment heureux sans lui.

— J'irai sûrement me balader là-haut de temps

en temps, dis-je en refoulant la pointe de jalousie que le nom de Perséphone avait éveillé.

Il voulait simplement m'éviter de me retrouver dans la même situation. Je pouvais comprendre cela, et si nous voulions mettre toutes les chances de notre côté, je *devais* le comprendre. Perséphone avait été une partie importante de sa vie, et d'une certaine manière, elle l'était encore. Je pouvais me débattre contre cette idée ou l'accepter, et pour l'heure, j'aurais tout fait pour ne plus me sentir malheureuse en permanence. Y compris ravaler ma fierté et pardonner ma sœur pour ce qu'elle avait fait à Henry — et pardonner Henry de l'aimer encore.

— Mais même s'il y a le soleil en surface, je préfère rester ici avec toi.

Il appuya son front contre le mien.

— J'en serais très honoré.

Nous restâmes ainsi un long moment. Je remarquai la cicatrice argentée, provoquée par Cronos, qui s'échappait du col de sa chemise, et la parcourus du bout du doigt. Ici, dans l'Autre Monde, il serait en sécurité, et je n'aurais plus à me faire de souci pour lui. Pour les autres, oui ; mais pas pour Henry.

— Pendant la réunion du Conseil…

Il s'interrompit et effleura mes lèvres de son pouce.

— Tu as dit que je ne t'avais même pas embrassée pour te souhaiter bonne nuit depuis ton arrivée. Je sais qu'il n'est pas encore midi, mais cette heure te semblerait-elle acceptable pour remédier à cela ?

Je souris si largement que ma mâchoire me fit mal. Je n'avais pas souri ainsi depuis des lustres, et ça m'avait manqué.

— C'est une heure parfaite.

Lorsque ses lèvres rencontrèrent les miennes, le désir me submergea, mélangé à un délicieux sentiment de triomphe. Calliope n'avait pas gagné. Quoi qu'elle me fasse, quel que soit le nombre de Titans qu'elle enverrait à mes trousses, elle ne m'enlèverait jamais Henry.

Je passai mes bras autour de son cou et laissai mon corps épouser les contours du sien. Rien ne pouvait égaler la chaleur qui m'emplissait ; ce n'était décidément pas la même chose qu'un simple bras autour de ma taille pendant la nuit. C'était incomparable. Henry, avec toutes ses imperfections, moi avec les miennes : et ensemble, l'équation parfaite.

Il m'entraîna sur le matelas et écarta d'un geste ma pile de vêtements pour nous faire de la place. Au bout du lit, Pogo poussa un petit gémissement contrarié avant de sauter par terre. Je lui ferais un gros câlin plus tard ; parce que pour l'instant, sauf si Cronos déboulait subitement dans la chambre, rien ne pouvait me détacher d'Henry.

Voyant qu'il s'attardait en hésitant au bas de mon pull, je le retirai et le lançai parmi la pile de linge. Il posa alors ses mains sur mon ventre nu et s'écarta de moi pour me regarder avec une expression déroutée.

— Qu'est-ce qu'il y a ? demandai-je en retenant mon souffle. Ça va ?

Il attendit un peu avant de répondre.

— Tu es sûre que tu veux faire ça ?

Tous mes doutes revinrent soudain me tourmenter, mais après un instant de panique, je me souvins de ce que Perséphone m'avait confié au sujet de leur nuit de noces. Ce serait la première fois que nous le ferions sans l'influence d'un aphrodisiaque, et s'il pensait que je risquais de réagir comme Perséphone, son hésitation était parfaitement compréhensible. Je m'efforçai de respirer avec calme.

— Absolument sûre.

Ma réponse parut lui convenir, mais lorsqu'il se pencha de nouveau pour m'embrasser, une autre terrible éventualité me vint à l'esprit, et je tournai la tête au dernier moment, lui offrant seulement ma joue.

— Et toi ? demandai-je. Tu ne veux pas ? On n'est pas obligés, si tu préfères ne pas le faire. Il n'y a aucun problème. Je peux attendre. Je veux attendre, si c'est mieux pour toi.

— Je te promets que j'en ai envie plus que de n'importe quoi au monde, dit-il en m'embrassant la commissure des lèvres. J'en ai envie depuis ton retour, mais j'ai pensé qu'il serait plus prudent de te donner le temps.

— Et moi qui croyais que tu aurais préféré coucher dans un cratère plein de lave plutôt qu'avec moi ! plaisantai-je, même s'il y avait du vrai dans cette remarque.

Je lui rendis un rapide baiser.

— On a encore du boulot à faire au niveau

de la communication, tous les deux. Les choses avanceraient plus vite si on se parlait davantage.

— Oui, c'est sûr, dit-il avant de reprendre ma bouche.

Je déboutonnai adroitement sa chemise, et m'écartai de nouveau de lui quand elle s'ouvrit entièrement.

— Tu ne te mettras pas en colère en envoyant tout promener quand ce sera fini, n'est-ce pas ?

Henry m'adressa alors un regard qui m'envoya une décharge d'électricité dans le dos. Le regard que Perséphone avait mentionné. Celui que je ne pourrais jamais oublier maintenant que je l'avais vu ; je le savais.

— Tu veux bien te taire et me laisser t'embrasser, s'il te plaît ?

J'éclatai de rire et l'attirai brusquement sur moi.

— Je suis toute à toi.

Il se débarrassa de sa chemise et fit courir ses mains sur mes hanches. Tout sembla alors s'évanouir autour de nous. Je ne voyais plus que lui, je ne sentais plus que lui, et je ne voulais rien d'autre que lui. Pour la première fois depuis mon arrivée dans l'Autre Monde, j'étais chez moi.

Henry et moi passâmes le reste de la journée et de la nuit au lit, à rire, bavarder et faire « tu sais quoi », comme Ava l'avait si délicatement appelé. De temps en temps, nous dormions enlacés, ma tête sur sa poitrine, son bras autour de moi, dans la même position que celle où nous avions dormi quand nous étions au manoir d'Eden. C'était rassurant et réconfortant, et avec toutes les incertitudes qui nous attendaient, j'en avais grandement besoin.

Au milieu de la nuit, je m'éveillai en le sentant penché sur moi, en train de me regarder. Encore un peu endormie, je passai ma main sur son ventre et glissai un doigt dans son nombril.

— Tout va bien ?

— Parfaitement bien.

Une boule lumineuse apparut au-dessus du lit à baldaquin.

— Je pensais simplement à l'avenir.

— Dans quel sens ? demandai-je. Je te préviens, si tu comptes me dissuader de partir à la recherche de Rhéa, ce n'est même pas la peine d'y penser…

— Toujours à faire des conclusions hâtives.

Il rit doucement et m'embrassa, et je me laissai faire.

— Je réfléchissais à la façon dont ça se passerait quand tu seras là pour toute l'année. Je n'ai jamais passé autant de temps dans l'Autre Monde avec quelqu'un, jusqu'ici.

— J'en ai envie, murmurai-je. Tu es ma famille, maintenant.

Au lieu de m'embrasser encore, comme je m'y attendais, il s'écarta alors. Dans la lumière tamisée, il me sembla le voir m'observer, mais ma vision était encore embrumée par le sommeil, et je n'en étais pas certaine.

— Veux-tu toujours être ma reine ?

— Bien sûr, répondis-je avec étonnement. Je pensais que ça allait de soi, puisque je suis ta femme.

— Tu n'es pas obligée d'endosser les devoirs de reine de l'Autre Monde maintenant, si jamais tu ne t'y sens pas prête, dit Henry. Tu es ma femme, quel que soit le rôle que tu joues dans le travail que j'ai à faire.

Je ne répondis pas tout de suite. J'étais encore incapable de contrôler le seul pouvoir que j'avais ; si par hasard il m'en venait d'autres en assurant le règne sur l'Autre Monde, il n'était pas non plus garanti que je sache les contrôler, eux non plus.

— Tu crois que je saurai le faire ?

— Oui, déclara Henry sans hésiter. Tu ne comprendras peut-être pas tout immédiatement, mais avec le temps, il ne fait aucun doute que tu seras la meilleure partenaire dont je puisse rêver. Tu as un talent rare…

— Comme de m'obstiner sur un truc et de faire capoter tout ce que j'entreprends ? dis-je avec un petit sourire désabusé.

Il posa un doigt sur mes lèvres.

— Pas tout, non.

Son sourire laissa la place à une expression plus grave.

— J'aimerais que tu puisses te voir comme je te vois, moi. Tu as une capacité extraordinaire à rassembler les gens quand leur seule envie serait de s'éloigner et de ne jamais revenir. Tu vois toujours les solutions les plus simples là où nous ne voyons que des complications, et tu as de l'espoir même dans les situations les plus impossibles. Mais par-dessus tout, tu comprends les gens. Quand tu vois quelqu'un, tu ne t'arrêtes pas à ses actes. Quels que soient tes sentiments, tu distingues ses motivations et tu as assez d'empathie pour le comprendre. C'est pour ça que je sais que tu seras une grande reine. Même moi, je ne possède pas ce self-control.

Je n'étais pas convaincue qu'il ait raison, mais la sincérité de sa voix coupa court à toutes mes objections. Peu importait que sa vision de moi soit partiale ou non. L'important, c'est qu'il croyait en moi.

Je traçai un dessin imaginaire dans le creux de sa clavicule. La meilleure chose à faire aurait été d'attendre. D'attendre la fin de la guerre, que je puisse alors fermer les yeux et voir tout ce que je voulais ; d'attendre d'avoir enfin pleinement compris ce que signifiait la vie, sans parler de la mort. Mais tandis qu'Henry me regardait ainsi, avec ses yeux couleur de lune qui brillaient sous la lueur flottant au-dessus de nos têtes, je connaissais déjà ma réponse. J'avais mis ma vie entre parenthèses en attendant le décès de ma mère ; je ne comptais plus attendre de la sorte. Je ne pouvais pas anéantir les espérances d'Henry juste parce que je n'étais pas sûre à cent pour cent que je pourrais le faire. Henry l'était, lui, et cela comptait plus que tout pour moi.

— Oui, déclarai-je avec une assurance totale. Je

veux être ta reine, dès que tu pourras organiser la cérémonie. Dès mon retour, si tu veux.

Henry prit ma main, et une lueur jaune, chaude et éthérée apparut soudain entre nos paumes.

— Alors je ne vois aucune raison d'attendre.

Mes yeux s'écarquillèrent, mais je refusai de laisser le moindre doute s'immiscer en moi. C'était ce que je voulais. Je m'y étais préparée depuis le moment où Henry m'avait trouvée près du corps d'Ava, à la rivière, et il avait raison : il n'y avait aucune raison d'attendre.

— Moi non plus.

Il sourit, et il ne m'en fallut pas plus pour savoir que je faisais le bon choix.

— En devenant ma femme, tu as consenti à endosser les responsabilités de reine de l'Autre Monde, dit-il, reprenant les mêmes termes que ceux qu'il avait prononcés des mois auparavant. Tu régneras dans la justice et sans parti pris sur les âmes de ceux qui ont quitté le monde d'en haut, et à partir de maintenant, de l'équinoxe d'automne à celui du printemps, tu devras te consacrer à la tâche de guider celles qui sont égarées et de toutes les protéger du mal durant leur vie éternelle.

Je retins mon souffle, sachant ce qui venait ensuite.

— Kate Winters, acceptes-tu le rôle de reine de l'Autre Monde, et acceptes-tu d'endosser les responsabilités inhérentes à ce statut ?

Cette fois, je n'hésitai pas un instant.

— Oui, murmurai-je. Totalement.

La lueur entre nos mains s'évanouit, et nous

nous retrouvâmes dans le noir pendant une fraction de seconde. Mais avant que j'aie le temps de reprendre mon souffle, toutes les lumières de la pièce s'allumèrent alors avec un éclat éblouissant — entre nos mains, au-dessus du lit, même les bougies — et un grand carillon résonna dans la chambre. Dans le palais. Dans tout l'Autre Monde, me semblait-il.

— Ma reine, dit Henry en me baisant la main. Je suis très honoré.

Le rouge me monta aux joues.

— Ça… ça y est ? bredouillai-je. Je suis… reine ?

— Je suis sûr que le Conseil demandera une cérémonie plus formelle, mais oui, tu es ma reine.

Il prit mon menton entre ses mains et déposa sur mes lèvres un baiser, chaste d'abord, puis de plus en plus passionné.

— Maintenant que tu es bien réveillée, je dois dire qu'il serait dommage de gâcher cette merveilleuse nuit en se contentant de papoter.

— Tu me proposes de fêter ça ? répondis-je avec un haussement de sourcils malicieux.

Je pensais que le fait d'être reine allait changer quelque chose en moi, mais je me sentais toujours la même. J'étais toujours moi, et avec Henry à mes côtés, je n'avais besoin de rien de plus.

— Puisque c'est notre dernière nuit ensemble avant un moment, murmura-t-il, je propose que nous en profitions au maximum.

Sans ajouter un mot, je l'embrassai en y mettant tout mon amour, mon bonheur et mon espoir. La lumière s'atténua comme il m'allongeait sur le lit, et pour la première fois depuis longtemps, j'étais sûre que tout allait bien se passer.

Au petit matin, l'humeur était moins joyeuse. Après que j'eus passé vingt minutes à essayer de caser tout ce qu'il me fallait dans ma valise, Henry agita la main et réussit en quelques secondes à boucler mon bagage. Je fis semblant de ne pas être jalouse, et espérai secrètement qu'Ava savait faire la même chose. Dans le cas contraire, nous risquions de passer la moitié de notre temps à essayer de fermer cette maudite valise, et nous avions autre chose à faire.

Ensuite, nous retrouvâmes ma mère, Walter, James et Ava dans le hall de l'aile réservée aux invités. Henry et moi marchions côte à côte, son bras posé sur mes épaules, et je craignis qu'il ne veuille m'empêcher de partir. Il avait à peine parlé depuis que j'avais verrouillé ma valise, mais chaque fois que nous nous regardions, il m'adressait un petit sourire triste, comme pour essayer de me prouver qu'il encaissait bien le choc. Cela m'aida, sans pouvoir cependant m'ôter ma culpabilité lorsque je songeais que je ne reviendrais peut-être jamais.

Ava avait une mine épouvantable. Ses yeux étaient rouges et gonflés, et pour la première fois depuis que je la connaissais, ses cheveux n'étaient pas coiffés. Elle portait des vêtements amples, du genre de ce que je mettais pour dormir, et non les hauts moulants et jupes courtes qu'elle affectionnait habituellement. Ses yeux étaient rivés au sol, ses mains enfoncées dans ses poches. Elle ne cilla même pas lorsque son père passa devant elle pour me rejoindre.

— Tu es prête ? demanda Walter.

Je hochai la tête. Henry tira ma valise devant lui, et Walter posa une main sur l'épaule d'Ava.

— Ma chère, aurais-tu l'obligeance ?

Ava décolla enfin les yeux du sol, et quelques instants plus tard, ma valise avait disparu.

— Elle est en sécurité, dit-elle en me voyant ouvrir la bouche pour protester. Tu la retrouveras quand on arrivera là-bas.

— A ce propos, où allons-nous exactement ? demandai-je.

James me tendit une enveloppe en épais parchemin, comme les gens devaient en utiliser il y a des siècles de cela.

— Rhéa se déplace beaucoup, dit-il. Cela dit, elle est au même endroit depuis quelques années, alors avec un peu de chance, vous la trouverez avant qu'elle déménage. Je vous ai noté le chemin. Si vous ne la trouvez pas en arrivant là-bas, Ava sait comment me contacter.

Je considérai Ava. Etait-elle vraiment partante ? A la voir ainsi traîner des pieds et éviter le regard de tout le monde, elle ne semblait pas apte à se lancer dans une expédition pour retrouver un Titan. J'avais beau avoir envie de la secouer un peu, il était cependant légitime qu'elle soit dans cet état. Nicholas n'était plus là, et elle risquait fort de ne jamais le revoir.

James paraissait partager le même point de vue que moi. Il la regarda, et sa bouche s'ouvrit comme pour dire quelque chose, puis il sembla se raviser.

— Peut-être devrais-je venir également, dit-il enfin. Pour être sûr que vous la trouviez.

— Non, trancha Walter. Moins nous serons nombreux à nous préparer, moins nous aurons de chances de gagner.

Je fis un petit sourire à James.

— Ça va aller. Si on a besoin de toi, on te fera signe, mais je ne crois pas non plus que ce soit une bonne idée. Ils ont vraiment besoin de toi, ici.

Même si je ne mentais pas, la raison pour laquelle je voulais qu'il reste n'avait rien à voir avec les préparatifs de Walter. James était en effet la première personne avec laquelle Perséphone avait trompé Henry, et même si Henry savait combien je l'aimais, je ne voulais pas lui donner la moindre raison d'en douter. Malheureusement, James représenterait un nouvel obstacle pour nous, et Henry et moi en avions eu suffisamment ces derniers temps.

Henry me laissa pour que j'aille embrasser ma mère, et je priai de tout mon cœur pour que cet instant d'intimité entre nous ne soit pas le dernier. Si Rhéa ressemblait à Cronos, nul ne pouvait prédire ce qui allait se passer. Que je le veuille ou non, je devais me préparer au pire.

— Prends soin de toi, ma chérie, me murmura

ma mère en écartant une mèche de cheveux de mes yeux. Je suis très fière de toi.

L'émotion me gagna.

— Je t'aime, maman.

— Moi aussi, trésor.

Elle me poussa gentiment vers James, qui me serra maladroitement dans ses bras en me tapotant amicalement l'épaule.

— Sois prudente. Si jamais vous vous perdez, n'hésite pas à demander à Ava de me contacter.

— Je n'y manquerai pas.

Je marquai une pause et m'approchai de son oreille pour lui chuchoter :

— J'ai choisi Henry. Quand je reviendrai, je resterai avec lui toute l'année. Je serai toujours ton amie, mais Henry est mon mari, et je l'aime. Et je le choisirai toujours.

Une expression indéchiffrable traversa le visage de James, puis il acquiesça.

— Du moment que c'est ta décision, je la respecterai, dit-il.

Il changerait sans doute d'avis dès qu'il penserait qu'Henry ne se comportait pas en mari exemplaire à son goût, mais il était inutile de pousser la question plus loin pour l'instant.

— Merci, lui dis-je.

James m'embrassa alors la joue. Un au revoir silencieux plein de mélancolie.

Puis vint le tour d'Henry. Il m'enlaça étroitement et enfouit son nez dans mes cheveux. Pendant un moment, son étreinte fut si intense que je crus qu'il n'allait pas me laisser partir, mais il finit par la relâcher. Je pris ses mains dans les miennes.

— Je reviens dès que possible, promis, lui dis-je en sachant que ce serment risquait d'être difficile à tenir. Souviens-toi de tout ce que nous avons à vivre, d'accord ?

— Je t'en prie, ne pars pas, dit-il calmement. Je ferai tout ce que tu voudras, mais vraiment, je ne sais pas ce que je deviendrais s'il t'arrivait quelque chose.

— Il ne m'arrivera rien.

Je me dressai sur la pointe des pieds et, ignorant les regards braqués sur nous, lui donnai un vrai et long baiser avant de retomber sur mes talons.

— J'ai besoin de faire ça, et quand ce sera fini, je ne remettrai pas en cause ta décision de te retirer de la guerre. Tu as ma parole que je m'en tiendrai à l'écart, moi aussi.

Il hocha la tête malgré son air malheureux, puis il me prit par le cou et m'embrassa une nouvelle fois. Bouleversée, je fermai les yeux. C'était si dur d'avoir à le quitter ! Le devais-je vraiment ? Mais tous les regrets du monde ne changeraient rien au danger qui nous menaçait tous ; je pouvais soit me cacher sous la protection d'Henry, soit essayer d'agir à ma mesure. Je choisirais toujours Henry, mais je devais aussi sauver ma famille.

— Je t'aime, lui murmurai-je quand il s'écarta de moi.

Pendant un bref instant, son visage se décomposa, comme s'il était sur le point de fondre en larmes.

Mais il se reprit immédiatement, seul le rouge autour de ses yeux témoignait de son émotion.

— Je t'aime aussi, dit-il. S'il te plaît, reviens à la maison.

— Je reviendrai.

Après un dernier baiser sur sa joue, je rejoignis Ava à l'autre bout du hall. Lorsque j'agitai la main pour dire au revoir à tout le monde, seule ma mère y répondit.

— Allons-y, dis-je à Ava en entourant son bras du mien.

Elle ouvrit la porte en silence et, sans nous retourner, nous traversâmes les jardins de joyaux en direction du portail qui nous ramènerait à Eden.

Le trajet jusqu'au portail et à travers la roche fut aussi éprouvant qu'il l'avait été lorsque James m'avait fait descendre dans l'Autre Monde la première fois. Je fermai les yeux de toutes mes forces et me tins à Ava aussi fermement que possible ; mais j'avais beau essayer d'imaginer que j'étais ailleurs, cela n'empêcha pas la nausée de me saisir.

Nous nous immobilisâmes enfin et j'ouvris prudemment les yeux. Je poussai un soupir de soulagement en découvrant que nous nous trouvions au milieu du hall d'entrée du manoir d'Eden. Décidément, je n'avais aucune envie de refaire ce voyage trop souvent ; la simple idée d'éviter ce portail aurait presque suffi à me convaincre de rester dans le monde souterrain avec Henry.

Dehors, c'était l'hiver. La neige tombait en épais flocons, s'accrochant aux arbres qui bordaient l'allée jusqu'aux grilles d'entrée. Je levai le visage vers le ciel et tirai la langue dans l'espoir d'attraper un flocon de neige.

— La neige m'a manqué, dis-je. Pourquoi aucune personne ne s'est-elle représenté sa vie après la mort pleine de neige ? Je ne sais pas ce qu'ont les gens à tout le temps préférer la chaleur.

Ce n'était qu'une plaisanterie, mais Ava s'arrêta net en me cramponnant brusquement le bras.

— Attends.

— Quoi ? Ava, on doit y aller.

Elle secoua la tête.

— Non, non, pas déjà. On devrait aller chercher Henry, James ou…

Je repoussai sa main de mon bras.

— Je sais que tu es mal à cause de Nicholas, mais plus vite nous trouverons Rhéa, plus vite nous pourrons lui venir en aide. On ne va pas y arriver si on ne cesse de revenir dire au revoir aux autres.

— Ce n'est pas ça.

Ava pâlit encore un peu plus, alors que j'avançais déjà sur la colline.

— Kate, arrête !

Elle courut derrière moi, mais je pressai encore le pas. Quelle que soit la raison de son angoisse, cela pouvait bien attendre que nous soyons dans un avion pour la destination indiquée par James.

Ava me rattrapa à quelques mètres du portail, et elle me saisit de nouveau le bras.

— Kate, s'il te plaît, tu ne comprends pas…

— Bonjour, Kate.

Calliope avançait sur le chemin de terre parallèle aux grilles, un sourire démoniaque sur les lèvres.

Je me figeai. Ça ne pouvait pas être vrai ! Une intense frayeur me glaça de la tête aux pieds, effaçant toutes mes autres sensations de la matinée. J'allais mourir. Calliope allait m'assassiner et attacher mon corps aux grilles d'Eden pour qu'Henry le trouve lorsqu'il partirait à ma recherche.

— Tu ne peux pas faire ça, geignit Ava. Calliope, je t'en prie, tu ne comprends pas…

— Oh que si, je comprends.

Le portail s'ouvrit, et Calliope pointa son doigt vers nous. Je campai mes pieds dans le sol, mais une force invisible me tira vers elle, par-delà la limite du manoir d'Eden. Folle d'angoisse, Ava me tirait par le bras, essayant vainement de me retenir.

— Tu as bien fait, dit Calliope à Ava. Ton mari sera fier de savoir que sa petite femme est prête à de tels sacrifices pour assurer sa sécurité ; et tu seras récompensée pour la loyauté que tu m'as témoignée.

Quoi ? Cela ne pouvait pas être vrai ? Ava m'avait trahie… Les yeux d'Ava se remplirent de larmes pendant qu'elle essayait de reprendre ma main, mais je la retirai.

— Tu savais qu'elle nous attendait ?

— Je suis désolée, geignit-elle. Vraiment, vraiment désolée, Kate. Je ne savais pas.

— Comment ça, tu ne savais pas ? fit Calliope avec un geste dédaigneux.

Les grilles se refermèrent derrière nous avec fracas.

— Ne fais pas semblant de n'y être pour rien, Ava. Ce n'est pas beau du tout, de mentir.

— Mais pourquoi me ferais-tu ça ? demandai-je à Ava, abasourdie. Pourquoi ferais-tu ça à Henry et au reste du Conseil ?

Ava pleurait maintenant à chaudes larmes.

— Calliope, non, je t'en prie. Je ferai ce que tu voudras… mais tu ne *peux* pas faire ça. Elle est enceinte !

Enceinte ? Qui ça ? Calliope ? Leurs yeux se rivèrent alors sur moi. Le visage d'Ava était défait par la culpabilité et le désespoir, et celui de Calliope rayonnait de satisfaction. Mon sang ne fit qu'un tour.

Moi. C'était de moi qu'Ava parlait.

Je me débattis contre la force qui me retenait. Je devais rentrer. Retrouver la sécurité, l'Autre Monde, Henry. Seulement, mes pieds étaient comme cloués au sol.

— Oui, je sais, répondit Calliope. Tu as joué ton rôle à merveille, Ava.

Je les regardai l'une après l'autre, si estomaquée que j'arrivais à peine à voir clair.

— Je ne comprends pas, comment as-tu pu… Ava, mais qu'est-ce que tu as fait ?

— Rien, s'écria-t-elle en pleurant. Je le jure, Kate, je n'ai rien fait. Elle… elle voulait que je vous pousse à coucher ensemble, mais je ne suis pas intervenue, je te le promets !

Mon cœur s'emballa. Non, Ava n'avait rien à voir avec ce qui s'était passé la veille, j'en étais certaine. Ça n'avait rien de comparable à l'aphrodisiaque que Calliope nous avait fait prendre à Eden. Pourtant, Ava savait. Elle savait que Calliope serait là, et elle n'avait pas levé le petit doigt pour l'empêcher.

— Je ne savais pas que tu étais enceinte avant que nous arrivions ici, dit Ava. Je m'en veux tellement. Je n'aurais jamais…

— Mais je ne suis pas enceinte ! m'exclamai-je, déconcertée. Ce n'est pas possible. Nous venons juste de…

— Il a suffi que tu couches avec Henry, déclara Calliope. Je me suis occupée du reste.

Elle fit bouger son doigt, et je tombai à genou dans la neige. Horrifiée, je pris soudain conscience de ce qu'elle m'avait fait. La déesse du mariage, des femmes… et de la fertilité.

Tel avait été son plan depuis le début.

— Je t'avais dit que je te prendrais ce que tu avais de plus cher, dit Calliope.

Une grosse pierre noire apparut alors dans sa main. C'était le même genre de roche que celle que l'on trouvait dans la caverne, et du brouillard tourbillonnait à l'intérieur. Calliope se mit à ricaner.

— Quoi, tu n'as quand même pas cru que je parlais d'Henry ?

Je sentis une vague de nausée monter en moi.

— Je t'en prie, murmurai-je.

Ses yeux se plissèrent avec cruauté, et je sus que toute tentative était vaine.

— C'est toi-même qui t'es infligé ça, assena-t-elle. A toi et à ton enfant. La vengeance est amère, pas vrai ?

Sur ces mots, elle abattit la pierre à l'arrière de ma tête, et tout devint noir.

Inédit

Pendant trois saisons, Henry attendit le retour de Kate.

Au début, il se contenta de boire son thé matinal près des grilles du palais, en regardant le portail qui reliait l'Autre Monde à celui de la surface. Au fil des semaines, puis des mois, ces minutes quotidiennes se transformèrent en heures. Bientôt, il passa tout son temps libre rivé au sol de pierre noire. Et il attendit.

Attendit.

Et attendit encore.

Kate avait promis qu'elle reviendrait dès qu'Ava et elle auraient pris contact avec Rhéa, et Henry lui faisait confiance. Elle était consciente des dangers qui l'entouraient. Mais chaque jour qui passait faisait grandir l'incertitude en lui : l'avait-elle quitté, finalement ?

Ava envoyait régulièrement des messages, qui contenaient toujours une excuse justifiant l'absence prolongée de Kate. Elles cherchaient encore ; Rhéa n'était plus en Afrique, et sans James, elles avaient du mal à retrouver sa trace. Mais Kate refusait de laisser James se joindre à leur voyage, ce qui permettait à Henry de se dire qu'après tout, Kate ne comptait peut-être pas le quitter.

L'équinoxe d'automne arriva enfin, et Henry arpentait toujours la cour du palais, attendant encore. Il avait fait bon usage de son temps en créant un jardin de fleurs éternelles, pour remplacer les joyaux de Perséphone. Certes, il ne pouvait radicalement changer l'Autre Monde, mais si Kate revenait, il ne la laisserait pas sombrer dans les mêmes abîmes que Perséphone. Il ferait tout le nécessaire pour que Kate se sente bien, même si cela impliquait davantage de visites dans le royaume de sa famille qu'il ne l'aurait souhaité. Elle méritait une fin heureuse. Ils le méritaient tous deux.

— Tu as fait un joli travail, dit Diane en se postant à côté de lui. Elle va adorer.

Henry hésita un instant.

— Je ne suis pas sûr qu'elle revienne.

— Bien sûr que si.

Diane posa sa main au creux de son bras.

— Ava t'a dit qu'elle reviendrait pour l'équinoxe.

— Je la crois tout à fait capable de mentir pour couvrir Kate.

Diane lui déposa un baiser sur la joue.

— Ne sois pas ridicule. Kate t'aime, et je connais ma fille. Elle sera bientôt là. Sais-tu si elles ont réussi à faire ce qu'elles voulaient ?

Malgré l'optimisme de sa sœur, il n'avait aucune certitude.

— Ava a insisté pour que Kate me le dise elle-même.

— Alors ce doit être de bonnes nouvelles.

Une lueur d'espoir illumina le visage de Diane. Aucun d'entre eux ne voudrait l'admettre ouvertement, mais ils dépendaient tous de l'aide de Rhéa. Sans elle, leurs chances de vaincre Cronos étaient infimes. Avec elle, ils seraient invincibles.

— Peut-être, dit Henry. Nous ne pouvons pas dépendre de…

Henry ?

La voix d'Ava murmura soudain en lui, plus distante et plus ténue qu'elle ne l'avait jamais été jusqu'alors. Henry fronça les sourcils.

Oui ? Où êtes-vous ? Comment va Kate ?

Henry, je suis vraiment désolée, je ne…

— Que se passe-t-il ? demanda Diane.

Elle avait parlé à voix basse, mais cela avait suffi à couvrir celle d'Ava. Henry leva une main, et Diane se tut.

Ava, qu'est-ce que tu veux dire ? Pourquoi es-tu désolée ?

Même s'il ne parlait pas, le sentiment d'urgence perçait dans la moindre de ses syllabes.

Est-ce que Kate va bien ?

Les secondes s'égrenèrent, interminables. Ce moyen de communication était bien trop lent, surtout entre royaumes différents ; il aurait eu besoin de se trouver plus près. Mais alors qu'Henry fermait les yeux pour remonter vers la surface, la voix d'Ava filtra enfin entre les kilomètres de terre au-dessus de lui.

C'est Calliope. Elle a enlevé Kate. Elle la tient en otage sur l'île, avec Cronos.

Henry sentit ses genoux le lâcher, et vacilla. Diana le retint par les bras pour le stabiliser.

— Que se passe-t-il, Henry ? demanda-t-elle en plongeant ses yeux bleus dans les siens. Dis-moi !

Mais il était déjà à moitié parti. Calliope détenait Kate, et il n'avait pas besoin de déployer des trésors d'imagination pour savoir ce qu'elle pourrait bien lui faire. Il aurait dû partir avec elle. Il aurait dû être là pour la protéger.

Combien de temps avons-nous, Ava ?

Des heures. Des minutes. Je ne sais pas.

Il prit une profonde inspiration, se redressa et se libéra délicatement de l'étreinte de Diane.

— C'est Kate. Calliope la retient sur l'île.

Diane blêmit.

— Alors, nous devons immédiatement lancer la bataille. Je vais alerter les autres.

Henry acquiesça ; mais Ava l'interrompit avant qu'il puisse prononcer un autre mot.

Dépêche-toi !

Sa voix s'éloignait, comme si quelqu'un s'employait à rompre leur communication.

Le bébé arrive !

Henry demeura interdit. Le bébé ? Quel bébé ? Une fraction de seconde plus tard, il comprit, et son cœur s'arrêta de battre.

Cela faisait trois saisons depuis le départ de Kate. Neuf mois.

Ce bébé était le sien.

Leur enfant.

Le bébé arrive.

Henry regarda Diane dans les yeux, et lui dit tout par ce simple regard. Le givre recouvrit subitement toute la caverne, gelant tout aux alentours, tandis que leurs deux corps se consumaient en vagues de feu.

Le sol se fissura brusquement en deux, comme si l'Autre Monde était sur le point de s'effondrer. Les infinies réserves d'énergie de son royaume convergèrent alors dans le corps d'Henry, qui les absorba au milieu de toute sa peur, sa haine, son angoisse, jusqu'à en faire un diamant brut niché au creux de ses entrailles.

Et il hurla.

La terre s'ouvrit, et un nuage noir l'enveloppa comme Henry s'envolait vers la surface. Calliope et Cronos allaient savoir qu'il arrivait, et ils allaient tout faire pour l'arrêter avant la naissance du bébé.

Mais il protégerait sa famille, quel que soit le prix à payer.

Même si cela devait lui coûter la vie.

Henry arrivera-t-il à temps ? La suite des aventures amoureuses, mythologiques et passionnantes dans le prochain volume du « Destin d'une déesse », *à paraître à la fin de l'été 2013, dans* DARKISS.

Remerciements

Je suis profondément reconnaissante de leur aide, de leur soutien et de leurs encouragements aux personnes qui ont eu le courage de me côtoyer pendant que j'écrivais ce livre. Je souhaite tout particulièrement remercier :

Rosemary Stimola, mon merveilleux agent, pour tous ses smileys.

Mary-Theresa Hussey, Natashya Wilson et toute l'équipe Harlequin, pour avoir cru en mes livres.

L'incroyable communauté des blogueurs YA books, pour leur enthousiasme et leur amour de la lecture.

Angie, Stacey, Mandy et le reste de la bande, qui sont une seconde famille pour moi.

Lauren DeStefano, pour les hauts et les bas, et les e-mails nocturnes.

Carrie Harris, pour les fous rires contagieux.

Sarah J. Maas, pour son éternel optimisme.

Courtney Allison Moulton et Leah Clifford, pour être des anges.

Nick Navarre, pour la musique.

Sarah Reck, pour sa franchise.

Caitlin Straw, pour sa capacité à me supporter.

Et enfin — et surtout : papa… pour tout.

Déjà parus dans la collection DARKISS

par ordre alphabétique d'auteurs

Aimée Carter	Le Manoir des Immortels La reine des Immortels
P.C. Cast	La prophétie maudite Chamane
Kady Cross	L'étrange secret de Finley Jayne* L'étrange pouvoir de Finley Jayne
Melissa Darnell	Le baiser interdit
Laura Anne Gilman	Noire magie
Paige Harbison	Moi et Becca
Julie Kagawa	La princesse maudite Le passage interdit* La captive de l'Hiver Le serment d'une reine Dangereuse Faerie* Le prince exilé Je suis une Immortelle
Caren Lissner	La vie (pas) très cool de Carrie Pilby
Katie McGarry	Hors limites
Gena Showalter	Dark attirance Les fiancés de l'ombre Le pacte de sang
Cara Lynn Shultz	Envoûtement L'élixir magique
Rachel Vincent	Mon âme en sursis* De toute mon âme La voleuse d'âmes Sauve mon âme ! La rose et l'ombre Le Faucheur d'âmes* Survivante N'ouvre pas les yeux

* *exclusivement en e-book*

.../...

Déjà parus dans la collection DARKISS
par ordre alphabétique d'auteurs

Allison van Diepen	Les secrets d'une blogueuse amoureuse La blogueuse amoureuse se reconnecte !
Maria V. Snyder	Le poison écarlate Le souffle d'émeraude Les secrets d'opale Inside Out : Enfermée Inside Out : Menacée*

* *exclusivement en e-book*

14,50 €

L'élixir magique

de Cara Lynn Shultz 448 pages

« Leur amour est éternel. La malédiction qui les touche aussi… »

Je suis une sorcière réincarnée. Brendan, mon âme sœur, vient des siècles passés. Angélique, ma meilleure amie, est une sorcière. Alors qu'est-ce qui me dit que d'autres êtres surnaturels ne parcourent pas aussi les couloirs du lycée et les rues de Manhattan ? En tout cas, pour Angélique, une chose est sûre : la magie n'en a pas fini avec moi. Selon elle, quelqu'un, quelque part, cherche à reproduire un élixir, très puissant — un élixir qui doit contenir notre sang, à Brendran et moi…

La suite d'*Envoûtement*

Composé et édité par les

éditions HARLEQUIN

Achevé d'imprimer en Allemagne
par GGP Media GmbH, Pößneck
en février 2013

Dépôt légal en mars 2013